再见，朱莉
ZAIJIAN, ZHULI

时代出版传媒股份有限公司
安徽文艺出版社

刘爱玲，1979年生，中国作家协会会员，山东省作协签约作家，现居威海。小说见《花城》《中国作家》《清明》《飞天》等期刊，入选《小说选刊》《中国文学年鉴》等多种年度选本。出版小说集《遗失与灿烂》。曾获梁斌小说奖、万松浦文学奖等。

新生代作家小说 精选大系

再见，朱莉

刘爱玲 ◎ 著

ZAIJIAN, ZHULI

时代出版传媒股份有限公司
安徽文艺出版社

图书在版编目（CIP）数据

再见，朱莉 / 刘爱玲著. -- 合肥：安徽文艺出版社，2025.1
（新生代作家小说精选大系）
ISBN 978-7-5396-7928-0

Ⅰ.①再… Ⅱ.①刘… Ⅲ.①中篇小说－小说集－中国－当代 Ⅳ.①I247.5

中国国家版本馆CIP数据核字(2023)第249577号

出 版 人：姚 巍		策　　划：朱寒冬	
责任编辑：宋晓津		装帧设计：徐 睿	

出版发行：安徽文艺出版社　　www.awpub.com
地　　址：合肥市翡翠路1118号　邮政编码：230071
营 销 部：(0551)63533889
印　　制：安徽联众印刷有限公司　(0551)65661327

开本：880×1230　1/32　印张：9.75　字数：200千字
版次：2025年1月第1版
印次：2025年1月第1次印刷
定价：45.00元

（如发现印装质量问题，影响阅读，请与出版社联系调换）

版权所有，侵权必究

目录

空白页　　001

Z型生活　　063

回到镜中去　　124

寂静无声　　170

唯一监护人　　208

再见,朱莉　　271

空白页

2012年5月1日　银城

　　一切突然变得让人很难懂。尤其是朱莉告诉我,她现在变了,她宁愿"被需要"地活着。其实我这样的迷惑大致持续了一个月的时间。银城盛夏由内而外地干热,就像地球深处被抽空了水分,地表是无药可救的。是的,就是一个人突然发觉自己无可救药了,在任何方面都是如此。

　　那天清晨,朱莉没有异常的表现。她背对着我,相信我仍然是她的博胡米尔·赫拉巴尔——那个勇敢的捷克作家,一个法学博士本可以安稳地度过一生,却非要自己设计人生,大学毕业服兵役,做推销员、炼钢工人,还在废纸回收站里打包,把命运折腾得鸡犬不宁,坚信重构的雄心一辈子都没有动摇。

　　我从年轻时就在心里暗藏一个秘密:我就是为自己重设人生的赫

拉巴尔。但,现在我不年轻了。朱莉在我起身时闭着眼睛全情投入地吻了一下我的后背,没有发出丝毫声音。我们认定这样的沉默之吻才是最真诚的,这也是一个不分四季的习惯。清晨连一丝风都是奢侈的,这吻就像一对滚烫的烙铁烙在我粗糙的皮肉上。我需要在朱莉的额头上回吻,完成两个人的彼此确认来消解掉一些危险的东西。而且前夜我也没有在梦境中得到什么启示,梦里忙碌了一夜却什么痕迹也没留下。

从威海回到银城,我一贯在清晨早早起床,花二十分钟步行到盛世牧歌鲜奶吧。我愿意走着,可以在一个准确的时间点逆行在风驰电掣的水泥色人流里。我闻着他们身上的汗液和铝厂铝料混合出的稳定的味道,心里想着自己本也可以浑身散发出如此的味道,像空气一样恒定地飘荡在银城大街小巷,挽救父母多年来为我吊着的一颗沉重的心。但是,我现在并不能像当年那样坚定地认为这种生活完全不属于自己,如果我不抽身而出,也许会更好。如今折身而归,眼前这个小小的奶吧让我手足无措,我丧失了一切尽在自己掌控中的能力。面对日复一日端给白医生和小胶皮糖母子那一杯又一杯甜腻的鲜奶,我突然不太明确眼前的生活是个什么样子,也认不清自己的属性。

年少的时候,我为自己设计的一生是这样的:放弃学医,选择法学,大学毕业后更希望自己为人间公平做点事情。但我现在是盛世牧歌鲜奶吧的小老板,我从没有告诉过朱莉,乳白、芳香、细腻这样美丽的词就像是对自己最大的羞辱，它们偷偷夺走了我作为男人的那一部分阳刚和高瞻远瞩，那块一米半的黑胡桃色吧台仿佛在看着我堕落。

我莫名其妙开始数数，用固定的数字来证明度过的每一天，也证明给自己的父母、小胶皮糖母子和白医生、养胃女看，当然也包括娄爷爷和娄奶奶，他们是奶吧的贵宾客户，还有少数前来喝奶的铝厂工人。数到第431天，我的眼泪陡然就下来了，当时我正在洗刷池里洗奶桶，没有什么准备，我故意开大水龙头，没想到强力水柱像从高压水枪射出来，注入奶桶里发出砰的一声闷响。隔着一个工作台的朱莉正在制作老酸奶，吧台上的电脑循环播放着音乐，刚好是贝多芬的《月光奏鸣曲》，乐声被卡住了。她侧头看了看我，明白这突如其来的水声太夸张了，又是一次阴谋，隐藏着我制造它的小小目的。我几乎听到朱莉的叹息声从胸腔里飘起来。

我掩藏在水流声里瞬间把眼泪抹掉，整个过程就一秒钟，几乎就像没有发生，尊严被保住了。真是难以理解，心口塞住的钝物扑通跌进了胃里，但随后一切人事都变得模糊不清。

每天早上十点之前，和妻子朱莉把老酸奶和果味酸奶制作完，再把新鲜的纯牛奶分发给客人们，然后我就独自坐在盛世牧歌门口外这张小板凳上吸上一支烟。我被方才自己的举动吓得紧哼鼻子，再咳嗽几声，向胸膛里狠狠吸一口烟，用来遮掩作为一个三十九岁男人的愚蠢行为，然后，把自己裹在缭绕的烟雾里。又是一次恐惧袭来，我吸着

■ 再见，朱莉

吸着发现自己当下的动作很熟悉,特别像一个人。这个人每次吸烟都要把烟吸到烧了胶棉的过滤嘴——就像在享受复仇的快感——看着它自行熄灭。然后他并不着急离开屁股下的小马扎,而是把最后一口烟狠狠吸进胸腔里,再把胸腔里的沉重物吐出来,就像吐出跌进胃里的钝物。最后他一动不动,就像板结了,把装着满世界的沉重眼神泼洒到各处。我曾经看着这个人装模作样,发誓自己永远都不会活成这个样子。

现在,这种莫名的动作附在了我的手脚上,似乎它本就存在于一个人的生命里,随时窥探着复活的时机。那是我父亲刘放,我为自己辩解,我和他还是不同,我父亲是个瘾君子,而我没什么烟瘾,纯属装得更男人些,还自嘲了一把,连性爱都记不清多久没兴趣了。在威海打工的那几年,希望总是像一杆又一杆灼烧的大烟枪,燃烧与熄灭的过程都特别难以持久,我很轻松把烟彻底戒掉了。回到银城之后,迫于生理和心理需求,又把它"捡"了起来。

我一边数数一边望盛世街上的人流和车流,或者早班高潮后陷入空洞的街道。有些时间了,盛世街上总有两个步调一致的男人,在上午充裕的阳光中步行。他们紧密走在一起总像一个顺拐的人,他们每个人只能挥起一只胳膊,另一半已经瘫痪成为冷硬的机械,向着城北而去。我一看到他们就更激烈地吸上一支烟,觉得自己将永远被框在这个荒谬的街景相框里。

城北那几缕日夜吞吐烟雾的铝厂大烟囱，已经在灰白色的太阳光中成长起来。它们雄壮无比，是银城从农业向工业小城转变的实物标识，想想全城90%以上的人都进入那个殿堂，让日子更像日子，有什么不好？我用了两年的时间（因为跨了年）做了这个鲜奶吧，这是银城第一家鲜奶吧。我立在它面前审视着瘦窄的门脸儿，它就像我一样没有什么遥远的出路。我心里数着数，心智一边警觉一边坍塌。431，今天是从威海回到银城的第431天，一切似乎没什么起色，顾客稀稀拉拉，他们脑子里装着的不是新鲜、营养，而是低廉。这么说，我只是换了个物理地域重新给自己编了个笼子。这间小小的盛世牧歌鲜奶吧是妻子朱莉选的，在盛世街的繁华街景中就是个木塞儿，仅占了半边门面的空间。妻子朱莉可不这样想，她厌倦了在外打工的身份和日子，喜欢自己做起一件小小事情来，哪怕像一颗尘埃那样小。她跟我说快乐在于做的本身，她越是笑盈盈的，我越是找到一种被蔑视的虚弱。

在城北旧城区居住的爸妈还没有从十年前儿子、儿媳执拗出走的阴影里拔出来。他们那代人认定的别人都在做的事才是正事，比如进铝厂安安稳稳上班。我和妻子正是他们的对立面，认为别人都蜂拥去做的事就没有什么做的必要了。所以，出走的当年，我的父亲刘放在自家的客厅里撂下了一句狠话："去吧，去要你们的自由吧，去做你们的白日梦吧。"这就像一个诅咒，时刻钉在我的眉心上。还有每天都来店里喝奶的白医生就像个八婆，总要在我的脸前挑逗一下："到外面的世界去,去呀,还不是都一样,没的混?"小胶皮糖又不厌其烦地询问:"平安叔叔,怎么你回来了,我爸爸还不回来?"他们都走了之后,一天的时间碎片都被带走了,鲜奶吧变成了空洞。我坐在凳子上更加觉得四处都不对劲,想着眼前究竟是哪里出了问题,作为一个活体在世界上,我也不断问着自己:"好像一切都走样了?"

2010 年 11 月 7 日 威海

431 天之前,秋冬交接,我和朱莉在威海度过了十年后决定回到银城,朱莉那位惹了官司的女同事是最后的导火索。她是湖北人,身材娇小,但异常坚硬,她在那个时刻无处可去,在我们面前哭泣了一整天,她的胸腔深处发出一种走到尽头的声音。到现在我回忆起来都觉得什么东西瞬间吞了她的命,而她好像把一座山投进了自己的胸腔,然后决绝地喝光了最后一杯蜂蜜水,她说这是最后一次来看望朱莉,可以说是诀别。

她为朱莉带了一串海螺风铃作为到过威海的象征物,也给自己买了一串一模一样的,将来无论走到哪里都会带在身边。她还告诉朱莉,海边的人说过,海螺可以收藏人的所有时间,死后的人也都住进海螺的世界里,不用担心自己的灵魂无处安放。如今,盛世牧歌鲜奶吧门口那串海螺风铃在每个进出的人身后响起,是朱莉执拗地把它挂在了那里,从行为上展示着我们曾经离开银城到世界中去过,那里面装着那个无边无际的外部世界。

在威海菊花顶西区的出租屋里，女同事说："你知道吗，朱莉？他们宁可让我去坐牢也不想付罚金，他们说我不过就是个'外地人'。"

这让我和朱莉感到惊叹，觉得女同事在撒谎。来到威海这些年，路过的人，每一个出租屋的左邻右舍都是对人热情无比。

女友端了端空杯子，她忘记了自己已经喝了四大杯蜂蜜水，并且在我们家里度过了整整一夜，新的一天已经开始了，面对灾难，时间缩成了女友头脑中的一个固体。朱莉认为甜蜜可以让女友减轻些痛苦，但适得其反，女友越喝越清醒，她重复了无数遍："我知道我要为此次医疗事故负责任，但绝不应该是全部。"

朱莉和女友在一家医疗器械厂工作、生活了六年，每天早上公司的晨会里，大家都会宣誓一些身为公司员工应该"团结""缔造一家人""创新"之类的词语，把自己变成公司里的一个元件。她还把这些宣誓念给女友听，女友愤怒极了："都是谎言，谎言！誓言和谎言最接近，你懂吗，朱莉？"

那天之后，女友绝尘而去，就像自来水一样毫无痕迹地流走，这种在一座城市中消失的事情就像什么都没有发生过。当时，朱莉坚持说女友一定是回老家湖北去了，人受了挫折都会那么干。我沉默了很长时间。我独自用我法学的专业知识分析这位女友的案件，作为一个生产线上的质检一环，她仅仅是比其他环节更重要些的一环，就算是手

■ 再见，朱莉

术中断裂的接骨板上刻着她的质检号，就算是手术中的人因此而中断手术引起病患发作致死，这个质检员女工友也罪不至死，判刑也不可能，但她至少得承受被辞退和一些其他的职业恐惧，她真正承受的是精神刑罚。这一切分析和推测我没有在女工友来到家里时和盘托出，虽然她有意向我咨询，我除了目不转睛地倾听，浑身都没力气。我那些年在威海也没有真正实现做一个律师的职业理想，而是成为一个房产咨询师，毕竟威海到处写着"最适合人类居住的城市"，房产行业在这里就像预示未来的核裂变。

朱莉就是在那一刻明晰了一个工厂和一个工人的真正关系，以及一个外地人和一座城市的关系。她开始夜里频繁地做噩梦，白天想象那场医疗事故的过程，从生产批次和检验号一路追下去，追到了女同事的检验号，可女同事说过，绞尽脑汁也想不起来，那天自己是打盹了还是心迷糊了，让一个残次品轻而易举成了合格品。朱莉的神经紧张兮兮的，那是一个根本就不能眨眼的活儿。朱莉和我说，除了辞退、缴纳罚金，上次来她还说过的，你也在场，差一点就坐牢，总算保住了自己的小命，公司承担起了主要责任，全部产品被召回，可是，她究竟去哪里了？朱莉思绪混乱后就反复倾诉："平安，我不想成为下一个她。"

如今，朱莉仍然会偶然间问起她的女友："平安，你说她会去哪里呢？"一个月之前的所有时光，我每次都会回答："回到湖北去了，回到父母身边，那是人的本能。"但现在，我觉得这样的回答也令人生疑。

就像我自己,回到银城和父母身边,却仍然有重新出走的冲动。

在威海最后的三个月,这些话题是我和朱莉工作后回到家唯一的话题,那个回返的话题与当年走出银城到外面世界去的热情截然相反,我们需要剔鸡骨那样把威海、银城一丝一丝地剔清楚。我们理性地分析在威海继续生活下去的意义。

敲下最后一锤的是朱莉,她在一天加班回来后红着眼睛,眼皮随时可以粘到一起,出租屋本来就狭窄昏暗,灯也没开,我坐在床上盯着朱莉的脸,一片模糊。朱莉说:"在威海是外地人,回到银城还会是外地人,做一个到哪里都是'外地人'的人多好。"我真想在黑暗里仔细摸摸朱莉的脸蛋儿,朱莉有一张奶昔般的粉嫩脸蛋儿,每天被质检台上的 LED 灯照射,粉色逐渐褪掉,只剩了白色,在威海有一个好听的说法:"这叫气死太阳!"我还想我们也已经很久没有亲热过了,在离开的最后日子,我们轻松地相依为命。

431 天的第 1 天正是我和朱莉回到银城之初,两个人哪里都没有去,也没有提前通知父母,完全把这里当成一个陌生的城市。我们在毗邻新商业街附近租住了一间公寓,准备做一件银城从未有过的小事情,开一家盛世牧歌鲜奶吧连锁店。

2012 年 4 月 5 日　银城盛世牧歌鲜奶吧

4 月的早上,那个姓白的,盛世街心理咨询师——白医生,嘴角上

■ 再见，朱莉

■ 010

扬冲着我点头奔出鲜奶吧，仿佛整个人打了鸡血，门口那串海螺风铃激烈地撕扭在一起发出尖锐的碎裂声。如果小胶皮糖在喝奶的话，他一定会警告白医生的鲁莽，从第1天鲜奶吧开张他亲眼看着海螺被钉在门框上，听到朱莉讲述海螺的超能力开始，他就期盼着自己的爸爸（陈先生）能够从海螺深处的世界里走出来，可它已经在那里不知疲倦地叫嚷了两年。

我正在门口一如既往地向盛世牧歌里搬运小货车上的牛奶西红柿，与白医生擦肩而过时，被他那个上扬的嘴角扎了一下，突然感受到了另一层从未被发觉的意思，他在嘲笑和蔑视我。紧接着，我再一次看到站在柜台里的朱莉陷入送走白医生的木讷里，她的视线一直钉在姓白的跳跃的后背上，在看不见的地方依然进行着抛物运动。原本，白医生在盛世牧歌的出入时间是下午四点到五点，近些日子，他突如其来地多了一个习惯——一大早跑来取走一杯牛奶，又一路小跑地回到西头的诊所，为那些铝厂工人解决生存和生育带来的心理危机。

"有些时候我们真不明白自己都做了些什么，还有为什么那样做！"我的心里会突然蹦出这样的话，我不太清楚是说给自己还是朱莉听的，也可能是说给姓白的听的。我重新歇了车，看到鲜奶吧里的妻子向外望着我，一副充满忧郁的样子。

车门被我狠狠地甩上，整个盛世街都听到了。盛世街是银城新建的一条商业街，有老商业街的三倍之宽，老街在城北，新街在城南。城北的在附近工厂的大烟囱之下急速衰败，布满灰尘；而城南就像另一个时代的过渡，漫长的街两边有高档服装店、黑猪肉专营店、盛世药店、黑鸭子快餐、海浪饰品店，店里总有期盼的目光看着街道。从街区向西不足五百米的金牛湖，在金牛山脚下向市区输送着水润。湿润的空气一飘过来，我就恍惚觉得自己正行走在威海菊花顶小区的高低坡路上，那里依山而建，人们住在半山腰，出门就是下山的样子，黄海那条沿城市生长的海岸线，同样把凉爽的风送到温热的城市里。我住在银城又惦念着威海，就像当年住在威海又惦念着外面的世界，这正是朱莉对我的评价：脚踩两只船，永远看不到水面，永远在摇晃。

这时候，小胶皮糖母子几乎踩着所有人的目光走来，每天上午九点是属于他们的时间，他们的时间总是迟滞于盛世街的时间。小胶皮糖半路就大喊："平安叔叔，你在放炮吗？"他的妈妈总是一阵风的急促样子，所以，小胶皮糖被妈妈拎在手里几乎脱离了地面，他被拎得打着旋，说起话来上气不接下气，"我不喜欢你放炮，你可得小心点儿，震坏了我的海螺，我爸爸会被吓到的，他要是害怕了，再不回家……"小胶皮糖的话被女人切断了，他妈妈是个皮肤白皙、衰弱的女人，她一听到"爸爸"这个词就憎恨她丈夫陈先生的习惯，她改正她的儿子："那个老男人，不是爸爸，是老男人，记住！"

朱莉和小胶皮糖母子坐到了 VIP 包间里，他们常常喝着牛奶会聊上大半天。小胶皮糖的妈妈是个四十岁的全职妈妈，喝牛奶喝出了平静、细腻的面容,脸白得透明,动作和语言时常像一根糖棒,猫一样的柔细加上六岁孩童的幼稚,如同母亲和儿子的综合体,具体什么角色的性情凸显要靠现实所处的环境。

她饶有兴致地描述她那个老男人,并且每日坐到盛世牧歌的VIP包间里就会"自动播放",这成为她生命中的本能反应。陈先生四十二岁却有着三十岁的男人气质,女人和男人就是没得比,女人越老,男人越年轻。她说她与陈先生结婚第三个月播下了小胶皮糖这颗种子,就飞去了澳大利亚。她深深沉浸在自己的述说里,有时候忘记了自己的儿子就在身边同一张桌子上喝牛奶,她空穴来风地感动、愤恨、失落和焦躁,几乎无法控制自己。世界欠她一大把流逝的青春,她要在中年这个过气的时期歇斯底里地讨回来。朱莉在一旁就会轻声说上一句:"先把牛奶喝了,趁热。"

小胶皮糖一直竖立着修长的兔子般的耳朵喝牛奶,当我每进出屋门一次,海螺就叫嚣一次的时候抽动几下耳朵,然后从包间里探出脑袋:"是我爸爸回来了?"转眼间被他妈妈的一只脚钩了回去:"不是告诉你了?老男人在母亲节这天总得回来,他不看我们也得看看他老妈。"

每日进店,小胶皮糖第一件事就是爬上靠近窗口的一张椅子,仰着脑袋去望窗框上的那串海螺风铃,从每一个海螺的洞口望进去,一团漆黑,他总是没有望到能有一个爸爸从里面走出来。那是他从第1

天来喝奶第一次看到奇异的海螺时便萌生的一个梦，叫嚷着告诉每个来到店里的人，海螺一响，他爸爸就会从海螺深处的世界里走出来。如果从早上六点鲜奶吧开门起，一个又一个盛世街的人从四面八方来到盛世牧歌取奶、喝奶，然后急躁躁地奔赴银城北的铝厂，每一个人都会将风铃摇响一次。如果小胶皮糖一直在场，这对于一个五岁的孩子极其地残忍。

　　从什么时候开始，我的心总是在响声中疼一下，时间久了就会疼到抓狂。我狠狠盯了盯包间的玻璃窗，朱莉那半张脸更加陌生，她仍在不知疲倦地和小胶皮糖母子聊些早已疲倦的话题，比如，铝厂里的工人流水席一样翻新，铝业制造的富裕像香油一样流经银城的犄角旮旯，大部分工人都有了喝牛奶的习惯，说牛奶可以平息一个人的焦虑和恐惧，具有抚慰人心的神奇作用。也许，两个女人还会谈到有关平安的话题，关于那个姓白的，还有每天把胆汁吐出来的养胃女，或者盛世街其他的话题。聊一会儿，她们会同时从玻璃窗里望出来，眼神落向吧台里的我。我就会自动进入自己的角色，让自己古怪地顺应她们的暗示，翻动一下吧台下面玻璃橱窗里各色水果酸奶的位置，装作记录缺货的老酸奶，把数字记在一个手掌大的便签本上，或者，干脆起身调整一下电脑播放器，让它在不该停止的时候可以顺畅地播放下去，一切都装作正常的、无所谓的样子。

- 再见,朱莉

- 014

2012年4月7日　银城盛世牧歌鲜奶吧

  我想在熬制纯牛奶和制作酸奶的时间空隙里与朱莉聊聊这些古怪的日子。我们曾是一对令人羡慕的丁克族,这不是重点,重点是我们曾有着高度的默契,一个人做了前半截事情,后半截另一个人就已经去做了,我们时常都是两个人一起完成,就像连体婴儿一样。一个人悲伤了,另一个人心口就会疼。可是,现在纯牛奶和酸奶两个工作台之间的距离成了我们的真正距离。

  我抬眼看了看朱莉,朱莉却没有感应到暗示。她是个勤奋的女人,有个过度投入的优点,我们恋爱结婚和漫长的婚后生活里,她一直都是那么投入。但有时候,比如在开起鲜奶吧的日子里,我发觉那种投入是个可怕的错误。自从有了这个小小的鲜奶吧世界,朱莉又一次倾注了一切。我已经对朱莉妥协了很多,现在盛世牧歌都成了什么样子?本是可以安放三排长条米色桌椅,可以一次容纳十多人,如今已经被朱莉减少成靠西墙的一排。而剩下的空间被布置成灯光昏暗的两间软包房,起初还能有流动的客人进出,眼下已经被几个常客硬生生固定下来,被朱莉封了个什么VIP,再没有谁能进得去。他们都把厚厚的一沓钱放进VIP包间塞给了我,以堵住我的嘴。就是这些,这些妥协,在我反复看见朱莉把一杯牛奶端出柜台送到VIP包间的那几个人手里,一并在他们的对面坐下来,我就会在烦躁中反复懊悔。

她现在又准备增加一种新的水果酸奶,完全是小胶皮糖在被他妈惩罚的时候号啕大哭中喊出来的,但朱莉知道自己听到了真话。那天,小胶皮糖妈妈异常凶狠,下手也重,小胶皮糖的屁股红成一片,手印印在肉里,小胶皮糖越被打越倔强:"我就是要吃榴梿味儿的酸奶,因为你不爱吃,而且你还会过敏死掉!"小胶皮糖的妈妈瞬间就停下了,她突然感到儿子已经有了自己的性格,再也不属于她自己了,后来一段日子她变得异常安静。

在威海的时候,我和朱莉居住的菊花顶西区那条小街上也有一家鲜奶吧,里面有五张欧式咖啡桌椅,坐在那里,你会被虚荣包围,相信自己是一个白领。店主也喜欢播放钢琴曲和古筝曲,朱莉每个周末都在那里喝上一杯牛奶,牛奶从她的嘴里滑入心里,她会顷刻间整个人都安静下来,牛奶不仅香甜,还有安抚人紧张和恐惧心理的功能。朱莉渴望今后自己也有一间小鲜奶吧,每天都把自己泡在奶香里,更能为别人舒缓情绪。朱莉想着想着就会感动,她告诉我,她喝牛奶喝出了安全感。鲜奶吧的隔壁是打铁豆腐店,有汁水饱满的大豆腐、五香豆腐干、姜汁豆腐皮、炸豆腐泡、凉拌麻辣豆腐丝,朱莉喝完牛奶,顺道到打铁豆腐店里买上一种豆腐,带回家和我吃掉。

现在在我们的隔壁是黑猪肉专营店,但朱莉不常去,她吃素,对那些肉类提不起兴趣。我是个离不开肉的人,那又怎样?难道这也能成为两个人分道扬镳的理由?我惊了一下,我竟然想到了"分道扬镳"。我看着朱莉把买来的榴梿剥皮,它的皮上长满尖刺,裂开口子,朱莉就轻而易举从榴梿的裂口处剥开了它。

"太臭了!"我在做灌装的老酸奶,可我一点也闻不到奶的香气。

"那只是表面,要不怎么会有那么多人爱吃?"朱莉的态度很坚决,让此时的我听出话语之外的意思。

"所有都按照你的想法做的。你改装这间鲜奶吧,让它变得更窄小,你那些 VIP 客户喝的不是牛奶,是你的时间,你还陪他们聊天,你又做水果酸奶,根本是劳动和收入不成正比,现在你还做榴梿口味的,你想把所有的顾客都熏走吗?"

朱莉没有回应。

"那个白医生就像臭榴梿!"我在心里咒骂。我一下子舒爽了些,胃里挤出了一丝气,新空间就有了。

朱莉没有回应,她拼命地剥另一块裂开的榴梿皮,臭味吞噬着鲜奶吧的每一寸肌理。等完整的榴梿果肉脱壳而出,被朱莉放到玻璃小盆里,她开始面对我喘气。我却不看朱莉,这就像一场尊严的角逐,胜利总是属于保住尊严的那一边。但我并不想就此放弃,我好不容易撬开了朱莉的嘴,内心却暖着。

"朱莉,我们离开这里吧,我们还可以重新出发。"我说完之后感到恐惧,其实我根本不知道要去哪里,到一个陌生的地方再做些什么。我现在就是一只蜗牛,柔软的躯体密布着敏感的神经,就算是一个孩子毫无意识地触动一下我的每一个触角,都会立刻全身缩紧,在那里装死。

每次说到这句话都是如此。朱莉把榨汁机打开了,把榴梿塞了进去,她把它搅得粉碎,打回糊状的原形。现在的榨汁机质量很堪忧,用了不到两年,已经气喘吁吁,嗓门又粗又震耳。朱莉借着这些声音重新回到沉默里,她不想再和我说这些事情。

"我就知道你用沉默来对付我,你知道我的弱点,让我吃不消!"我把喉咙亮开,让一切都高过那杂碎机器的聒噪,好久没有开嗓了,声音都藏进了心里,在那里面独自叫嚷。

"我没有,你已经不是平安了,你变得狭隘懦弱,就像个女人。"

有两个月了,朱莉的话越来越少,从我第一次提出要重新离开银城开始。我们很容易就从小鲜奶吧里擦肩而过,从进家门到进入各自的卧室,越紧密的空间中距离却越遥远。

我意识到自己有些过火,这种时候我就会失去自控,另一个我成为和朱莉说话的主角,我向后退让了一步:"我想问问,他们都跟你说了些什么?"

"我说过,我只是想能有一个属于自己的小空间,我可以在这里做我自己喜欢的事情,为他们喝我的牛奶就会说出自己的心里话而高兴。他们喝我的牛奶可以让内心安静,他们喝我的牛奶可以不那么孤独,这让我开心,我喜欢这样。我没有你那些远大理想,什么为人间公平,什么做一个二十一世纪的农场主。我就是一个再平凡不过的人。"

"我就是问你,他们整天都跟你说了什么?"

"不是说过很多遍了?"

"我要听真话!"

"我说的就是真话,怎么关心起别人的事来?你不是说过好自己的日子就行了吗?"

"现在,他们和我有关系。"

"你永远不知道'被需要'的意义。"

"我在问你!那个什么精神病医生,那个姓白的!"

"他是我们的第一位顾客,难道你忘了?"

我们大多在夜里十一点之后专注地吵架。养胃女——盛世街唯一一个不过夜里十点钟不到盛世牧歌喝奶的女人,没有一天不折腾自己的胃,更切割了盛世牧歌最后一点安宁。随着她的半截脚歪进门里,海螺叮叮当当响起来,我的眉头就锁了起来,我努力地平复自己。

养胃女是平安心目中最迟到的一个剥夺者。说不清从什么时候起,也许是从朱莉有了分房的念头那天开始,我就沾染了一种被剥夺的感觉。除了每日来来往往装满盛世牧歌的人夺走了我与朱莉的时间与空间,还有那个叫上天的人,给了你稀少的东西,却不间断地从你身边取走些什么。

我和朱莉不知上辈子欠了养胃女多少牛奶,她除了抱着马桶哇哇乱吐一通酒精和饭菜，就是趴在包间里把一杯热牛奶一滴一滴吸进胃里。你若仔细观察过清晨叶子上的一滴露水聚集的过程，以及这滴露水从一个叶尖慢慢被太阳蒸干的过程，你就能明白论滴喝牛奶的极致罕见。

整个过程大都充满养胃女断续的笑声，朱莉迅速调整好自己，一直陪在包间里，养胃女就对着朱莉艳羡不已："你看看你多好，整天和平安在一起，你们喝的是养人的奶，我喝的是伤人的酒精。"

"跟你说过多少次，你在喝酒之前先喝一杯奶。"朱莉正给养胃女捶着后背。养胃女是银城里第一家平安保险公司的业务员，银城里的人们有了钱，明白了要用钱来买健康，所以，养胃女手头的保险订单不少，但并不清楚她和酒精有什么特殊的依赖关系。

"赶我走，是吧？我就知道这招是平安出的，我就要酒后来喝，酒后！"

我坐在吧台里连脑袋都不愿露出来，平凡的日子具有冷藏的效果，我就在日复一日的日子中裹了一层冰冷的外壳。

"平安，平安……"养胃女隔着VIP包间玻璃窗喊着。她考验的其实不是牛奶的品质，而是店主的耐心。

听不到我的回应，她继续喊："他们都是傻子，朱莉，那些工人拼命地跑到铝厂里烧筑炉、拉铝棒，他们以为用钱可以祛毒，什么钱可以买健康，什么钱可以买爱情，都是骗子。"

■ 再见，朱莉

■ 020

我的耐心几乎被磨秃了，但养胃女后来的一句话点了我，我整天和朱莉在盛世牧歌里，可我并没感觉得到了什么，而是在失去。

2012年4月8日　银城

早上五点，我从主卧里走出来，朱莉从次卧里走出来，两个人几乎是同时把脚趾露在门口，陌生感让彼此迅速凝固。我紧张不堪地闪，躲进了卫生间，朱莉竟然双臂在胸前交叉努力挡住什么，她不敢正视只穿着短裤的我。分房的念头终于走到了现实里，原来只是一念之间的事情。

昨天夜里养胃女抱着马桶几乎把心脏都吐出来了，酒气附在朱莉和我的身上。她现在仿佛还能听到养胃女又哭又笑，觉得那笑是用酒精熬出来的，她就觉得心里沉。昨天夜里，我们回到家里已经过了十二点，早上五点就得起床到盛世牧歌去，朱莉清晰地记得自己从主卧里把枕头和睡衣拿到次卧，从橱柜里把被褥搬出来，铺好床。这个次卧一直是空的，给妈妈或者期望中的朋友来临时住一下，现在她把自己安置在里面。我当时在洗澡，朱莉干脆把卧室的门紧锁，她本想倒在床上好好琢磨一下这样做是对是错，没想到很快就睡着了。

起初，我用激将法提出过分居，目的是想重新离开银城到任何地方去，那些地方可能有我的新希望。没想到朱莉对分居的事情当场就答应下来。缘由是朱莉嫌弃我夜里永无休止地打鼾吹泡泡，别人睡觉时闷闷地打鼾,而我却成了一条自由自在的鱼,我在夜里越是自由,朱莉就越痛苦,睡眠就像那些无形的泡泡破碎在半空。

其实,朱莉心里也有密成繁星的琐碎困难:因为双人床太小,而彼此的身体又在忙碌的时间中被泡得肿胀。两个人还不到四十岁,谁都无法记清从何时起夜里多了鼻孔吹泡泡和梦话,在本该属于安静的时间里一片喧嚣。我们何时抛弃了睡前相互拥抱或互道晚安的习惯,甚至再容不下原本视为亲昵的体臭而无法酣然入睡。盛世牧歌里的人一日比一日沉重地走进朱莉的世界,可我却认为那是生活中的累赘。但朱莉内心积累的隐秘,我并不明晰,我甚至失去了察觉的能力。

所以,我们不但分了床,还分了房间。到今天早上,我都认为自己被当头一棒,没想到朱莉连一丝挽留的心思都没有,徒留我更加焦灼。我就是在那一瞬间发现,自己与朱莉真实地拉开了遥远的距离,这种距离这么近,有时只是吧台与 VIP 包间之间的那层透明玻璃,或者我的卧室与朱莉卧室两个相邻的门口,那些距离之间的遥远路途装满了我的各种猜测。我尴尬极了,这种尴尬让我刷牙时快把牙刷掰断了,我忽略了洗脸,我还忘记了应该快快离开卫生间,盛世牧歌鲜奶吧等待着及时开门。

朱莉在自己的卧室里光着脚丫转圈,我们住在盛世小区 3 号楼 202 室,楼层太低,可以舒缓紧张的大片空间都被楼房挡住了。朱莉跑到窗口抠住窗框,把自己的身体挤出去,还是很热,原来在自己的家里

■ 再见，朱莉

也会这么茫然。

朱莉还是去敲了卫生间的门，我就像是专门等待着外界的敲门声才有勇气逃出那里，我从卫生间的门缝里直接挤进了卧室的门缝里。穿好衣服，我去店门口准时接从牧场来的送奶车，一部分煮纯牛奶，一部分做各种老式酸奶及水果酸奶。

鲜奶店的推拉门一打开，一股榴梿的臭气涌出来，携带着昨夜两个人的激烈争吵，我有点自责，也许昨天我不应该那样蛮横。在内心平静的时候，我可以接受这股臭气的存在，能心平气和地把凡是能通风的口全部打开。朱莉赶到的时候纯牛奶已经煮好，我给朱莉凉好了一杯，放在吧台上最显眼的地方。朱莉还说了声谢谢，我正在刷洗奶桶。我们突然之间变得极为客气。

娄爷爷有段时间没来取奶了，他和娄奶奶总是出双入对，站在吧台前耐心地等我往玻璃奶瓶里灌满鲜牛奶，再装进两瓶装的绿色盛世牧歌专用奶袋里。今天他独自而来，在门口又遇见了白医生，两人在门口打了个照面，白医生拎着一塑料包东西径直进了包间。

我刚刚收拾停当进了工作间，给娄爷爷准备鲜牛奶，朱莉像惯常一样装了一瓶热奶给白医生，走进包间的时候跟娄爷爷问了声好。我一边装奶一边半躬着身体趴在吧台上，一只眼睛斜进包间的玻璃窗，一只眼睛直射门口，变化多端的灰色阳光倾尽全力要铺满盛世牧歌门前的全部空地。

"都累成散光了?"一头白发的娄爷爷看向天花板,浑身带着街后环山路上的松树香和野草香,"来一瓶鲜牛奶,你娄奶奶最近闹幺蛾子,不晨练,不出门,也不喝奶。"

"您得罪她了呗?你们俩可是出了名的天仙配。"我把一瓶热牛奶装进手提奶袋,乌着两个黑眼圈。

娄爷爷看着我的两只黑眼圈,问:"养胃女又闹腾到大半夜?"我摇晃着脑袋,把娄爷爷的话头摇回了娄奶奶那里。

"小毛病,哪个人不犯点儿小毛病?你娄奶奶说她是第二个更年期。多可怕,一个更年期就够了,她还创造了第二个。"我一听到"小毛病"就想到妻子朱莉,我心里放松些,宁愿在这几秒钟里把朱莉和白医生之间想象成仅仅是犯了一点小毛病。

我竭力地探听着玻璃窗里的声音,那个姓白的,据说有五十八岁,浑身周正得纤细、惨白,他的眼神宽度大,似乎总是能够游离于病人身体背后的大片看不见的空间,这让人不安。而他也会被病人们折磨得精神紧张,却将这一切藏在极度平静的表面下。那张笑盈盈的脸在阳光下就会重新成为我的灾难,它让我加速模糊朱莉的模样,逐次模糊不同的层次、部位和性别。"您见过眼前的人在你的注视下变得模糊吗?"我问。

娄爷爷说:"当然,你娄奶奶现在在我眼里都快不认得了。不过,她自己可能也无法认识她自己。因为,她不光折磨我,还折磨她自

■ 再见，朱莉

■ 024

己……有镜子没？"

我从吧台的小抽屉里翻出朱莉的镜子，娄爷爷把它举在自己的头顶，他揪了揪自己稀疏的头发，觉得还够牢固，又把全部头发抓成束，左顾右盼，晃晃脑袋，重新散落成舒服的样子："不错，你娄奶奶还给我留了几根头发。"

娄爷爷心满意足，把小镜子递回给我，我们俩噗地笑开了。

"那男人也有更年期？"我的思维跳跃得惊人，连我自己都无法预测下一个念头会是什么。

"当然，不只是更年期那么简单，任何时候谁都会有一段空白的生命，看不清世界，更看不清自己，有长有短。要我说，那是被魔鬼偷走了。这阵子，你娄奶奶就是被魔鬼偷走了，早晚得回来。"

我听着娄爷爷的话，已经无法兼顾玻璃窗里的那两个人，我开始发呆："中年男人就不会有梦想了？"

另一个我在做着补充："娄爷爷，你们可是盛世街最灵的时间钟，跟闹铃似的，每天早上六点，一准儿第一个进我店里，因为有你们，我们都不敢偷懒。"

"平安，钟也有坏的时候呢。再说，生活太平静，吵吵架，装装糊涂，弄点波浪有滋味儿。"娄爷爷冲着玻璃窗里的白医生打了个走的手势。随后两个人一起走出店门。

娄爷爷拎着一瓶鲜牛奶走到门口，又回了句："平安，你最近是不是遇到了什么坎儿？想说的时候就说。"

我塑在了吧台里，我被说中了。我看着娄爷爷的铁板身子在阳光下拉成线，缠绕着穿过整条盛世街，绕进我那个隐秘的期盼里。我期盼着生活永远新鲜，我又期盼着到更广大的世界里去，一个人可以拥有万亩农场，牧场不仅哺育着六百多头乳汁充沛的奶牛，还可以自己种植有机蔬菜，种朱莉最喜欢的牛奶西红柿，培育有机花土，想重新开始的事情像膨胀的爆米花，在我高热的胸腔里炸熟。但我总也找不到进入一件事情的真正入口，有时还会落入深渊，我清楚那个牧场并不属于我们，我们仅仅是占有了盛世牧歌这个连锁机构的小小虚名，虚名占得久了，就会变得极为真实。阳光已经占有盛世牧歌大部分的空间，包间玻璃窗被阳光打出花白的光柱，明亮极了，真是明亮极了，一片明亮把我的眼睛灼得刺痛。

2012 年 4 月 8 日　银城深夜

朱莉把白医生带来的塑料包拎回了家里，放在卧室的床头柜上，她去洗澡。我躺在自己的卧室里越来越烦躁，我把床单搓成麻绳，满脑子里都是那个塑料包，裹了一层又一层。那个姓白的，一走进包间就眼神炯炯、满面红光的老男人，总是极度缺血的虚弱的样子，却在与朱莉聊天的时候，血不知从哪里注满他的身体。我起身到客厅的沙发上坐一坐，尽力把这种念头掐死，去想一想自己究竟要做些什么，要去哪里,但转来转去总会转回到眼下的鲜奶吧。

人一回来,孤独的蚊子和苍蝇就过早苏醒了,屋子里开始滚动着嗡嘤的单调声音,可这只是在4月里,连蚊虫的生死循环链都被拨快了一轮。浴室里传来哗啦啦清脆的水声,有时我会混淆成盛世牧歌窗口那串叫嚷的海螺风铃,它那么徒劳地冲着每个人叫嚷。什么东西驱使我走向了朱莉的卧室,门虚掩着,对门浴室里的水声倾泻出来,把我的抖动冲洗个干净。那一刻之后,我发现自己是个贼,一个潜藏着羞耻心的贼。我来到床头柜前深吸了一口气,把塑料袋逐层剥开,"复方阿胶浆"几个大字露出来,我逃回了自己的卧室。

我又从卧室里窜出来,把浴室门敲得脆响,继续咆哮:"那个姓白的拿的是什么?"

朱莉把水流停下来,就听到我号叫着:"复方阿胶浆!复方阿胶浆!"

朱莉隔着门说:"白医生给他妻子买的,也顺便多买了些给我。"

"那些闲人整天都跟你瞎唠叨什么!他让你做什么?"

水流声突然就大了,房间里冲下瀑布,朱莉藏在水柱下面一动不动,这样的谈话已经数不胜数,到了让两个人都厌烦的地步。

水声彻底把我激怒了,我像困兽一样撞击着反锁的浴室门:"我看他就是精神病!"

"是心理医生,不是精神病医生。"

"他凭什么给你送补药？他怎么不给养胃女，怎么不给小胶皮糖妈妈……？"

"怎么不给娄奶奶，对吧？"大多到这个时候，朱莉会帮着补充了我的猜疑，"每个人都需要诉说。我也跟你说过，我们的鲜奶吧不仅仅是一个出售牛奶的地方，还是一个有温度的地方，我就是个倾听者，我承诺他们不跟任何人说。"此后就不想再出一声，屋里屋外水泄不通。

水流声继续响起来，把我淹了，他咆哮着："我是任何人？我是谁？我是你丈夫！"

"你该去白医生那里看看自己！"

那个深夜，我的性情从深不见底的黑洞里爆发出来，我和朱莉隔着一扇门，我感到异常虚弱，一种诉说不清的艰难夹杂着另一种诉说的艰难，汇成一种难以理解的艰难。

夜里，我只是眯了一小会儿，但是做了一个漫长的梦。我好久没有做梦了，只有空洞地打鼾。我梦见自己变成一个小人儿，有一只跳蚤那么大，但足以掩护自己。我在自己的日记中爬行，日记本上一道一道的黑线变成了沙漠上的风痕，有时我也挥动着自己的小小身体跳跃一阵子，沙漠实在是干渴。我听到有人说："平安，在外边要照顾好自己，我其实就在你身边，我们知道我们的生活会更好。"

我爬到一个署名"亲爱的"上面，我的身体都在发热，朱莉的模样清晰地在我眼前站立起来，已经很久没有如此清晰过了，她就像住在我的身体里,朱莉的脸蛋儿还是奶昔般粉嫩,我在梦里还自说了一句:那叫气死太阳。

我不断地沿着一行行硕大的字迹向前爬行,每一个字足有我整个身体那么大,以致我每看明白一个字都要绕行数圈儿,每看懂一行字,都相当于用自己的身体在纸上抚摸,那是我自己写下的日记。我竟然写了那么多日记,我就不停地爬行……

清早醒来,我筋疲力尽。我抬起眼皮,看到床头柜上那盏云朵状台灯,我们在这盏小台灯的光下做过很多甜蜜的事情,但,它掉了一片云朵。早该换了,可能我早就察觉到了,但我迟迟不去做。

2012年5月2日　银城盛世牧歌鲜奶吧

那天愤怒之后,我们陷入了一段安静的日子,鲜奶吧也如以往一样,我的疑心病似乎不治而愈。我在一天深夜终于战栗着钻进了朱莉的被窝,朱莉并没有拒绝,两个人紧紧化在一起。朱莉说:"你应该相信我。"我们重新在同一张床上入睡,我们原本睡觉时谁也无法从彼此紧拥的身体间松动,朱莉的枕头总要矮过我的一半,我的鼻尖能够刚好抵在朱莉的脑门上,我能把温热的鼻气喷洒在她的脸上……

我按照每日的程序,给陆续前来的人取奶、收奶瓶。眼看着阳光一步一步走到店的中间,我却无法克制地比平日里多出一种隐秘的期盼,我期盼阳光能够一步跳到鲜奶吧的中央,那就是到了上午十点,十点之前忙完一切,我就可以坐到门口吸上一支烟。

　　休息的时间还没有到,我父亲刘放出现在鲜奶吧门口,我们俩的脸上都现出惊讶,但瞬间就消失了。他吸着一支烟在门前空地上来回走动,好像一个陌生的客人,审视着这个小店,然后默不作声地坐到门口那把小凳子上,吸着烟望着街道。这是我回到银城以来,父亲第一次登门。我把另一扇门推开,小店的内部全部从这个巨大的双扇门里裸露出来。我又拿出个小木凳,在距离刘放两米的另一角坐下,点燃一支烟,还象征性地取出一支冲着刘放摆了摆。刘放那支烟已经吸到了过滤嘴,他看烟尾燃烧的时间比过去短了许多,他老了,混浊的眼睛很快就会流眼泪,他耷拉着眼皮,一只手擦眼睛,一只手竟然接过了儿子的烟。两根手指轻微地碰了一下,我第一次看到一个细节,刘放那个无名指的大骨节过分地凸出来,就像长出了第六根手指。刘放说:"骨质增生,这是自然规律。"他真是个强调自然规律的人,我想。

　　他还是那么冷,却什么都懂,这是我的母亲对我说起的父亲,母亲临去世前还在重复这句话。我用余光扫视了父亲,他装腔作势的样子仍然没有变,只是现在看起来比小时候有了真实感,他真的心里装满了大事。"这个铝业污染太严重了,水、空气、植物、动物、人。"他把一口烟狠狠吸进胸腔里,再把胸腔里的沉重物吐出来(我和他同时做着相同的动作),"不过,将来银城肯定要解决的,子孙还要活着呢。"

　　我被触到了这些年最不可调和的问题,从我和朱莉决定丁克开始,我和我的父亲就被隔在两个世界里,谁也无法逾越。当年他就是如此坐在家里的小凳子上闷头吸烟,听着自己的儿子说既不继承他铝厂工人的工作,又玩什么丁克。丁克他根本不懂,等我用一大套新生活理念给他解释后,他没有被那些离奇的东西唬住,他看了会儿烧焦的烟屁股:"那不就是断子绝孙吗?违背自然规律就是违了天道!"

我狠狠吸了一大口烟,父亲看了一秒钟儿子,他的儿子的鬓间也长了一撮白头发。烟吸到烧了胶棉的过滤嘴,我们看着自己的烟自行熄灭,然后都不着急马上离开屁股下的小凳子,像之前一样,把装着满世界的沉重眼神泼洒到盛世街上。父亲说:"不做工人,安安稳稳做个商人也可以,就是不能总做梦。"

父亲走了,像卸下了全身的盔甲,两只胳膊提线一样前后荡悠,身体才得了力气跨上那辆大轮自行车,把他从城南的盛世街送到城北去。他还留着它,就像一个古老的参照物,有了大轮自行车,他就有信心永远都会年轻。

顺着街身向东望过去,能看到"白医生心理咨询门诊",与盛世牧歌东西相望,把住了整条盛世街的两端。我几次都想到那里看一看,看一看那个只坐半天班的白医生怎么给别人看心理。我回头看了看朱莉就打消了念头。朱莉正在 QQ 上和一个新鲜水饺店店主打交道,那是用绿色小麦粉加纯手工包成的水饺,馅儿大、皮薄是饺子的最美性格,朱莉要在自己的小店里加上一个小小的专柜。

空白页

　　白医生只坐半天班,下午四点会准时关门,门上留个问候语外加个人手机号,以便病人预约。然后他便到盛世牧歌的包间里喝上一杯牛奶,耗掉一个小时。

　　上午他会一刻不停地为铝厂的工人们做心理治疗。男女工人心理的症结几乎一致,就是在生存与生育之间拉锯扯锯。若要生存,就需要从早到晚在铝厂的火炉里拉出银亮的铝棒,收入不菲,但最多不过三年,生育就会受影响;若为了后代,难得再寻点事做,银城本就是个铝城,睁眼闭眼都是和铝打交道,"穷"与"毒"二者之中任选其一。面对选择,人就容易得病。所以,白医生的心理诊所常常在不经意间变异,就像盛世牧歌在我的眼里俨然成了一个精神病院。

　　盛世街上的人倒是大都像一家人一般热热闹闹。今天下午,白医生像往常一样一路走来,光这一路上,途经黑猪肉专营店、盛世药店、黑鸭子快餐、海浪饰品店,白医生就收获了四个问候,除了这些问候,每个人的心事都被白医生捉在心里。面对白医生,这些人又都眼睛闪烁脸泛红,毕竟当一个人的秘密不再成为个人的秘密时,哪怕说给了医生,哪怕医生发誓对病人的隐私保密,也是令人不安的,不安令人们心里又生堵塞又生敬意。

　　今天白医生走得风快,他在急切地寻求什么,以致凝滞的日子升起了风。他们像商量好的,朱莉竟然早早把一杯热奶装进了玻璃杯里,白医生不喜欢喝热奶,即使是温奶,他也要喝得<u>丝丝缕缕</u>的。我疑惑地看着那杯早早凉下的牛奶被朱莉端进包间里,却并未见人来。我便重新低着脑袋打扫着桌椅和地面的卫生,认真辨认自己的妻子。妻子仍然是一副气死太阳的粉嫩模样,已经三十六岁的女人正是一枝玫瑰的季节,我却看不出玫瑰的迷人色泽,那些色泽在我看来都是些虚无的东西。我关注着妻子像往常一样,把每一小筐牛奶西红柿靠墙排好,又取出几小袋摆在柜台上的杂物筐里,在一个心形的价格牌上写好六元每斤的字样。杂物架上不知什么时候多了新进的一批竹炭纤维的袜子、手套、袋装蒙古奶酪。

朱莉就是这样一个人,她常常不作声,却把事情做得完美。每日售奶量、顾客量、纯牛奶与酸奶的配比都准确地装在她的心里。朱莉把 QQ 关掉,钢琴曲《秋日的私语》舒缓地流淌在屋子里,她转到操作台开始制作酸奶。起初,店里只有单调的老式酸奶,朱莉又自制了西红柿酸奶、苹果酸奶、草莓酸奶、无花果酸奶、榴梿酸奶,都是随着时令水果而生。我一看到忙碌的朱莉,就在内心蔑视自己。

白医生一来就钻进了包间,他甚至没来得及和我打个招呼。朱莉把手里的活计收拾妥当,便进了包间。我立在吧台里,像一只放大的耳朵,伸向包间的玻璃窗,我能够看到白医生急切的白脸在抖动,但似乎他们并没有对话。

我难以忍受这样的场景,鲜奶吧里禁止吸烟,禁止喝酒,禁止带宠物,我就坐到门口的小木凳上去了。我三口两口就能吸完一支烟,接着又一支。我望着大街上穿梭的车子和人流,散发出流离失所的眼神,就感到这种令人厌恶的眼神似曾相识,分明白医生的眼睛长到了我的眼眶里。我仔细观察过无数次,每一次透过玻璃窗都能看到白医生流离失所的眼神盯在朱莉的脸上,在朱莉的面前,白医生就像个病人。一个五十好几的男人,一个为别人医治心理疾病的医生,顶着一张被病人们折磨得精神紧张的白脸,竟然会有这个落魄的模样,一会儿舒缓,一会儿聚成一个疙瘩,真不知道他要在朱莉那里乞讨什么。

偶尔来个取奶的客人,我就从这种空望的状态里逃出来,将半支烟屁股砸到地面上,用整个脚后跟碾碎,在海螺清脆的碰撞声里骂一句:"他妈的。"

朱莉又取了杯牛奶进了包间,白医生开始喝第二杯牛奶,他估计是和小胶皮糖母子和养胃女商量好的,说出的话都一样,他重复说:"你这牛奶是神奇,喝了牛奶可以有诉说欲。"

朱莉笑了笑:"医生也相信神奇? 神奇倒不是什么神奇。"朱莉又不厌其烦地把她的牛奶知识普及了一遍,白医生并不烦腻,他原本的急切样子倒是得到了舒缓,一副放松享受的舒坦劲儿,他用一只手托住下巴,听到朱莉说,"牛奶中的钾可以稳定高压的血管,降低中风的风险,阻止人吸收食物中有毒的金属铅和镉。牛奶中的铁铜和卵磷脂提高大脑工作效率。牛奶中的钙增强骨骼和牙齿。牛奶中的镁使心脏耐疲劳。牛奶中的维生素 B 能保护视力。睡前喝牛奶能帮助睡眠。

牛奶中的纯蛋白含量高,可以美容……"

"你真的很像我女儿,很像。"白医生的忧郁袭来,他就需要喝上一口牛奶,"我女儿要是活着,和你差不多大,她随她母亲,和你一样有天生让人嫉妒的好皮肤。"

"我知道。"

"她要是活着,一定是个舞蹈家了,她母亲是个舞蹈老师。"白医生早已像每一次一样举起他的胳膊,将手指指向城南的位置,"你知道的,就是银城第一所舞蹈培训学校,海燕舞蹈学校。"

"我知道。"

"她和你一样有个跳舞的好身材。"白医生一说到"你",总要混淆女儿和妻子的角色,他的眼睛就会失去一个心理医生的睿智,他变得浑浊,变得恐慌,然后,急急喝下一口牛奶。

"她的精神病患总是没有起色,我以前都跟你说过了,我是不是又唠叨了?"

"我知道。"

朱莉无数次看到白医生从清晰无比到浑浊不堪,她就感到世界上每个人都是如此相同,如此坚硬又柔弱,由黑白灰构成。最难缠的是中间地带的灰色,那灰色就像一片未知的空白,潜藏着多个纠缠不清的"我",也许更多。小胶皮糖母子如此,养胃女如此,娄爷爷和娄奶奶如此,她和我也如此。我们共同在滨海十年,又返回银城开起这家鲜奶吧,我们走来走去,越走越陌生,越走越踯躅。

朱莉叹了口气:"你放心,你的秘密我谁也没有说过。"

白医生湿了眼角,他迅速从衣兜里掏出一个手帕,遮住他的眼角:"流泪真是件丢人的事。"

"你可是医生,医生说过流泪可以缓解压力,祛除身体内的毒素。"

"但我是个男人。"

白医生正要笑,抬头看见玻璃窗外我的一张脸钉在吧台上,牢固得纹丝不动。我迅速把脑袋低下来,装作什么都没有看到和听到。

他们继续说。

"白纸黑字是这样写过'眼泪'的作用,但人心有多微妙,无边无际,实在是不可控。"

"我知道,这样给你和平安带来很多麻烦,隐藏一个秘密对平安很不公平。"

朱莉是知道的,我一定在焦灼不堪,在无厘头地猜测,她跟我说过无数次,说到口舌厌倦,说到厌倦彼此,我们之间仿佛被厚厚的墙壁隔开,无法透过一丝声音。

"谁的内心可以保证全部是阳光?每个人都有权利为自己保留一块儿自由地。"朱莉自言自语,这是她回到银城创业两年间得到的一种宽容。在小胶皮糖母子的等待中,在养胃女几乎要把整个人都吐出来的痛苦中,朱莉都体会着那部分背阴处的褶皱里所潜藏的巨大空

再见，朱莉

036

白。她由此想到了他们："你说小胶皮糖会残缺他父亲那一部分男性人格吗？还有养胃女，会喝成木头人吗？"

"每个人都会有人格的残缺，那残缺可能后天愈合，也可能会在后天变本加厉，就算是心理医生，精神病研究者也被包括在内，也不见得探究得明白。"

白医生盯了盯玻璃窗外北墙上的挂钟，时间已经显示六点钟，比平时晚了一个钟头，他才明白我那颗牢固的脑袋为何如此牢固地钉向他，时间在牛奶的吸吮中流得很快，就像活着的人无法察觉时间一分一秒地消失。他把最后一滴奶喝尽，复杂地扮演着一个父亲和一个丈夫的双重角色："你真的很像她，她跳舞，却想着人内心的复杂事情。"

朱莉拿起一只空杯子，在手里旋转个不停："我知道。"

朱莉常常让器物的运动来转移内心的杂乱，杯子转动得越快，朱莉临近那些矛盾的抉择就越近。这些白医生都看得透彻，他是个聪明的男人，整个下午的谈话，有关上次提到的话题，他只字未提。他喝下了三杯鲜奶，还为朱莉要了一杯，被朱莉拒绝。所有的行为都是在等待一个结果。每次结束谈话，白医生都要重复一句话，他继续等待了一会儿，能够听到盛世街进入了一天归家的高潮，车声、人声占据整个银城，大厅内的顾客越来越多，奶瓶和手指碰撞的声音、牛奶流经喉咙的摩擦声、人匆匆离开的脚步声，还有那个频频响起的海螺声，我故意制造出的咳嗽声……

白医生迟滞地起身,这才发现,他后背的白色衬衫早已湿透:"还是谢谢你,一个出色的倾听者,这就够了。"

"上次带的阿胶浆吃了吧?女孩子都要调理身体,我女儿,我妻子……"他在努力拖延着时间,他等待着今天能有一个好结果。

"你妻子的生日聚会,我决定去。"

白医生的手绢又被抽了出来,遮住他的眼角,他嘱咐了一句:"记得小满那天。"

整整一个下午,时间几乎停滞,漫长到一只蜗牛爬过高耸的悬崖。我在吧台前再一次恍恍惚惚地应付着来往的客人。白医生临出门,恢复了他一个医生的平静与睿智,又将嘴角上扬,向着我露出他的笑容,我的火气瞬间在心里升腾起来,我心里那个小人儿就要拱出我的心窝,却被陆续来喝奶的密匝人流挡住。时间就是个削土豆刀,早早把人的心性削成一摊摊死掉的烂土豆泥,这是我的心灵告诉自己的,我像望一个陌生人一样望了望自己的妻子,妻子开始穿梭在人流中了。

2012年5月13日母亲节　银城盛世牧歌鲜奶吧

母亲节早上九点,小胶皮糖的妈妈在盛世牧歌的包间里满脸泪水,幸福地咒骂着小胶皮糖,她喝上一口牛奶,对朱莉说:"那个老男人要回来了,你告诉我是真的吧?"小胶皮糖点着脑袋:"是你昨天晚上临睡觉前告诉我的。妈妈,你说爸爸今天就能回来,因为是母亲节。"小

■ 再见,朱莉

■ 038

胶皮糖的妈妈今天喝奶竟然用了一根粉红色的吸管,给自己的儿子选了海蓝色的吸管,两个人在包间里兴奋地刺溜溜吸奶喝。

"当然是真的,你上个月就反复告诉我了,你还说他就是不看你们母子,也要回来看看他老妈的。"朱莉在回应小胶皮糖的妈妈的诉说中估算着时间,白医生家的生日聚会刚好在小满当天,大概一周之后的时间,她还没有信心以一个陌生女儿的身份去为一个陌生女人过生日,她甚至恐惧会发生点什么出格的事情。

这两件都是盛世牧歌里的大事。风铃一响,小胶皮糖就从母亲的大腿间挣脱,把身子探出包间门口:"是我爸爸回来了?"他端着杯子奔出包间,举到叮当作响的海螺底下,对准几颗海螺旋转的大嘴高喊,"收!我收。"自从期盼已久却没有盼到父亲的小胶皮糖又新创造了一种收集声音的方法后,无论在家里,还是在其他任何地方,他的书包里都要装上一只杯子,不时将杯子对准天空或者大地,对准这一串海螺,仿佛这样就能收集到他想知道的有关他父亲在世界各地的声音和消息。收集之后,他把杯子口对准自己的耳朵开始倾听。

走进盛世牧歌的是我,我一大早从牧场里回来了。小胶皮糖被母亲重新揪了回去:"收集什么声音?你爸爸今天就从大门口走进来,到时我们先让他喝上一杯热牛奶。"

朱莉也在哄骗着小胶皮糖:"快喝,你不喝,杯子就会喝掉,你就不会健康,不健康你爸爸就不开心。"

小胶皮糖叫嚷起来,嘴里塞着吸管,声音呜噜呜噜:"我要健康,我要爸爸。"他做着快乐的剪刀手势,把杯子举到鼻梁上,示意他已经乖乖喝掉了大半杯牛奶。

他继续被妈妈夹在大腿间吸吮牛奶。"儿子,快喝,十点了,喝完我们去学截拳道,长不大,怎么去澳大利亚找爸爸?"小胶皮糖的妈妈说。

小胶皮糖学着李小龙发出啊哦哦的声音。

我在制作间里制作老酸奶,听着外边的一举一动,感到今天所有的人都在上演一场虚幻的戏,就为了在现实里得到点内心宽慰。准十点钟的时候,小胶皮糖的妈妈有些慌乱:"这个老男人,也不给个准确的时间点。"她穿了一身乳白色旗袍,一些金丝的暗纹构成布料的凸起,沿着她的身体曲线卡下来,让她看起来就像一直被困着。她挪动了一下自己的身体,朝着小胶皮糖的位置。小胶皮糖发出尖细的声音:"今天不去学截拳道,今天只等爸爸。"

我陡然从吧台里探出头来,问小胶皮糖的妈妈:"你真的这么相信他会回来?"

女人险些被激怒,但她瞬间平复:"当然,我相信,他总有一年的今天会回来。"小胶皮糖的妈妈拉着小胶皮糖的手走出鲜奶吧,仿佛她的男人已经在银城的飞机场落地,他的双脚踩在银城的土地上,行走在长条形的枣香街上。她又回头嘱咐了一下朱莉和我:"记得呀,他要是来了,马上给我打电话,告诉他,我们去学截拳道了,很快就回来。"

胶皮糖母子离开鲜奶吧,朱莉和我好像落实在了现实的空间里。

"真是奇怪。"朱莉去寻找那些新进的竹炭纤维的袜子和防晒手套,冷柜里还有些蒙古奶酪和西藏牛肉干,鲜奶吧的客人还是稀稀拉拉的,朱莉努力为这个小店补充着可以兜售钱财的新鲜物品。

她还买了一个迷你型展示架,刚好钉在吧台左墙的空处,把袜子和手套悬挂在上面,把黄色星星价格贴贴在上面:"有时候,我觉得那个陈先生根本就不存在。平安,你觉得呢?"

朱莉有些心慌意乱,她挺了很久了,让自己像没事人一样应对眼前的一切事情,从回到银城,按照自己的意愿开起这个鲜奶吧,她已经把自己所有的耐心和勇气都用上了,它并不能带给我们一个较稳定的收益,但唯一能做的似乎只有每天做好每天的事情。

今天中午我没有回家休息,朱莉在隔壁蛋糕店买了两个老式面包和红豆饼,温了两杯牛奶,两个人都觉得该面对面地谈谈了,无论是白医生的事、小胶皮糖母子的事,还是我们彼此之间的事。

包间里我和朱莉面对面坐下了,我坐在白医生每次坐的位置,刚好对着玻璃窗,能望到大厅的时钟和吧台。空间里莫名其妙地紧张,从熟悉到陌生,也许就是这种滋味。

朱莉转动手里的杯子,因为盛满了白色牛奶,所以,她转动得极为小心,极为慢。拿着老式面包往嘴里塞,过去的时候,我们会塞到对方的嘴里,也不会这样面对面地坐着,我们会拥挤在一起,就像小胶皮糖母子。

朱莉说:"还算好,小胶皮糖母子今天终于如愿了。"

"你真相信那个陈先生会从海螺里走出来?他就是个根本不存在的人。"我把整个面包挤成长条,塞到了喉咙里。

"有很多存在着的东西是我们意识不到的,但并不代表它们不存在。"一说到这种话题,我和朱莉就向着相反的方向各走各的。朱莉再不想揪扯这些无聊而难缠的事,她把话题打开,她想告诉我关于去参加白医生家的聚会的时间和地点。但她绕了过去,她担忧起银城的命运:"你说,银城的人都靠铝业活着,毒死是早晚的事。"

"地球也不可能永恒,宇宙也可能会归零。"

"你说国际上那些恐怖组织,这里袭击,那里暗杀,那才是世界性的灾难。"朱莉喝了一口牛奶,望着我背后的米色墙纸,花茎和叶缠绕不止。

"人类面临的灾难多了去了,战争,当然现在是和平时期,心理疾病,就说一个银城,多少人跑到那个白医生诊所,"我没想到会牵连起白医生这个敏感的字眼儿,我皱了皱眉头,"还有贫穷,贫穷对一个人是致命的。"

我们两个人终于坐到一起时,却无话可说,费力地寻找些并不相干的话题来充塞时间,我们都在下意识地向着生活核心之外旋转,朱莉忍不住了:"你还是博胡米尔·赫拉巴尔吗?"

我被问到了,这是我上大学时最想要成为的人,想像他一样能够自己设计个人的一生。我在滨海十年间,一直都把自己当作赫拉巴尔,每当朱莉对游荡的生活产生疑惑和无望时,我就会把赫拉巴尔搬出来,然后,我开始罗列我们那些微小的经历。

"你还是博胡米尔·赫拉巴尔吗?"朱莉重复问。

我倦怠地把牛奶一饮而尽,我甚至觉得这样不着边际的对话空洞而无用:"你想说什么就说什么吧。"

"你不觉得生活需要调剂,像赫拉巴尔那样调剂他的命运?"

我不知从何时对生活失去兴趣:"生活无孔不入,渗透,你知道渗透吗?"

"我小满那天中午要去白医生家,给他妻子过生日,我还是决定告诉你。"

"他妻子不是有精神病吗?"

"嗯。"

"我听到了。我陪你去。"

"不行,只是三个人的家宴,你要相信我。"

"好,我相信你。"

我捉住朱莉的手,我已经好久没有这样和朱莉敞开聊些话题了。我这才觉得自己和朱莉重新站在了同一条路上,看着朱莉粉嫩的脸上疲倦不堪,看着她躺到沙发上,面对着墙壁弯曲起来休息。我的心口刺痛了一下,疼痛袭来的那一瞬,我就飞快地起身,逃到门外的小木凳上去。

整个下午,盛世牧歌出奇地寂静,白医生没有在四点钟准时到来,倒是小胶皮糖母子来到盛世牧歌的大厅里等待。朱莉已经午睡起来,在吧台里坐着发呆,她调出了贝多芬的《命运交响曲》来提神儿,搞得小胶皮糖六神无主地在店里蹦来蹦去,好似寻找丢失的东西,蹦一阵子,又和他妈妈紧紧贴在一起。

过了晚上七点,陈先生也没有如小胶皮糖的妈妈说的乘飞机回到银城,更没有从海螺里走出来,小胶皮糖在等待中变得越来越软,一种持久的力气终于被抽空,他耷拉着两条腿,还拒绝再喝牛奶,气若游丝地喊着:"我爸爸可能迷路了,我妈妈是个大骗子。"

喝醉酒的养胃女竟然也在晚上八点跑了来,比平日早了三个钟头。养胃女主张自我独立,谁都不靠。她最看不惯小胶皮糖的妈妈对陈先生的那种依赖。她躲他们远远的,自己在吧台里喝醒酒奶。

小胶皮糖母子困倒在椅子上,直到鲜奶吧在夜里十一点要关门,朱莉才把他们摇醒。养胃女得知小胶皮糖母子在等待陈先生的那一刻,差点把牛奶喷出来。朱莉盯着这个在醉酒中无比清醒的女人,这个女人隔着VIP玻璃窗透视那一个母亲和一个儿子,然后嗤笑他们:"被抛弃的女人最幼稚,把幻想当真实,谁都救不了。"

■ 再见，朱莉

■ 044

2012年5月20日小满　银城

　　朱莉在昨天夜里就反复告诉我,她今天中午要去白医生家里,他妻子过生日。我一直背对着朱莉不发声,面对已经决定的事情只能用背对的方式。隔了很长时间,不清楚是凌晨几点,我才回问道:"他妻子是谁?从来没见过这个人。和小胶皮糖的妈妈的那个陈先生一样,从来没露过面。"朱莉也背对着我:"我也没见过。"

　　自从我们分居后重新躺回到一张床上,我们和以前就不同了,谨小慎微地封锁着自己,试探着不敢逾越对方的地界,甚至想得到对方的支持却僵硬得不知所措。朱莉特别想此时的我是一堵可以让她的恐惧截流的墙,她顿了顿,想把自己的忧虑说给墙,但,我早就坍塌成一摊泥。这摊泥已经坦然接受自己就是一摊泥。我缓缓地把眼睛闭上,心里却升腾起一种幼稚的负气,我不想再听到丝毫解释的话,这个时候朱莉再想告诉我任何有关姓白的消息,都是为了减弱自己的愧疚,我是不允许的。

　　今天所有的活计都需要我一个人来做。早上我在大门口接牧场鲜牛奶罐车的时候,朱莉就从罐车旁绕了出去,罐车肥胖,送奶的司机又严重口吃,一句话顶八句话的时长,它们挡住了朱莉走向盛世街西端的背影。

　　两年了,鲜奶吧第一次由我独自打理,朱莉像一种障碍物被去除。

我突然浑身活泛,好像一个人可以掌控一些东西让自己能找到自己。我把不锈钢奶桶搬进制作间,按照每天的流程开始煮纯牛奶,我可以同时准备老酸奶,中间发酵的时候跑出制作间,把厅里的咖啡桌逐一擦了一遍。VIP包间里的门打开,一股浓烈奶香发酸的味道扑出来,我埋怨昨晚不该把房间门关闭太紧。VIP包间里没有朱莉,也没有小胶皮糖母子和养胃女,我自觉把白医生的存在抹掉。我安静地独坐在VIP包间里,享受一个人独占空间的孤独感,倒是生出一丝宽阔来。

不过,那个姓白的总是闯入我的脑袋,我闭着眼睛皱紧眉头,听到门外的街道上车轮滚滚,才想起在加热中翻滚的奶液,我又奔到制作间里,把电脑打开,放一支每天都在循环播放的钢琴曲,然后,每天的现实情境再也无法阻挡地来到鲜奶吧里。我是突然变得精疲力竭的,回到银城没多久,我就开始想离开这里,快两年了,我的心里总是期盼着再次离开这里,那期盼让我焦灼不堪,又看不清楚自己究竟想去哪里。我把奶桶和小玻璃奶瓶弄得叮当响,猜测着朱莉现在入了虎口,和那个谎话连篇的白医生,一个精神病女人……

白医生的家在盛世街斜对面的枣香街,两条街由一个红绿灯路口撑开一个巨大的夹角,路口向着金牛湖的湖面,那小区就立在湖边。每天,白医生从湖边公园走过,看盛夏的荷花遮住一半的湖水,去门诊时采片荷叶插在诊所的一个玻璃瓶子里,病人们去了都看着那片荷叶诉说自己的问题。回家的路上,他会趁着夜黑下来了再偷偷下到湖

● 再见，朱莉

边，采一朵荷花带回家，插在妻子养睡莲的大水缸里。妻子看了荷花就兴奋，她会一下子变成一个正常人，对荷花说："小艾还是喜欢荷花，黑漆漆的，怎么采回来的？"白医生就替小艾回答："就在湖边，一伸手就能够到。"妻子会突然清醒："不是小艾采的，小艾都长时间不回家了，小艾去哪了？"

今天早上，白医生没有去诊所，妻子催促了好几遍："你怎么还不走？病人们都等着呢。"白医生在客厅里打转，他一夜没有合眼，预想了几件今天有可能发生的极端的事情。妻子已经开始给他拿白大褂，她抖了抖披在他身上，然后在他肩上拍了一下。他激动地反过身来，想跟妻子说："你想起来了，你想起来以前每次都是这样拍一下我的肩膀？"妻子已经转身走了，他迅速就明白了，在妻子那里，这个日常的动作已经不属于她了，那只是一个人无知无觉的下意识动作，不代表之前的任何生命意义。

白医生看着妻子坐到客厅的窗前去了，背对着他。他慌乱地逃离家门，躲进电梯里时他浑身虚弱下去，十一层电梯不需要太长时间就能抵达一层，他还是让自己靠在电梯墙壁上向下瘫软，电梯里的小电子屏幕正播放着新型公寓楼的广告，一排一排通天的楼房扎到地面上，他仰着脑袋看着那些转瞬即逝的画面，感觉那些尖细的楼体插进了他的身体。他几乎是蹦跳起来的，门就像是被他撞裂的，一层到了，他恢复成一个正常人大踏步走出去，敞开的白色大褂旋起风，呼啦啦地在飘动,似乎充满力量的样子,在阳光下冲向大门,他希望在小区的大门口能尽快见到朱莉。

朱莉在金牛湖边的长椅上坐了好一会儿,虽然金牛湖离鲜奶吧近在咫尺,但她没有真正在这里坐上一会儿,鲜奶吧从清早到夜晚都被人占据着,而她被为了鲜奶吧能活下去的无数小心思占据着。安静下来的此刻,她突然被抽取了全部的血液和精力,感觉自己飘浮在长椅上,她紧紧抓住木椅的把手,想着过些日子准备上些银城的传统甜点,那是她小时候吃着长大的,用牛皮纸包着,贴着红纸,红纸上印着银城老店的字号。她想着,只要能想到一条增加经营的路就要试一试,把那条路塞进鲜奶吧里,也许,走着走着就会是一条大道。她还想着她的丈夫能做起上门送奶的活儿,那样,她就可以把鲜奶吧开到家家户户楼前的小奶箱里,让银城的人都喝上纯正的鲜奶。

她觉得自己有些力量了,起身晃动了一下僵硬的身体,拎着迷你蛋糕去了枣香街小区。白医生站在大门口和门卫聊天,眼睛盯着通向小区的大路。朱莉一出现在大路口,白医生就飞过来。从进小区大门之前,白医生就偷偷告诉朱莉他的妻子叫爱玲,20世纪80年代比比皆是的人名。朱莉慌慌张张掂着那个迷你型蛋糕,临来的时候从盛世街那家蛋糕店买的。白医生竟然闻出了蛋糕的出处,他用力地把妻子的名字塞给朱莉,两只眼睛放出难以置信的光亮:"女儿,你可真厉害,还记得你妈最喜欢盛世街那个小蛋糕店的蛋糕,而且她只吃这种迷你型蛋糕。"白医生的眼泪都要从眼睛里涌出来，他把它们憋回去，把朱莉推进了大门。

朱莉浑身不自在，突然被别人叫女儿，又要被另一个女人当成女儿，就像世界在错位。她不记得自己怎么被电梯送上一个高高的楼层，也不记得怎么推门进入一个陌生的家里。那个叫爱玲的女人没有发觉有人进入了她的家里，她正坐在客厅窗前的沙发上往外望，聚精会神，在她自己的世界里，眼前是远处的一潭湖水，她盯着湖水一动也不动。朱莉甚至想了一下，也许刚才自己在湖边的长椅上坐着，已经被她看到过。

白医生轻声唤了一声爱玲，女人缓慢地回过身来，她笑了笑，平静地走到白医生身边，把他的白大褂脱下来，挂到门口的衣架上，她就像没有看见立在门旁的朱莉。

朱莉还没来得及喊她一声妈，白医生就几步跟过来，站在朱莉跟前："爱玲，你看看谁回来了？"爱玲立在原地没有动，朱莉看着她，这个女人和自己一样，有一张气死太阳的白皙脸蛋儿，因为长期在这间屋子里，缺少阳光，她的白都是凝滞的。她有点紧张，捋了捋自己的头发，塞到耳朵后边，一看就知道那短发是自己理的，没有什么人为的造型，但让她显得很自然、很平静。

朱莉在女人接过蛋糕的时候突然就心酸了，她就像没有性格的水一样流过朱莉的内心，朱莉从来没有见过如此安静的人，就像世界是多余的。

"小艾,你怎么回来了?"女人把蛋糕放到茶几上。

白医生和朱莉都松了一口气,他们知道这样是铤而走险,让一个精神病人重新回到致病的情境里也许会瞬间击垮她。

几乎是同时,白医生喊:"爱玲。"

朱莉喊:"妈。"

三个人紧紧抱在一起。朱莉又一次感受到"被需要"的兴奋,她很好地进入了角色,喊了白医生一声爸,白医生竟然泪流不止,妻子责怪他:"那么没出息,小艾回来了,你还哭。"

白医生家的生日宴会只有三个人,朱莉跟女人讲述着自己这些年去了威海,威海的大海不是碧蓝色的,很多时候它是墨绿色和碧蓝色相间的,还有那些海螺、珊瑚、寄居蟹,总之,如果你愿意走出家门,世界大到无边。爱玲一动不动地盯着朱莉,她保持着她挺直的肩膀和脖颈,就像每天独自坐在窗前望外界一样。现在,两个女人对坐在窗前,白医生褪去了一个心理医生的理性,他颠三倒四地从厨房到客厅里辗转,取珍藏在博古架上的白酒,准备炖鲤鱼去腥气。他拿着酒瓶立在客厅里听一会儿,他不敢坐下来和两个女人凑成一家,当厨房里飘来蒸发的酒香气时,他重新把酒瓶放回博古架上,然后,立在厨房的门口听自己的"女儿"和妻子聊天。

妻子终于开口说话了,她捧起朱莉的脸,左右端详着,几个模糊的

◼ 再见，朱莉

星点黑痣都被她找到了："小艾，你在那里上学要好好照顾自己，海那么深，多危险。"她冲着白医生摆了摆手，白医生就到了沙发旁，他坐在扶手上，就像十多年前的日子，"你爸爸给你做你最爱吃的酱汁鱼，你为什么总是不回家呢？"

朱莉学着小艾的习惯，把自己的上半身钻进爱玲的臂弯里，爱玲摸着小艾的长头发："都多大了，还这么腻妈妈，让你爸爸笑话。"朱莉笑起来了，她突然混淆了自己只是一个扮演者，她进行着角色的发挥，两只胳膊环过爱玲的腰部，把脑袋抵在她的肚子上，她感觉到另一只男人的大手伸了过来，在她的头上停留了一下，然后，整个客厅回到了之前的时间。他们一家三口安静地待在一起就是这个安静的样子。

门突然被敲响，愤怒又怯懦的声音把爱玲吓坏了，她突然看到自己怀里一张陌生人的脸，她把朱莉从身体上推了出去，回手时毁掉了茶几上的蛋糕，然后抓紧身边的白医生惊恐地号叫："老白，小艾已经死了，她放学的时候被车撞飞了！"朱莉从地上爬起来，看到爱玲双眼里的自己在不断地被放大，她要把自己的眼睛撑破了。朱莉想重新回到她身边给她些安慰，并努力地叫着"妈，妈，是我呀，我是小艾"。敲门声密集地闯进来，就像天空劈下的闷雷。

连白医生都捉不住浑身抖动的爱玲，自从小艾走了，这个家里再没有陌生人来过。朱莉僵硬地立在客厅里，她忘记了开门，眼看着爱玲抱着脑袋躲进了卧室，把自己掩埋在墙角。

白医生喊了一声:"快走!"

朱莉这才奔跑到门口,她特别想消失,门一打开,她和我撞到了一起。我没有犹豫,我浑身积攒了过多的力量,我执拗地钻进白医生的家里,立在卧室门口再也没有动。直到深夜,我和朱莉按照一成不变的工作程序和时间点把养胃女送走,回到家里瘫软在床上,朱莉才开始回忆这一天的特殊经历。她缩成一团儿,缩在我的臂弯里,浑身紧绷着,讲述着上述的所有细节,在特别难受的时刻戛然而止,她抬起头盯着我:"你为什么突然就出现了?你破坏了一切。"我在自己的心里回答着朱莉:"其实,我也不知道,我是怎么站在他家门口的。"

2012 年 5 月 23 日　银城盛世牧歌牧场

朱莉用了两天的沉默打发着我,从白医生那里回来,她就把那个女人的故事装进了自己的生命里,再也忘不掉她那副面对外界惊恐的样子。朱莉在鲜奶吧里时就不停地做酸奶,她还到北城的老城区找到一家糕点老字号,进一些老式糕点到鲜奶吧里,让顾客们可以喝着牛奶吃些糕点。这是她一开店就想做的一件事。

她还在网上买了一个木质的花架,从盛世街小花店里买了几株小米星、马蹄红、石莲花,还有一盆几乎永远开放的长春花。墙角那个空置的大鱼缸是我在开业那天就买下的,但我一直没有耐心养上一条鱼。朱莉把它搬了出来,种了棵睡莲,放进了几条金鱼。

◼ 再见，朱莉

◼ 052

　　我无法把自己插进朱莉的世界，尤其是经历了硬闯白医生家的事件后，我必须把脑袋低着。而且，朱莉总是那么看重这个鲜奶吧，看重这一小方空间里的人，她在两年前就跟我说过："其实，他们和我们一样，我们被需要，被需要你明白吗？"我反复把这句话说给自己听，把我在白医生的卧室里看到的那一幕重新回放，那个在墙角瑟瑟发抖的女人，长久地把自己封闭在那个安全的墙角，那个姓白的竟然如此狼狈，就像个脆弱、迷途的孩子，他竟然像个女人一样哭泣，仿若另一个自己。迷惑了这段日子，我是在那一刻突然清醒的，看到每个人活着的本质。

　　幸好白医生一如既往地来店里喝牛奶，只是和朱莉客套地打个招呼后独自待在包间里，他不太爱说话了，一脸平静地想些什么事情，就像之前所有的记忆都不再算数。小胶皮糖母子也好些日子没来了。养胃女隔三岔五地在深夜醉醺醺地撞开小店的门，在卫生间的马桶里吐上一阵子，但不耽误她重新坐回到包间里，和朱莉聊天、喝牛奶，清洗她的酒精胃。我终于找回了这座小城的熟悉味道，就是这样机械的生活步骤，没有惊天动地的波澜，即使有些巨大的变化也被这凝滞的缓慢包裹住，工业加工又频繁生出干裂和坚硬来。从我出生就是这种性格，现在它还是如此，我也想了起来，难怪自己不爱这个地方。

　　一天清晨，盛世牧歌牧场的送奶师傅重复着每日送鲜奶的工作，两年以来，有时我会去牧场直接拉来鲜奶，大部分都是送奶师傅把鲜奶送到店门口，这是签订加盟连锁店合同时清楚写下的条款，条款很多，我早就忘光了。

送奶师傅从奶车上跳下来，他真是牛奶的最好代言，一个虎背熊腰的大男人，肥胖白嫩，无论手臂、脖子还是脸，我都能想到他连藏在运动鞋里的脚趾都是白皙的。每次来，他几乎都不说话，把奶箱的开关旋转开，牛奶哗啦啦流到奶桶里，他听着声音盯着流动的牛奶，准确地在奶桶的刻度线上闭合开关，完成一家连锁店的供奶数量，然后，把车斗的后门铁插销挂上，跟我点个头。

不过，这次他跟我说了一句话："这周有顾客参观牧场的活动，公司让你组织一下。"说完，他绕过灌好的奶桶，他的两只胖腿走起路来相互摩擦，还带起一阵不小的风，把奶桶里的奶香旋了起来。我一下子就闻到了那奶香，我快速翕动着鼻子捕捉那奶香，送奶师傅半截身子扎进驾驶室里在扒拉着什么，说："天天泡在鲜奶吧里，是不是越闻越喜欢？"

他拿着一个文件袋钻出来递给我："活动介绍、报名表格都在里面。"他冲着我笑了笑，我也笑了笑。

希望走出这个小城中心的人不在少数，我用了一天时间就组织了近二十个喝奶的顾客，时间定在周六。牧场还派来了一辆小型中巴，红色横幅从车头一直拉到车尾，在银城各大主路上绕行了一圈，人们都停下来看看布幅上写着"盛世牧歌鲜奶吧走入牧场参观活动"一行

■ 再见，朱莉

大字，再翘首往车里面瞧。

顾客们把自己的脸都晾在玻璃窗上，他们埋怨车子还在城里爬来爬去。平日，他们要么被困在高热的铝厂里，要么被困在重金属一般坚硬的银城里，很少有机会离开这些太熟悉的地方。

鲜奶吧的 VIP 客户都来了，还吸引了些新的孩子和父母。小胶皮糖一直都在努力挣脱他妈妈的怀抱，他在那次迎接父亲的虚幻后长大了不少，再也不提海螺的神奇，也不再把爸爸挂在嘴边。他用尽全力把自己从玻璃窗上挤出去，他还没有出过银城。连只有深夜出现的养胃女都来了，她牺牲掉了寻找参加保险客户的时间，甚至把手机关闭，因为她实在不能看到手机屏保上那个写着"人寿保险"的图片，她会无法遏制地给陌生人打电话，从头到尾地重复参保的所有信息。她不停地跟朱莉说话，坐在车子的最前排，说一会儿，会适时地回头向整个车厢搜寻一遍，跟娄爷爷和娄奶奶点个头，在最后一排车座的角落里找到白医生。

车子开出市中心，所有的人都安静下来，夏季的银城郊区繁茂翠绿，麦子快成熟了，麦穗儿饱满，在城市与乡村的交界线上，同时装着工业文明和农业文明两种产物。人们都听不到我站在司机旁边念些什么，可能是一天在牧场的行程，或者此去的目的，让顾客们亲身体验绿色牧场，亲眼证实盛世牧歌牛奶的优质来源。

牧场在银城向南三十里的三十里铺镇，那里有三四个村落已经集体搬迁到镇上的楼房里。耕地从散碎地块儿整合起来,大片的麦地终于可以驶进大型收割机。牧场就是这些集合后的土地中的一部分。车子一停下来,顾客们就变成了游客,举着小红旗排在我的身后,走在最前面的是牧场的解说员。

孩子们开始尖叫,从远处就能看到黑白色的奶牛踩在绿草场上,还有一排排现代化牛舍、鲜奶加工厂园、牛奶西红柿种植园。我看着人们从城市中被放逐出来,我从队伍的前头跑到最后面,离他们有些距离,辨认着人们逃离现实的快乐面孔,我又发现了一个秘密,他们和我那么相像。

那天,我特意在牛奶西红柿种植园里穿过采摘的人群,在白医生的身边站了一会儿,我想主动跟他说点什么,最终也只是和他打了个招呼。白医生正在采摘牛奶西红柿,顺手递了一个给我。

这时候,娄爷爷在人群里寻找着我,他偷偷告诉我,他和娄奶奶一直都想去教场铺遗址看一看,娄奶奶最想看看当年的孟尝君在那里演练兵马,手下门客3099人,如今会是个什么荡气回肠的样子。

我看到被满足的娄爷爷和娄奶奶瞬间就年轻了,娄奶奶在我的脸蛋上亲了一口:"好小子!"我独自傻傻地乐了一会儿。结束牧场参观活动后,我说服了司机师傅,去了牧场向西不远处的教场铺遗址。那里是银城人都知道的地方,真正的金牛山就在那里,孩子们在车里比拼着兜售那里的历史,连小胶皮糖都知道那里有多古老,他问妈妈:

"龙山文化你知道吗？新石器时代？"小胶皮糖妈妈的惊愕被儿子认成了无知，他遗憾地叹了口气，"要是爸爸，肯定都知道。"

我和朱莉也是第一次走向真正的金牛山，银城里的那座金牛山是它的仿品。我们从小就知道，金牛山的美丽传说里有九十九头牛，那家勤劳的财主日复一日在山间放牛，到了山前喝水时就会变成一百头牛，那头隐藏在牛群里的金牛是整个银城的保护神。直到这一天，我们才发觉自己开始认识银城。

2012 年 5 月 25 日　银城

参观牧场回到银城后，鲜奶吧就来了几个新顾客，他们在早上借着赶去铝厂上班的空隙，给自己的孩子和老人订了鲜奶，在每天下班时捎回家里。几乎每个人在急速发动摩托车时都问朱莉："你们要是能帮我们送奶到家多好。"我在门口迎送他们："很快，你们就能在家门口喝上鲜奶。"加足马力的摩托车尾气黑而粗重，在盛世街留下一条渐变的烟痕，那烟身一直从西头白医生心理诊所的门前转弯，驶上市中心大道，奔向城北壮硕的工业区。

顾客一走，我就坐在小椅子上，我的视线停在白医生的诊所。白医生重新回归了他之前到盛世牧歌的时间，每天下午四点到五点会准时出现在盛世牧歌的包间里，早上他不再像个小伙一样激情满满地来店里喝上一杯鲜牛奶。他比以前显得倦怠，他的说辞是现在得心理疾病的人越来越多,多到他都快成了病人。我一边想着什么,脚步已经走在盛世街上,我在每个小店前停留一会儿,仔细端详它们为盛世街的繁华而敞开的门,我并不走进店里,然后继续向前走。我终于走进了白医生心理咨询门诊,里面已经排满了人,我踮了踮脚尖,也只能看到问诊室里白医生的头顶。

我钻进刚刚离开的一个病人留下的空隙里,把自己贴在墙上,半条腿被坐在椅子上的人拥挤着。这里和我每日坐在鲜奶吧前的小板凳上看空旷的盛世街截然相反,似乎整个盛世街的人在大白天都塞进了这间门诊里。

"禁止吸烟"的标识小得可怜,却无比清晰地把红色火柴燃起的火焰刻在墙上,你需要用力去辨认那火柴之上是个巨大的红叉,就像被判了刑。我缩动了一下喉结,把唾液咽了下去,一只手在肥大短裤的肥大口袋里狠狠捏着一支烟。我突然想起了朱莉曾说过,要把我送到白医生这里来,让白医生好好看看。我慌乱起来,扫了一圈儿四周的人,他们好像再正常不过了,只是熬不过长时间的等待,都在和就近的人聊着自己,不管对方是否在听,低着脑袋默不作声也无妨。

我冲出了诊所,在门诊旁的台阶上坐了下来,感到虚弱而气喘吁吁,我拿不出一支被折叠在裤兜里的烟,有索性断掉烟的念想。阳光刺疼了我的眼睛,我努力向上翻动着眼皮,才意识到有一个月余,我荒唐地陷入了空白的陷阱里。

■ 再见，朱莉

■ 058

直到中午，诊所门口才终于走出最后一个病人，他是最后一个立在我脚下一级台阶的人，也许是没有从我的脸上瞧出什么异样，他高高兴兴地走了。白医生把推拉门关了起来，他坐到我的身边，在台阶上歇息一会儿，病人们吸干了他的神气，他就浑身放在安静里集聚点力量。

在盛世街上有一家小吃店，家常炒菜，招牌是祖传的焖饼，既是菜，也是面，是盛世街上整日不歇的小老板们都喜好的吃食。白医生和我在小吃店里碰起了酒杯，我们第一次近距离面对面坐着，我看到白医生宽阔的眉宇，比之前在鲜奶吧隔着玻璃窗看到的还要宽，令人担心从此会丢失一撇眉毛和一只眼睛。白医生看到我焦灼的脸色淡了许多，能够自如地扔掉一些东西。

我们要了一瓶银城的老字号天赞酒，用银城最传统的一两白瓷小酒盅，奶白色，薄如鸡蛋壳，酒倒在锡酒壶里，又倒进白瓷酒盅里，细致的步骤让时间慢了下来。我们端起来独自享受着酒被吸干发出悦耳的吱吱声，我全身瑟瑟抖动，就像铝厂日复一日将废水用高压棒打入土地深层，废水从内部侵蚀着土层，一层又一层，返回到地表。如果你关心土地，你就能发觉整个土地都在微颤，现在的我就是这个样子，我抖动着自己，直到有一天从最脆弱的地方迸裂。我闭着眼睛流眼泪，闭着眼睛笑："从我一出生，我爸就在每天晚饭时告诉了我这种声音，吱吱，吱吱……我妈厌烦这声音，你猜，我爸怎么说？他说，这就是银城,这就是我,你再讨厌它也是银城,我还是我。"

"祝贺一下,你还是你。"白医生连眼睛都微微闭上了,但他能准确地感受到我递过来的酒盅,轻轻地碰了一下,然后,又发出一阵吱吱的吸酒声。

有几个邻桌的顾客看过来,嚷嚷着要了一瓶天赞酒,要了一套一两酒盅。后来店老板娘说起过,那天他们店里的客人都用最古老的喝酒方法喝起了老字号天赞酒,他们店里就像招了一屋子多年不遇的香老鼠。

白医生竟然哭成了花脸,他的哭泣没有丝毫声音,全部装进了胸腔里:"我告诉你个秘密,我妻子是个精神病人,我把她藏了那么多年,耻辱。平安,你知道耻辱吧?我是个心理医生,但我救不了我妻子!"他一把一把地抹脸,无声、酒和汗水挤在一起,就像两个相互理解的男人。

我哧哧地笑起来:"我当然知道你有个精神病老婆,我,因为这个,我就像个无耻的贼。"我抢过锡酒壶,给白医生斟满,又给自己斟满,"你不知道,我那天跟在我老婆身后,我得有多龌龊。我痛恨我自己,我的内部在坍塌,可我还是不能抗拒邪恶的猜测,我猜你是个浑蛋,我老婆也成了一个浑蛋……"

"我知道。"

"你什么都不知道,我多想走出去,做个事业有成的男人。"

"我知道。"

"你知道什么？'信任'就是一块石头，你必须做到铁石心肠，铁石心肠地相信你老婆，相信你自己，相信人，这就是一场冒险游戏。"

两个男人从中午喝到傍晚，喝到他们浑身酸软，意识飘飞，他们还大哭了一场，老板娘立在吧台里细细听着，被他们大哭而感动，她还小声地对他们说："男人和女人都可以哭，这也是平等。"随后，她摸索着吧台里的纸巾盒，视线不离开店里最后的这两个男人。

她听到其中一个说："我明天就去各个小区里钉奶箱。"

另一个等了半天才回应："给我家也钉上一个。"

"不钉，钉了你就不去店里喝了，为了你们，我老婆把鲜奶吧改成了啥样子，还VIP……"

"给我老婆钉一个。"

"好。"

老板娘拍了拍吧台："我说，给我店和家里都钉一个。"

我趴在桌子上摆了摆手，用眼缝瞄了一下对面的白医生，他早已趴到了桌子上，发出呼噜呼噜的鼻息声。而此时，朱莉在鲜奶吧里忙碌着，她精确地记录着每天的顾客人数、售奶量的变化，纯牛奶和酸奶的配比，还有大量制作黄桃酸奶、草莓酸奶的扩充计划。夜色黑下来的时候，养胃女摇摇晃晃地来了，她开心得不得了，刚刚拿下了一个大客户，扬扬得意地跟朱莉炫耀她的成绩。

朱莉开心地摆弄杂物架上的竹炭纤维袜子和蒙古奶酪,她其实一直不明白养胃女为什么每天把自己灌醉。朱莉问她:"为什么总是把自己喝醉呢?"养胃女愣住了,她环顾了一下四周,除了朱莉,只有她一个人,她好像努力地想了想:"难道所有事都需要为什么吗?"

那天夜里,鲜奶吧里出现一阵又一阵笑声,养胃女比往常都活跃,她给朱莉讲述她碰到的千奇百怪的客户,人们嫌弃她这个做保险的女人话太多,她就跟他们说上辈子她是个鹦鹉,人们嫌弃她围追堵截的战术太愚蠢了,她说她学了癞蛤蟆的功夫,最后,她告诉朱莉:"人要活得好,脸皮要厚,信自己,没错的。"

次日,我买了一辆摩托车,骑着它到各个小区里钉奶箱,准备给没有时间去店里的人们送鲜奶上门。银城已经不是之前那个闭塞的小县城,那些熟悉的街道已经被拓宽并被重新命名,我就像行驶在一座陌生的城市里。与盛世街平行的另一条顺河街建起了南城最大的批发市场,有摊位开始批发、出售蔬菜和肉食,人们开始在这里过起了日常的生活。

有时,我会在市场旁的空地上歇歇脚,批发蔬菜的贩子从我身边驶过,驮了一身的芹菜和大葱。那天阳光全部落在路面上,一辆爵士摩托车载着一场奇观驶过来,车后边是一筐新鲜的菜,被塑料布包裹着,掀开一条缝,呼啦啦带动着风驰电掣的风声。一个粮仓一样肥胖的女人,坐在男人怀里,一个七八岁的男孩儿坐在女人怀里。就在我眼前，一个土坑把车子颠了一下，三个人跟着飞跃几下，女人在飞起来的瞬间喊着："豆芽，卖豆芽！"

继续向前，摩托车最终摔倒在一块路障上，他们像快乐的皮球从地上弹起来，看着筐里的豆芽在塑料布的包裹下没有丝毫撒出来，嘎嘎嘎大笑起来。我也跟着笑起来，看着他们相互拍打身上的尘土，不知道他们的笑从哪里来，就像他们心里流动的不是血而是蜜。一只皮球把摩托车重新扶起来，吹了几口根本看不见的灰尘，肥大的女人重新坐上去，震颤着浑身的水肉，他们扬长而去。

Z 型生活

1

当一种生活需要面对镜头陈述的时候,我们突然就变成了哑巴。不同寻常的消息是秦丽带回来的,门口海螺风铃的叫声既兴奋又恐惧。我们五年前住进这里时就共同商量,我们需要在门内挂上一串海螺风铃。不只是因为宝然曾听到一个老渔民说海螺可以收藏人的过去,还作为一种预示,每进入一个人带来的异常声响会成为辨认彼此的愉悦而隐秘的方式。

我们都听出来这是秦丽的声音,她总是让海螺的碰撞更加跳跃,声音细碎而清脆,像是碎在了地上。威海春季的夜色降得缓慢,和它漫长的冷春一样迟滞。四月暖气停了,可我们忘记了空调可以制造寒凉,还能取暖,屋子在昏暗中逼近春寒,把秦丽的兴奋和恐惧冻住了。这种时候,她这只老虎就更像一只脾气柔软的猫。

■ 再见，朱莉

■ 064

一般我们会在各自的屋子里做自己的事情，这样，大家都很自在。当时，朱莉正在卧室里摸黑制造她的女人A，A的身体还裸露着小部分骨骼，将来A的身边还会有男人Z，朱莉用了五年的时间才让她变得风华正茂。宝然紧闭她的卧室门，独自在床上趴了一整天，她前几天刚刚和人生中第12个男士见了面，回来之后整个人的生命像是被偷窃了一段。她莫名地喜欢"13"这个数字，所以，从第一天到来之时，就在卧室门上贴了一个"13"的房号，让她的办公室文员给打印在淡蓝色彩纸上。

异样的海螺声把我们召唤到了客厅里。秦丽把脖子探向门口衣物间的门把手，门虚掩着，门上贴着小雪巨大的脑袋，旁边有一个缓慢张开到永远也闭不上的树懒嘴，吐出一串字："梦想，永远挂在树上，画世界！"

那个狭窄的衣物间住着小雪，她从遥远的乳山背着画夹子来到威海，在海燕美术培训学校接受艺术高考训练，将来飞到更阔大的地方去。小雪已经很多天不见踪影，她把自己变成了画笔，全天浸泡在那些白色素描纸和石膏体、石膏像里，可能还有些苹果、香蕉之类的吃食。她半夜从画室回来，海螺就会发出蹑手蹑脚的私语声，即使是在梦里，我们也会透过门缝听到那节制的细微声而安心起来。我们还听见小雪告诉我们："朋友们，我饿了的时候，才能看透那些苹果和香蕉应该是用来吃的，那是水果的本质，而不该是用来画的，对吗？"

"朋友们,他们要采访我们。"宝然第一个缩进沙发的一角,她的黑眼圈儿形成了黑洞,真的成为一条鱼夜夜不闭目。那束定在秦丽嘴唇上的高光从洞中心射出来,秦丽继续告诉我们:"我突然意识到'我们'和别人有区别,你们发现过吗?"

要不是周末,我们三个人不会同时出现在这个房间里。现在,我们是一个整体,我们三个挤坐在客厅北墙的沙发上,用身体感触着彼此慌乱冲撞的血液和僵硬的骨骼。在这个公共空间里,我们遵循着公共意识,按照我们的意愿,在墙对面的博古架上摆满了海螺、小扇贝壳、花蛤、海怪、蛏子、鲍鱼壳。秦丽还在一次抱海酒店醉酒后,坚持把一条身长四十厘米鲈鱼的头骨带回来,四根手指倔强得不肯弯曲起来,她举着它在我们每个人的屋子里晃动三圈儿,标识着酒店的四星级别。走着走着,我们听到秦丽的胸腔里咕咚咕咚向下吞咽着什么坚硬的东西。博古架上还有几块百年的树瘤,是宝然从每周一次的文化名居古玩早市上淘回来的。小雪用橡皮泥自制了一个四方形底座,把她那支画素描用的神助炭笔插在上面,就像一把永恒不灭的圣火,我们仨都为此让出了博古架最中间的位置。那些从海边捡来的花斑彩石、海岩石和大摞书籍,都是每一场"动物音乐会"的动物们带来的,他们说在这个空间里存放了自己喜欢的东西就如同他们也生活在这里。那几个精致的手术医疗器械件和植入物残次品,是朱莉从公司里分批装回来的,不锈钢和钛合金的光泽细腻而沉着,在客厅里提示着特殊的意义，朱莉说它们让我们永远记得痛苦是人本性中的一部分，吃掉它，幸福才会存在。所以，每一个物件里都藏着我们的一段生活。

屋子里没有回应，黑暗就像没有摘掉的镜头盖儿，它阻挡着镜头内另一个世界要伸出的触角。玻璃窗外的路灯透进来几丝光，它立在这条宽阔街道的尽头，为几个晚饭后散步的老人和孩子照亮，他们差不多年复一年地在这条街上兜圈儿，就像树木画出的年轮，谈论着自己的过去和当下一些瞬息万变的时蔬价格。从视觉和听觉中，他们的生活早已成为我们的一部分。

一看到那些散步的人，宝然就想起她奶奶，那是一个生在鲁西平原的银城，一心想把自己从家族的旋涡里择出来的老太太，她说，这个世界真奇怪，每个人都拼命地往另一个人的生命里钻，你爷爷，你，你爸，你妈，那些街坊邻居……相亲受挫的宝然每一次相亲回来无论成败，都要给我们讲一遍她奶奶。那时候我们也是这样在沙发上一字排开，宝然说她仔细想过自己，她就是一个拼命要往另一个陌生人的生命里钻的人。秦丽第一个为奶奶鼓掌，而后我们才终于理解了她奶奶，一个二十世纪三十年代出生的女人，经历了战争、饥饿、疾病、衰老，到头来还想着自由。

那天秦丽还带回了手撕面包："其实也没什么，我和那个电台的朋友并不熟，他在做一档叫《新生活》的节目。"秦丽起身把灯打亮了，重新和我们挤在一起，"我也搞不清楚，我们这叫'新生活'？"

宝然还被裹在她自己的世界里,她遇到了很大的障碍,她是威海珍珠商厦的服装销售经理,她能和队友们登上月营业额的高峰,但她没有能力把自己推销出去。在这个时候跟她说生活如同递给她一把刀,她只是用力撕扯面包条间那些丝丝连连的部分。朱莉挤在最中间,她声称自己是一只沉默的大象,连细胞核里都是理性,她更愿意沉浸在无声的动作里,如果说太多的话就像一只皮球被扎了无数个孔儿,全部生命都会在这些细密的孔中消失掉。现在她的喘息声莫名地消失了,过了一会儿,她翻身跪在沙发上,把窗帘拉上:"是吗?如果生活被强调为一种'生活',我们觉得世界可能出了问题。"

2

我们不是同时来到这里的。朱莉和秦丽最早租住在菊花顶小区这栋三室一厅里,宝然居住的第三个狭小卧室处于是否租赁出去的争论当中,如果我们的工作能够持久些,我们就能轻松负担得起多出的那个小卧室。那年我们二十五岁,距离到威海人才市场应聘工作挤进同一家服装加工公司有三年之久。朱莉因为目睹了长期出口韩国、日本的紧急服装订单,全体员工日日通宵达旦,一个女孩儿因此得了长久视力模糊的毛病(秦丽对朱莉说,这不关你什么事,朱莉觉得这关乎每个人的事),她悄无声息地离开了公司。

朱莉离开公司后就在威海的工业区里四处游荡,直到今天她谁都

■ 再见，朱莉

没告诉，那一刻，她竟然发觉自己根本不属于这个世界。她牢牢拴住"人在离开故乡之后才会对它刻骨铭心"的信条，默念着自己混乱的身份。生在那个冬天能冻掉脚趾的黑龙江边，可她的父母和爷爷却是因为饥饿从鲁西银城奔赴那片黑土地的，现在，她又鬼使神差地跑到威海西边这片工厂里。

朱莉几次发觉自己在原地兜圈儿，那是个巨大的围城，工厂与工厂之间彼此相通，又在街道的回字形和工字形交叉中制造着迷惑，她就在焦虑中从公交车牌上任意选了一条一直向东行的公交车线，那一刻，她特别渴望"事物的尽头"，渴望明确"自己究竟是谁"。

她听工友们说过，威海最东边是一条没有头的渤海海岸线，另一个工友说是黄海，其他工友谁都不插话，等待着两个人争执结束。一个工友继续说，人不能再向东了，那是尽头，如果你执迷不悟非要继续向东，那就不再是中国而是韩国了。当时朱莉迫切地问，那么浩瀚的大海怎么能分出边界？工友突然被问到了无知的知识点，感觉面子受到了威胁，甩了一句，谁能知道国与国、大海和地面之间那么大的事情？朱莉好像得到了一种暗示，工友们把问题重新甩给了她，等着她去做些事情。

菊花顶小区向东南步行不足二十分钟的路程，就到了工友们说起的东边的尽头，那里是蛇体海岸线的北段，幸福公园是它的一部分。朱莉迷迷糊糊找到这栋房子的时候灵魂即将出窍，但坚硬的存活意识让她必须把自己嵌进这群楼体中的任何一家。那时候她根本就不知道距离向东的尽头竟然那么近。她拨通玻璃窗上的房屋出租电话，问了所有的房屋信息却一条也没记住，房东宋大哥以为又碰到了一个酒鬼或者打无聊电话的人，直到朱莉像一头不幸的抹香鲸在搁浅，只剩虚弱的呼气："我现在只有一个要求，把房门打开。"

秦丽随后离开服装公司跟过来的时候也是转得恐慌，之前在服装公司里整个世界就那么大，它有一个安全的物理距离，每天从宿舍到车间，一个人所有的生活轨迹都在厂区内，傍晚下班到加夜班的晚饭空隙，我们才立在大门外看看来来往往的行人和车流。走出来就像瞬间跌入了深渊，朱莉听到秦丽在电话里焦躁地哭泣："求求你，把门打开。"在这栋房子的大门口，朱莉和秦丽抱了两分钟，如今门卫那个中年男人见了她们还感动得蹙鼻子。现在，她们有了各自的房间，每个人都有一扇可以自由敞开和关闭的卧室门。她们有了新的安全物理距离，从一座城市的东端跨越市中心到城市最西端和最南端的工作单位。

有一天，朱莉说："秦丽，我在那具人体骨骼上看到了光，是真的！"这年朱莉已经在威海海星医疗器械公司做起了质量体系内审员。而秦丽为威海一家私人小报社发报纸，七十多天里她日日做到发光最后一份报纸，连行人随手扔在地上的报纸也要重新捡起来发掉。她从一个发小报的人迅速被聘为了小报记者，她才知道在那些穿梭的日子

■ 再见，朱莉

里，老板能够清晰地看到每个发报纸的员工在每条街上的一举一动，身边挤满了暗探。秦丽恰逢时机就拿出来调侃，我也是有过保镖的人。

朱莉在电话筒里重复了一遍："是真的，秦丽，你知道人体会发光吗？"当遇到心里激动难耐的事情时，朱莉总要饥不择食地告诉秦丽，无论秦丽在多遥远的地方谈论着多重大的事情。"我想过了，那证明一个人无论生了多重的病，只要内部有光……"朱莉正站在样品陈列室修长走廊的尽头，那里有一扇带窗户的门，狭窄的窗口吊在上方，她站在玻璃窗外张望里面的那具人体骨架，骨架上一切属于人的肌肉和编织全身的血管、神经可以顷刻间被她的大脑缝合。她忘记了开门，动作竟然自然而然地慢了下来，完全不受控，被那身体的光迷住了。

秦丽没有回应，当时她正在跑一家准备给小报注资的客户，那是她在小报社最重要的一搏。客户的办公室阔如广场，扩音效果很好，也许他们都听到了。她向客户们致歉，移步到门外，她等着朱莉把她想说的全部说完，朱莉等待着听到秦丽更愉悦的呼吸声。朱莉继续说："秦丽，那样你就扔掉'秦氏爱疗法'吧。"秦丽说："好。"那年秦丽成为小报记者的同时也需要把自己的子宫摘除，医生说是疑似。疑似，就是告诉你，你突然和这个世界上的人不一样了，你突然意识到你还有一副躯体。她就夜夜往肚子里灌酒水，声称那是"秦氏爱疗法"，遮住了具有现实意义的谐音"秦氏癌疗法"。朱莉就是那个往她杯子里倒解药的人。

如果那时候宝然已经来到这个家的话,朱莉会一字不落地把她的新发现重新告诉宝然。那个神奇的下午,是的,朱莉把看到人体发光的那个下午始终视为神圣的时刻。平时朱莉像一台机器一样来过样品陈列室无数次,取类别、型号、材料各不相同的植入物(植入人体的)或者骨科手术用的医疗器械,但这是第一次有能力看到不同的景象。她不知道是不是最近一阵子秦丽太痛苦的缘故,她差不多用酒精把"子宫癌"三个字杀死了,但她无法放弃她那份难得的小报工作。这让朱莉变得异常清醒,原来事物总是那么矛盾。夜里眼看着秦丽把自己喝成熟烂的桃子一样浑身毛茸茸的还说那是腐烂的权利,白天她又会像没事人一样和那些企业老板打交道,求得他们对报纸的广告支持。

陈列室走廊里投进下午四点的余光,地面亮晶晶的,又反射在玻璃窗上,玻璃具有制造距离和合理光亮的功能,那里就像站着一个活人。朱莉用"活人"给秦丽描述了无数遍她奇异的感受:"我觉得,那是生命的光吧。"这个世界上充满光亮的东西太多了,把人心都刺瞎了,更何况在文明的国度里,身体在忙碌中是隐形的,时间久了,人们就忘记了自身的价值。

朱莉不记得开门,走到骨架近前,摸了摸它的质感和温度,现在这是一具女人的骨架,从纤细的骨骼上就可以窥见准确的经验。她在骨架面前走来走去,端详着她,猜测她的样貌、职业、社会地位、生活小瑕

■ 再见，朱莉

■ 072

疵，那件上天赋予女性之气的神圣物件，朱莉必然会直接想到秦丽正要失去的女性那一部分神圣的物件，心里很难过。我猜也许将来还有一个时刻提醒自己要和她一起终老的男人，他们应该也是刚刚注意到自己的身体，也就慢慢关注到了属于他们自己的意识……

好多的夜里，朱莉频频加夜班，完全是为了那具人体骨架，她寻找着合适的机会，终于在临近周末的一天深夜，她把运动帽紧紧压低，藏在黑暗里。那一天白天，她特意穿了一套戴帽子的运动服，引得全公司的人都要看上她一眼。她特别想把这件事做成一件公开的事情，但，人们都只是把眼光停留在她突然改变的外表上，而且是临近周末，人们早已被即将在周末做的轻松事情占据了。朱莉没想到这样轻松就把它带回了家。

秦丽一直等待着，她又喝酒了。一个蘑菇状的手撕面包没有丝毫动过的痕迹，这是秦丽最喜欢的面包，有发射火箭冒出的蘑菇云那么大。在我们菊花顶街有一家迷你型的蛋糕店，我们的早餐和晚餐大部分都被它解决了，店名让人感到意味深长，叫"盛世牧歌"。秦丽每次去都买这种手撕面包，其他还有老面包、蛋卷、毛毛虫、水果面包、桃酥、枣糕、黑糖，后来还摆出了威海非物质文化遗产大饽饽，个头儿巨大到能抵得上六个常规馒头的体量，头顶敞开着十字形裂缝——寓意笑口常开，还有大枣饽饽，体魄和笑口常开同大，只是头顶上布满了红枣。

朱莉把人体骨架摆在客厅中央，左胳膊从手腕处断裂了，公司里的人用铁丝捆过无数遍，勒痕都在上面，她的右脚趾也不见了。朱莉和秦丽一起挤在沙发上："将来我要用石膏把她的身体填充起来，她应该是一个有光的女人，我想把公司那整套的人体植入物植入她的身体，比如镶进她颈椎处的米白色颈椎椎间融合器，半截手指么么长，镶嵌在颈椎骨结的缝隙间，可能会有点像未来世界每个人体都要储存的芯片或者每个人的代码标识。秦丽，我甚至想了一下，将来我会为她找一具男性骨架，为他们组成一对儿，像人类持久以来的正常繁衍一样。"

朱莉的血液里都是兴奋，本能的冲动让她用整个身体说话，引起秦丽的身体也轻微地跳动。每天夜里的这个时刻算是她们俩安静相处的时间。又一个威海难熬的五月，秦丽独自喝上一口酒，撕上一条面包，盯着这个铺满灰尘的陈旧骨架："这就是你看到发光的人体骨架？"

看得出秦丽今天的业务跑得并不成功，她控制着自己绝望的情绪，不用眼睛直视朱莉，没有惯常的惊讶，她一直盯着玻璃杯的弧形边缘，然后突然看了眼正对面的人体骨架："好像和我一样支离破碎。"

"我们给她起个名字吧。"朱莉觉得这可以让秦丽开心起来，毕竟，给一件新事物命名会让人产生神秘、愉悦的想象。

秦丽在骨架周围转了几圈儿，听到朱莉说："明天我还是得给公司

再见，朱莉

写一份书面申请，我就说我要研究植入物和人体的切合度，所以才需要这个，其实本来也是那么回事。"

"叫 A 吧。"秦丽说。

朱莉问："为什么？"

"不是什么事情都有为什么。不是你离开了服装公司，就不会再有过劳失明的人；不是因为一个人年轻，魔鬼就可以绕过他；不是因为你的生活过得不如意，生活就是不如意的；不是因为你把她从杂物里找到了，她就应该随着你来到这里。明明就是一具破旧的骨骼模型，你却说看到了光，你说为什么？"秦丽重新回到沙发上，重新手撕那个巨大的面包，"我要是拿不下这个客户，我们就把那个小卧室租出去。"

朱莉也参与到手撕面包的游戏里，她们用尽全力地撕，撕成手指宽的长条，继续撕，撕成细线，继续撕，撕成发丝，笑声就是从这些随心所欲的撕扯中发出来的，它们自由极了。秦丽最赞扬发明'手撕面包'的人，她说这是制造了一种公平的武器，让人不会放弃个人意志，当你用双手尽情撕裂那个蘑菇时，不用顾忌任何人，不用装作可怜哀求者，因为它本身的命名和食用方式就是"撕裂"，你可以把面包顺着或者逆着它的条状纹路撕开。"像人的肌肉吗？"秦丽问朱莉。朱莉说："像血管。"

这个时候，秦丽就会更像朱莉。"朱莉，那个客户有一张血红色的嘴，我看到那张嘴露出来好多白瓷牙，那一定花了不少钱，但，那一看就是假的,一个假的牙齿安进了人体里。"秦丽把红酒喝光了,她又要了一杯,"朱莉,我觉得客户是因为安了几颗昂贵的假牙,所以他反而不会情愿把钱吐到一份虚无缥缈的报纸上。"

每隔一段时间秦丽就会多要上一点红酒,所以,从最初的半杯增加到一杯用了三个月时间,但从一杯增加到两杯只用了一个月,现在,第三杯酒的数量只用了一个小时就暴涨了上来。朱莉拿着酒瓶子犹豫了片刻,就把玻璃杯倒满了。也许红酒会越喝越冷,秦丽把自己蜷缩在沙发上,她从拉广告的奔跑中迅速缩小,脑袋和身体都呈现瘦削的特质,但它们有种向着逐渐消失狂奔的顽劣,朱莉早就看出来了。

朱莉也悄无声息地把自己缩小,安放在沙发的一角,时不时给秦丽添上一口红酒。朱莉一滴都不喝,她们俩合租这间屋子的时候她就说酒是毒药,她爸爸很早死在这上面,她妈妈一辈子守寡也是因为这种无形的东西,她才成了今天的她,沉默又坚硬。

秦丽把脑袋搁在朱莉的腿上,端着酒杯,闭合着眼睛,一整天热气腾腾的喧嚣暂时得到缓解:"朱莉,你不知道你在电话里声音有多大,他们都听到了'人体会发光',我想他们应该是吓坏了,所以,也许明天他们真的会给我一份广告支持。"

朱莉说:"明天我就把卧室出租广告贴出去。"

■ 再见，朱莉

■ 076

3

自从 A 来到家里，房子里的灯火就燃不尽了。朱莉坚持在公司夜夜加班到最后一个，在暗夜里用她的挎包把那些被质检员画了××抛进废品箱的报废件带回来。起初，秦丽只是在一旁看着朱莉擦拭那些带回来的金属件，它们寒光凛冽，让五月的屋子变得更冰冷。秦丽把那些明亮的金属件拿在手里，学着朱莉从不同的角度观看它们："它们这么安静！好像变软了！"秦丽倒抽了一口气，她发现它们除了是坚硬、冷漠的物体之外，还能制造柔软和安静。她全神贯注地看着朱莉悄无声息地把它们逐个擦完，在执着细致的擦拭中朱莉是快乐的，她甚至听到朱莉压在喉咙里的笑声。我们开始期盼着第二天夜里擦拭金属件的时刻。

我们开始创造 A。

周六早上我们不再睡懒觉，我们走出家门，到文化名居古玩市场淘那些千奇百怪的书，我们被激起了一种了解事物的欲望。凡是出现"人体""肉身""身体"之类的书，我们差不多都买了回来。我们客厅里博古架旁边的那些书大部分是这个疯狂的时刻被填满的，一半摆满了《伯格曼人体结构绘画教学》《罗丹的雕塑》《人体素描》《解剖学》《性》《家庭医生》。后来，我们对人的心理、精神、梦狂热起来，那些《回忆、梦、思考》《梦的解析》统统从文化名居市场的书堆里移情到我们的书橱里，占据着最适合人阅读视线的黄金地段，令我和秦丽每天可以目视它们，理解着人体和那些物件的关系。而且，从那时候起，我们开始爱做梦，朱莉买了一个雪夜圣诞节封皮的日记本，我们像记日记那样记录下自己在梦境中的生活。

秦丽每天在外边风风火火跑来跑去，顺道捎回来泥塑，她开始喜欢为 A 塑出断掉的手腕和大脚趾。虽然我们俩使用材料的想法不同，但，那是"创造"本身之外的事情。

朱莉用了一年的时间考取了国家医疗器械内审员资格证，对每一项新研发的产品进行注册。她终于可以正式被长期雇佣在这家历史长达二十年的海星医疗器械公司。其实，公司依然在威海西北那片高新技术开发区里。那里被印刷业、电子加工业、医疗器械、服装加工等各种各样的工业文明包围，离之前的服装厂并不遥远。有几次秦丽和朱莉一起去过她那间窄小的办公室。它在公司办公楼一层最阴暗的小角落，两张桌子面对面，对桌是文登来的大学生，学的是电子商务专业，她们笑称自己不合专业的工作为人生跨界。

那是朱莉最开心的地方，她在那里安静地做着她喜欢的研究，研究那些植入物痛苦地植入人体而为人解决痛苦。那天是周末，秦丽坐在朱莉的对面，既感到惊讶，又感到恐惧："这些东西都可以随意放进人体内？"

秦丽僵在座位上，她人生第一次见到满屋子人的假肢、下颌骨、牙齿,套装的手术钳、手术刀等骨科器械,那些和腿、胳膊相近弧线的接骨板,还有可以撑开血管壁的小小支架。秦丽突然感到日日待在这里就像泡在痛苦的深渊里,每一个物件都是既残忍又背负救治的性情,时刻提醒人最"物质"的那一部分。她甚至把手放在自己的小腹上,想象着也许在这里可以找到人造子宫,把自己坏掉的那部分做个替换。

她们俩来到这里,正是为 A 寻找一个合适的颈椎椎间融合器废品,安装在 A 的后脖颈内,她才能更好地挺胸抬头。朱莉在各种物件中重复辨认和寻找,说:"如果不是来到这家公司,我从来没有关注过我的身体,也就没有关注过我还有自我。"秦丽在那一刻才发现朱莉是那么复杂,她生活上笨拙,几乎除了上班就是创造她的 A,她也不会对自己说些暖心的安慰话,只会在自己的酒杯空的时候及时添满红酒,要么就是对着她讲自己新发现的无来由的话,可朱莉就像天生在这个小空间里才能够真正活泛的人。秦丽认真地环顾这个小屋子,她突然有了一种安全感,一种杂乱无章的开心,她朝着北窗外连绵层叠的厂区望出去,毫无尽头的密匝世界被凿开了一条缝。

秦丽说:"可是,我压根儿就没想过'我',好像那是个盲区,要么就是空的。我每天在大街小巷跑,看到来来往往很多人,我看不出来他们是不是已经想过这个'我'。"

朱莉从那些废品纸箱中钻出来,认真地坐到秦丽对面,她们从服装公司出来到现在,似乎没有认真地谈过彼此:"我跟你说,我知道什么是快乐了,我无论白天黑夜,走在大街上,坐在公园长椅上,在海里(还有澡堂)游泳时,只要有人从我的视线里经过,我都能为他塑形身体,甚至把我们公司生产的接骨板、接骨螺钉准确安排在合适的位置,理解它们带给人的疼痛,还有人需要承受的疼痛。"

"那你简直就是个裸体探客,和读心术有一拼。"秦丽古怪地赞叹了朱莉一番。时间开始重叠,秦丽觉得自己回到了大学时代,在大学宿舍里,女生们偷偷在网上给校园里帅气的男生画人体图,按照自己的心思给他们配上服饰和发型,那时候,宿舍里到处散布舍友"画裸体"和"读心术"的智慧。那是属于真空中的美好时光,秦丽发现在现实中奔忙,除了"向前",连回忆都是奢侈的。秦丽和朱莉读的是鲁西同一所大学,但专业不同,她们甚至没有跟对方说过话,也许都没有真正见过面。

朱莉在屋子里走来走去,她已经沉浸在自己的世界里:"秦丽,你不知道我发现了什么?我们对自己应该有新的认识。"她把办公室的瓷砖地面踏响了,地面成为一块儿被发现的新大陆,"我知道人为什么如此残酷地对待自己的身体了,我们拖着它超负荷地消耗,把它当成一个物理品件儿,它变得丑陋不堪,甚至应该彻底忘掉,都是因为我们没有赋予它尊严,我们对它一无所知……"

这间小小的办公室真是个适合谈论这些话题的地方,它闭塞安静,却让人头脑清醒,可以集中注意力只想某一件事情。秦丽发现了

■ 再见，朱莉

另一个朱莉，她看到朱莉藏在内部的这一面正是她想成为的，不再逃跑，理解自己。朱莉第一次成为话多的人，她给秦丽讲解每个医疗器械在手术上的作用，接骨板和接骨螺钉能把人碎裂的骨骼整合。那是一个认识人体奥秘的通道。"秦丽，我以前只想到找份工作，我在服装厂做统计的时候就是那么想的。那时候你也在那里，我们重复着加班日，我知道世界很多东西在重复。直到那一天那个女孩儿失明，我才明白，我可以选择努力不重复，有比工作更需要我们用心发现的事情。"

不过一周的时间，宝然的租房电话打来了，那时 A 的上半身才刚刚塑完，秦丽已经为 A 塑了四个大脚趾，她无法确定哪一个最适合 A。宝然详细地询问着房子的老旧程度，她喜欢安静，每一个租户的大致情况她都希望掌握核心的部分，她说她有精神洁癖，比卫生洁癖更不可捉摸，也不可控。她在租房电话里和我们聊起了她理想中的生活，她所有的话里都离不开水，她说人就是水，安静，清澈，随意流淌。小雪的电话在我们漫长的诉说中无法打进来，这更激起了她的争夺欲望。朱莉不得不打断宝然的话，宝然叹了口气，最后说道："那先这样吧，明天等我搬过去再聊。"

第二天宝然和小雪同一时间来的，她们就像一枚硬币的两面。小雪像一只青蛙一样跳进跳出每一间卧室，青春的气息让她满身阳光，屋子里瞬间亮了起来。小雪看到博古架上的医疗器械摆件安稳了下来,那不是每个人都能轻易见到的,当你受到伤害的时候,它们才会出场。她停了停不知道面对它们时应该说些什么,随后转向那个被制造了三分之二的人体:"没有起名字吧? 我想就叫 A 吧,我可以画一画她。"秦丽下意识就答应了小雪,因为她俩想的名字出奇地一致,那个女人的名字正是叫 A。

从走进屋子,宝然就一直安静地听着,几乎没人发现她已经在那个小卧室里转了一圈儿,把自己的行李放了进去,又到厨房里摸了一下油烟机盖儿,觉得没有粘住她的手指还算满意,又到卫生间里冲了一下马桶测试水流,顺便打开淋浴头冲了冲手。她对那半个女人体不感兴趣,甚至表现出来厌倦的心理,重新回到客厅中间的时候,她背对着 A:"满身都是屈辱感!"

后来我们才明白宝然所处的困境。她突然想起些什么,问:"除了工作,你们还有什么兴趣和追求?"这让全屋子的人瞬间被放置到真空里。

小雪蹦跳到她身边:"我主业是学习画画,将来工作也希望是画画,你可以做我的模特吗?"

朱莉把眼神递给了 A 。

秦丽却接过来说:"对政治、国际形势、现有教育、儿童保护、女性独立,对了,现在对人体等都感兴趣。"

宝然说:"那就放心了,最怕为了工作而工作、为了生活而生活的人,太僵硬了。现在三观不同住在一起就是受罪。"

秦丽补充了一句:"告诉你们一声,我疑似子宫癌,是疑似,没有传染性。"

小雪如实地描述自己的特点:"我晚上会说梦话,但不会梦游,我会把我的房间门关紧的。"

小雪恳求要留下来,她在屋子里转了一圈儿又一圈儿,重新站在客厅里时,我们都担心这个小姑娘会选择和 A 睡在客厅里。她双脚一弹,就瞄准了靠着卫生间的那间窄小的衣帽间,那里凌乱不堪,塞满朱莉和秦丽的衣服、鞋子。

朱莉说:"这里不出租,这个房子的容量就是三个人,超出比例就会失衡。"

小雪直接把自己的行李箱塞了进去,刚好能放下一张单人床,还刚好能剩一双脚的空隙:"其实,我挺喜欢小空间的,我还喜欢那个 A。我很累了。"

屋子里空了一会儿,秦丽说:"这里就是你的了。"

那是我们生活开始的一天,我们制定了客厅、厨房、卫生间等公共空间里的约束,每个人在自己的卧室里可以行使自己的权利。于是,朱莉从那天开始,把 A 搬进了自己的卧室,秦丽把 A 的大脚趾收到自己的床头柜里,宝然给自己的卧室起了"13"的名字。朱莉和秦丽把衣物间里的衣服和鞋子搬出来,塞进自己的床底。小雪学着宝然的样子，用素描纸画了个自己的大头像，嘴边吐出一串字："梦想，我的，画世界！"然后贴在她的窄门上，她的大脑袋那么突兀地长在窄小的门上，在后来的日子里，就像我们那么突兀地活在这个规矩的小区里，其实我们并没发觉。

那一天，我们商量了很多事情，在门口挂一串海螺风铃就是其中之一。

4

在新生活开始那一年的冬天，我们一起去了海边。我们心里都明白有一个隐性的缘由，在一天傍晚，宝然第七次相亲之后回来，海螺风铃碰撞得比平时每天都尖锐。朱莉和秦丽在客厅里修补 A 头部的细节，宝然丢在客厅里一句话："那个男人告诉我：'我们最不该忘记的是人首先是动物。'我就知道他在怀疑我装清高。"随后，她用尽了全力把卧室门轻轻关上，在卧室里说，"我一定要办一场'动物音乐会'，邀请他来。"

我们从不过度过问别人的私事，当我们中的任何一个人需要倾诉时，就会主动到客厅里坐在沙发上，只要轻轻一召唤，我们就会迅速把沙发挤满。那天傍晚，小雪随后进了家门，她叫嚷着要背着画架子在海边为我们每个人画一幅素描。

那是我们唯一一次集体去海边。其实，我们离海那么近。我们没有直接去向南一里的海边幸福公园。它居威海东海岸的北角，在黄海中占据那么复杂的一小块。一个月前的任何时候，那艘定远舰都停泊在码头，之后，就随着刘公岛新码头一同向南移去了，游客便也随之拥去，人迹罕至之处神奇般地失去了安静。

我们在小区北面的古陌岭环山路转了一圈儿，那里每天都不停歇地奔走着健身的人，不同主人家的小狗可以彼此相望。一路上，朱莉和秦丽给宝然和小雪讲她们曾经那么执拗地找工友们提到的最东边的海，她们迷迷糊糊之中就找到了这里，她们走出服装厂的大片迷茫不亚于她们从鲁西银城来到东边的威海。

宝然一直沉默，她走得缓慢，跟随着我们径直爬到北面环山路一条隐秘的支路上。支路从宽敞的主路沿山脉的斜坡走下来，随意走下来，人为的石阶，人为的土路，路两边时不时有小片坟冢。经过那些陌生的坟冢，宝然才停下来问我们："你们说，过去的事情真的会永远过去吗？"

我们回头看着宝然："应该不会过去，它们在记忆里活着。"

"有时候也会在梦里。"小雪退回几步，挽起宝然的胳膊，"我就常会梦见已经过去的事情，温故而知新。"

宝然瞬间就变得疲倦不堪："我们要去的海边会不会人很多？我厌倦密集，太厌倦了，密集街道，密集车辆，密集喘息，人流、建筑、雾霾，我只想避免有人。"

还好,途经山路两侧的树林和花草时,人们还在半山腰一小块儿平地上摆了几个石墩子。我们就坐在上面停歇一阵子,说说话就会下意识地从树木的缝隙间朝高处的环山路上看一看,能看到人走动的腿或者小孩子扭动的脖子。

宝然说:"我有时候特别想把自己藏起来。"

秦丽说:"我也这样想过。"

"为什么呢?为什么不走到世界中去呢?"小雪穿着红色的羽绒服,盯着不语的朱莉,就像一团火一样在我们身边燃烧。

宝然说:"有件事情只有我自己知道,现在,我觉得你们是我的,我想我今天可能会控制不住要告诉你们。

"我有一个女朋友已经死了,是自杀,自由自在地从她家十一楼的窗户走出去的,夜有点黑,但是当时的黑暗是最好的保护伞。她又选了重庆炎热的夏日,好让自己的身体快快腐烂。她妈妈跟我说,看不出她的丝毫情绪,她的脸被摔烂了。"

我们同时感到了所有的事物都将成为过去,这不是一句简单的问话。还有昨天傍晚宝然留在客厅里第7个相亲男人的那句话。

秦丽把话题转了:"我还是喜欢独身这种生活方式。"

这个弯转得特别陡立,连朱莉都感到惊异,在宝然到来之前,她们没有谈过这类事情,她们还在为生存这件事情殚精竭虑,即使银城的家里人在电话里一遍遍催问,但她们觉得那些都属于电话那头银城的事情，挂掉电话，她们就继续活在威海这个空间里。

"秦丽，如果你能坚持住还好。我那个朋友也喜欢独身，我不认为她是因为十次相亲就被摧毁，她事业有成，她上大学时就打零工挣足学费全额，又是年年奖学金，她的心里总是装着'远大理想'。"宝然说。

秦丽没有回答这个有关"坚持"和"理想"的问题，有时候它们更像一个谎言，她紧张地摸索着裤子口袋里的东西，那是一盒辣劲十足的将军烟，不知道从什么时候起秦丽开始偷偷吸烟的，她伪装得就像变色龙。小雪盯着那根点燃的香烟，看着同一个屋檐下的伙伴们，她们的忧郁和她对未来的灼热倾斜得如此厉害。她看到朱莉平静极了，但她并不知道朱莉夜夜为秦丽酒杯里添酒的那些日子。也许秦丽也不知道，朱莉明白了一件事情，如果一个人处在悲伤和困惑里，给她一个敞开的安全的空间，陪伴和倾听是你能做的最宝贵的事情，多说一句话都足以杀死另一个人。小雪继续看到秦丽手指孱弱，点燃、夹起烟的力量不足，嘴唇有点抖："我热爱、选择这种生活方式，但我不知道将来是不是会改变，人的观念是会改变的。现在，我觉得理想和傻瓜常被人混淆。"

宝然灼热地起身，无所事事地在石桌前转了几圈儿，把秦丽吸了一半儿的烟屁股夺了过来猛吸几口。她知道那是一个巨大的旋涡，其实很多人都被旋在里面："我们去海边吧，我们看看大海的无限。"

幸福公园那扇巨大的幸福门成就了这个名号，它高耸入云，内置电梯,可以把人送到顶端的明亮餐厅,人可以坐在高高的玻璃窗前俯瞰整个城市。宝然从不登上那高处,她甚至没有胆量仰头看那高悬的玻璃,那个隐形朋友的离去让一切趋光物体都携带了罪恶。门两端连接的是陆地和海洋,陆地上就是威海,海洋里就是可目视的刘公岛。我们走到海边的时候已经近中午,冬季的阳光灿烂极了,海水灿烂极了,一切都银亮亮的,照得我们消失了一般。向南望过去,远处一群一群海鸥密集地上下翻飞,翅膀冲撞着彼此的翅膀,它们冲向人群,又争夺着俯冲到岸边的海水里,它们根本没有饥饿的表情,就像机械地玩一种集体游戏。宝然指给我们看:"那么多海鸥,那么大的海,它们拼命挤在那。"

"那就是新码头。"朱莉说。

这是人最喜欢做的事情,像一种空洞的施善,他们大把大把地向海水里撒食料,喂养大海鸥的盲目和无知。"那些美妙的海鸥照片就是这么来的。"小雪惊讶极了,她第一次剥开事物的表象看到一点背后的东西。朱莉变得更沉默,她就像天生泪腺缺失的人,这和我们恰好相反,我们不像朱莉,倒像一截裸露牙神经的赤红牙床。

就在这个时候,那个亮点从海的远处缓慢地漂过来,从灯塔绕过,一荡一荡,鱼鳞波纹的推动会警醒它应该想点儿什么,它什么都不用做,自由自在地随着海水走。"海鸥,那里有只海鸥!"小雪大喊着,"它不会是从对面韩国漂来的吧?"

"也许吧。"

"它怎么不飞?它怎么不去抢那些撒食?"

"它可真享受!"

"那得历经些享受的反面才能真正享受到。"

"我死去的朋友可能就是那只海鸥。"宝然陷进了一件事情里,"我感到艰难,从朋友离开之后就一切开始变得艰难,我难以和人面对面说话,所以我很安静,我难以天天在梦里和朋友相处,而白天才是空洞的,难以轻松地拨一通电话,我被什么困住了。"

我们谁都没有发出回应,等待着宝然的自我诉说或者宣泄。我们透过那只海鸥继续往远处望,灯塔在白天里只是一座塔,它天生属于暗夜,就像真正的光驱动于黑暗内部,发出那朵闪烁的红光,让夜航的船只足够清醒,清醒差一点让宝然又深陷朋友的世界里去。远处的海和天连接在一起,也就是天和地连在了一起,这三者奇妙的关系很多人都没有发现,人们只喜欢惯常的"海天相接"。

"宝然,这个旧码头原本停着定远舰,现在,你可以想象它还在这里,你可以想象清朝和现在的任何时间,你可以想象炮火冲天的惨烈,你可以想象到海洋古老的源头,你也可以想象你的朋友今天和我们在一起。"朱莉说。

宝然根本没有跟上朱莉的视线,她盯着那个起伏的亮点问:"那海鸥漂在海上会想些什么?"

"你看见海水没有边际的样子吗?"我们盯着远处那条蓝白色的连接线。

"它从哪来呀?它就这样什么都不管,就随着海水走了?"宝然还在追问着。

再怎么努力,似乎今天很多事物都难以捏合起来,它们飘浮不定。那些风景,我们,那个已经不存在的人,那只海鸥,偶尔也有零星几个行人匆匆走过,岸边一条宽阔的街道边还残留着生锈的金属色,长到地里面去,那是原来在码头卖海螺、蛤蚌、贝壳风铃的摊贩支起的帐篷铁柱留下的,这里除了旧痕迹实在没有什么可观赏的了。所有的人事都耽溺在各自的空间里各行其是。

宝然隔着海边黑色铁艺栅栏,目光惊恐,从铁栅栏那个弯曲的茎叶缝隙间穿透过去,那只海鸥还在海面上漂浮,它白色的身体嵌进蓝绿色的海水里,一对灰色的翅膀和海水自然生长,偶尔也会把嘴伸进海水里寻找些更微小的生物。宝然需要蹲在栅栏底部的石墩上,她觉得身体越来越沉:"太可怕了,你们知道吗? 朋友总是从窗户走出去,从我的脑袋里走出去,从我的眼睛、我的心脏、我的嘴里走出去,她那么坚强。

"她不喜欢那些婚介,她不明白那些整齐划一的生活,她跟我说过很多次,她好像因此欠下了好多人的债,她父母、姐妹、亲戚、朋友,包括自己,那么让她负罪,让她害怕。我现在才明白,我相亲了第 7 个男

■ 再见,朱莉

人才明白,她跟我说过不停地坐在一个又一个陌生男人面前,艰难地没话找话,就像一场又一场尴尬的交易,像是审判,对,她跟我说起过那像是审判。她还跟我说过,'每天在公司工作可以独自一个人通宵达旦,但是,生活成了我的屈辱'。

"你们答应我,朋友走出窗户是她渴望的,你们答应我要这么认为才对,是吧?"宝然在渴求被确认,她牢牢捉住我们的裤脚,并摇晃和撕扯它们。

"是的,她是在努力保护自己。"秦丽也坐了下来。

"所以,她把自己的脸都要摔烂……她最后一晚上给我发了两个莫名其妙的短信,总是说她不能忍受他人的耻辱,她想理解生活,可她已经耗尽了。她说她很失败,活得很失败。可是,那晚,我没有给她回短信,如果我像以前一样回复她,哪怕是最简单的'我爱你',或者'有我呢',原来我还会每次都用到三个字'我理解'。"宝然哭了起来,几乎是获得了一种解脱,把全身的力气都用上,"我在看一个无名的小电影,全是些无厘头,我笑疯了,可是,为什么我没有回短信?我明明看到了,我那么缺乏耐心?我连倾听她的能力都没有?"

那一天在海边,小雪没有给我们画像,她紧紧地背着她的画架子,没有从肩上放下来。她第一个做出拥抱状,我们第一次拥抱在一起。

5

宝然在深秋时真的办了第一场"动物音乐会"。我们用了整整一个周末的时间，商定活动名字、开场、节目、动物面具、动物的吃食、果饮、酒品，却一项也没有按照计划派上用场。首场音乐会范围极小，宝然把前七个相亲的男士都约了一个遍，能到场的只有三个，其他四个早早约起下一场。那个想要采访我们私生活的电视台男主持也被秦丽约了来，人扮演动物并不是新鲜事，他最感到新鲜的是我们这群想装扮成动物的人。常在我们窗口遛弯的三个阿姨从听到这个邀请消息开始，一周的时间没有在傍晚出现在小区路上，而是每天傍晚凑到小区大柳树下一起聊"动物音乐会"。她们年轻的时候也想过变成一棵树、一朵花、一棵草、一根玉米苗，经历战争的时候想过自己变成一颗子弹或者一架大炮，饥饿的时候想自己快快变成一具尸体，却从来没想过要成为动物。到了白天，她们到小商品市场选希望成为的那个动物面具。

那天最疲倦、最快乐的是我们的海螺，它频繁地叫着，一个又一个动物聚过来，带着动物们的无序进到屋子里，无意识在这里就像挣脱枷锁的困兽。在门口迎接的鱼和树懒跟随着动物们进到屋子里再没有回到门口继续迎接，来到这里的每一个动物都随心所欲地听音乐、吃零食、喝饮品、发呆、在每个卧室闲逛，或者抱着博古架里的一本书躲到小角落里去。他们都有了短暂脱离人的念头，说出来时，真是惊人地一致，他们从彼此那里看见彼此。

母老虎跟公狮子说："电视台怎么不做一期《你真正想成为什么?》的节目?"公狮子殷勤地问候："秦丽，你们做一期《新生活》吧。"母老虎没时间听公狮子答非所问，它需要主持整场音乐会的细枝末节，它甩给公狮一句结束语："别叫我名字，今天，我们都是动物。"

母老虎去寻找大象，它竟然在阳台的一把椅子上蹲着，膝盖上铺着今天聚会的策划书、节目单，正认真地修改主持词。母老虎扑过去："别改了，都乱套了，我看，什么主持都不需要，想怎么样就怎么样更好。"它蹲下来盯着大象笨拙的脸，大象盯着老虎，它们听到两只兔子在唱歌。

两只兔子和一棵大白菜蹦跳着进来，它们可能太老了，无法蹦离地面太高，而且已经无法改变它们被时代控制终身的饥饿基因。它们在每一个卧室里嗅一嗅，重新回到客厅里嗅那些各色小点心，一边吃一边说起自己曾经也做过这个奶酪，就是做出了焦煳味儿。它们依然议论着如何满足人最根本的吃的天性，只是在面具下面，它们说出了自己过去饥饿的残忍模样和小小智慧，它们对着网络直播，做出一些失败的吃食。可是，它们发现原来做坏了食物也可以让人开心。

长颈鹿背着吉他来了，在门口卡了一会儿才终于走进来，鱼游过去帮它把脖子上的吉他取下来，把它引荐到母老虎跟前。一只公狮子紧随其后跟来,长颈鹿把脖子挺得僵直,炫耀它的高昂性格,还有一系列跟高有密切关联的词可以自然地联系到它的身上,高瞻远瞩、高屋建瓴、高山流水、高大威猛,总之有预见未来的超能力。它不小心抢占了狮子高大的标签,沙发上高大威猛的公狮子冷静地立在一边听着长颈鹿夸夸其谈,揭了它的伤疤:"长颈鹿再高,也有被狮子吃掉的时候。"

母老虎对着公狮子说:"你就不怕我吃了你!"

有一会儿没见树懒,它一个客人也没有迎接到,却从窄小的衣物间里走出来,好像满身都是露水,从手指到手臂都结满了透明水珠,那是红色血液穿透皮肤溢出来的生命气息,短短的牛仔裙刚刚裹住臀部,从脚趾到大腿也结满了透明水珠,它的面具是自己用素描纸裁剪画的,刚才她躲进衣物间,为自己重新修补了一下天然的黑色眼线。

都是和树木最紧密的缘故,长颈鹿看到树懒就抛弃了鱼:"树懒,如果没有树,你可以挂在我的长脖子上。"屋子里所有动物都停了下来,寻找这句话的出处,随后大笑声震颤着屋子。长颈鹿自荐要弹一首曲子,母老虎这个主持人已经没有了用处,动物们各自寻找其心仪的动物,坐到一起等着长颈鹿弹曲子。

曲子刚起了头儿,熊就高喊着:"《当我老了》,《当我老了》。"

树懒把自己吊在博古架上:"是《当你老了》那首歌,好不好?"

吉他声里,他们用动物的名字称呼彼此,动物们竭力地辨认着对

■ 再见，朱莉

方,我们都听出了彼此是谁,但我们都装作陌生人。老虎和狮子在这里并非敌人,大白菜和兔子们可以在这里吃奶油蛋糕,长颈鹿独奏独唱,鱼离开了水却游得更畅快,熊并没有发脾气,在长颈鹿演奏完之后,掏出一个小口琴吹了一曲《后知后觉》,我们都听出来那是宝然第N个相亲的男人,好像变成动物之后醒悟了,对宝然充满愧疚。

所有的动物都有了后知后觉。

"因为我喜欢鱼只有几秒的记忆,就算我一辈子都走在相亲的路上都不会厌倦和失控,而且鱼离水那么近,不会被水(现实环境)淹死。"

"因为我爱树懒一辈子离开地面生活,我可以倒挂在天空画地面上的人。"

"因为我们老到了这把年纪,现在越来越羡慕兔子吃素。"

"因为我喜欢独自行走,而且老虎有时候也可以像猫,你见过威武和妩媚同体的动物吗?"

"因为我也喜欢独自行走,又喜欢在狮群里保持沉默,就像待在镜头一边看别人,我喜欢狮子拯救族群时呼啸的鬃发。"

"因为我喜欢大象载重却能快速奔跑,还能用泥水洗澡。"

"因为我想昂首挺胸地活着,一挺起长脖子抬起头,就可以骄傲地摘树上我喜欢的任何一片树叶。"

"因为熊虽然身体庞大,但它可以上树,我喜欢像熊一样夜里蹲在树上吹口琴,吹给我自己听。"

……

《后知后觉》还没有停,母老虎突然大哭起来,它原本过度坚挺的身姿像墙一样坍塌,那张冷峻的虎脸埋在双臂之间,它不知道被什么柔软的东西伤到了。大象迅速跑到老虎身边,它最了解它这时候需要一杯红酒,大象往空酒杯里添了一大口红酒递给老虎,一切都融为细碎的日常。鱼也哭了起来:"有人跟我说,'我们最不该忘记的是人首先是动物'。"树懒把自己的胳膊吊在鱼的肩膀上,它的动作还是慢得让人吐血,虽然是装出来的,但就像一动不动僵住了。大白菜和兔子不明白为什么吃着甜点也抹起眼泪,其他的动物在口琴独奏中沉默下来,一会儿,吉他声又响起来了,是谁打开了手机音乐,动物们好像从连续不断的声音中飘浮起来,这里就装下了整个安静的丛林。

"动物音乐会"结束之后,人们私下里都爱上了自己选择的动物,这不知不觉成了公开的秘密。后来整栋楼里的居民都在每一个月的月末聚集到我们这里,人们大都不请自来,自由寻找其他的动物聊上一阵子,对着陌生的面具说说自己的秘密。秦丽说起的那个电台的朋友就是在第一场"动物音乐会"中看到了我们,才发现我们这群人的生活,虽然没有什么太大的不同,但是总有些说不清楚的味道,这是那个电台朋友充满疑惑地说给秦丽听的。

■ 再见，朱莉

■ 096

6

有些时间里，小雪早早从画室里回来，在客厅里安静地画 A。A 还没有成为一个完整的女人，她的一颗乳房裂了缝隙，因为锁骨处有一根锁骨加压锁定板的压力太大，连乳房都受到了力的压迫和撕裂。朱莉需要重新修复她。朱莉跟我们说过："如果是一个活人受伤植入了锁骨板，他要承受这种连带的疼痛，我们就能预判这种力给人可能带来加深疼痛的值，作为商家和医生，我们还有机会尽力减轻和避免。"虽然，朱莉说起这些事情时会变得异常严肃，但，我们越来越想理解人，宝然也会走出她的卧室，重新看看这个时而破碎又不断被修复的 A。

秦丽那天傍晚很早就回来了，她下意识地摸了一下小雪的头发梢，那一卷一卷松弛的大波浪令秦丽的内心继续翻滚和涌动。小雪做了一个树懒缓慢张大嘴巴微笑的动作。秦丽鼓起腮帮子张大老虎口做个回应，然后坐在沙发上看着小雪画了一会儿 A，又到朱莉和宝然的空卧室里看了看，她们还在上班，她就躺回自己的卧室里去了。

朱莉和宝然加班回来的时候，小雪还在画 A。除了客厅，其他所有房间的灯都没有被打亮，朱莉到秦丽的卧室门前看了看，从门缝里能瞧见床上有东西，一个瘦成肋条的女人的后背，脖子躲进了胸腔里，脑袋就像一刀抹下去了，藏在蜷起的膝盖间。朱莉望了好一会儿，觉得那不像秦丽,窗口射进来一点月光和路灯的暗黄灯光,把屋子照得特别混沌。朱莉没有说话,她看到一个女人面向自己背向世界的身体。她瞬间觉得心志要变软,竭力冷硬起来,她见到过至少她奶奶、她姥姥、她妈妈、她姐姐都有过这样独自饮泣的习惯。

朱莉没有直接走进去,她知道秦丽明白自己就站在门口,她重新回到沙发上,问小雪想不想吃加班饭。宝然换掉工作服从洗漱间里出来:"我想吃了。"

小雪说:"鱼都想吃了,树懒也想吃了。"

朱莉到厨房里做加班晚餐,她给每个人都做了一份,煮泡面外加一个荷包蛋,这是我们的加班饭,做的人并不固定,无论谁想吃就会给每个人做一份,就像一种默契的习惯。

深夜的威海还能听到海浪拍打礁石的声音,那是这个城市最令人心安的声音。当你安静下来时,海浪的声音就会从遥远而隐秘的世界里涌出来,你的心突然就开阔、宁静了。秦丽一闻到泡面的味道就恢复了原状,方才她打开卧室的灯,把睡衣换上,跑到客厅里挤在宝然的身边。宝然正在无心地刷手机,除了看滚动的标题,其他都不想看,好像待在家里也需要那种现实翻滚的速度。

朱莉在厨房里喊了一声:"加班饭好啦。"我们几个都奔过去端一碗,然后排成一字坐在长沙发上,背对着外界,每人端着一碗煮泡面,视线对着电视,却从不打开,我们就一边吃一边听心里海浪的声音,这是我们四个最美好的时光。

"吃完之后,跟你们说个事。"秦丽的声音很低,淹没在我们紧密咀嚼面条的咬合声里。

"我确诊癌症了,但我不会摘除我的子宫。"屋子里安静得连内心里海浪的声音都隐匿了。我们四个传递着秦丽的检验报告单。"市立医院检查的,要么再去妇幼医院检查一遍?要是误诊呢?要是错误报告呢?"宝然把一大摞报告单折叠起来,"你还那么年轻,年轻人不会那么容易生病的。"小雪抱着秦丽的一只胳膊,抚摸着秦丽毛茸茸的汗毛,她还没有真正开始她的社会人生就已经感觉到它的重量。

朱莉不见了,她跑到厨房酒柜里倒了一口红酒,硕大的高脚杯能把缩小的秦丽装进去。她隔着红酒杯望着秦丽,红色晃动的液体瞬间把她漂浮起来。我们和秦丽被酒杯隔开了,我们能够看到她,她也能够看到我们,我们觉得这间屋子灌满了红酒,又灌满了海水,与幸福公园那片东海连接,然后是渤海,再到黄海,还有太平洋。我们突然觉得特别累,身体的疲乏,内心的疲乏,就算朱莉的公司能造出子宫来,它依然不属于人的身体。

小雪想起了我们将来都需要面对的问题:"秦丽姐不用担心,现在医学、生物学、科学这么发达,将来人的各种疾病都会被治愈,而且,我们再也不怕身体的残缺,胳膊、手掌、眼睛、耳朵,凡是人体的任何一个部件我们都可以随时取出来以旧换新,到那个时候,我们不知道还是否能认识彼此,反正我会记得你们,老虎、大象和鱼,你们可要记得我是动作最慢的那个树懒。"

我们应该是笑一笑的,但我们直直地盯着小雪,在灯光下,她打开了另一个时间维度,在那里,痛苦和幸福并不对立,生命也没有过度艳丽的颜色,就像平凡的盐。

秦丽反而镇静极了,她没有喝酒,从此再也没有喝酒,她跟我们说:"如果你知道了你的终点在哪里,你就放过你自己了,你就把自己看明白了。"

那天夜里是威海最安静的夜晚,夏季蚊子也没有在耳边唱歌,我们把自己的卧室门都留了一条缝隙,这样连接起来就像睡在同一个巨大的空间里,我们的脑袋里翻滚着自己的事情,喧嚣了一夜。

秦丽早上醒来后一整天都像一束阳光,就像一件悬空的事情终于落地,真实让人心安。她一大早洗了很多衣服,搬着小板凳把衣服晾起来,晾衣服的时候她看到阳光从东边升腾起来,橘红色的阳光从东边铺过来,她做着深呼吸站上阳台,双脚像鹰爪抠住窗框,身体努力向窗外倾斜,让阳光把她整个人包裹起来,眼睛微微闭上的瞬间,一个人冲了过来,夺走了她的自由。

那个人的手臂真是用力,就像两截环绕的铁丝,她们尖叫着脱离阳台。秦丽被那个人紧紧抱住,那致命地向下一抱,生命却奇迹般地向上流动和升腾,她从来没有体验过如此奇妙的逆向力量,她被一直抱到沙发上。看到小雪憋红的脸蛋儿时,秦丽窝成豆芽倒在沙发上,笑得浑身发抖。

小雪也浑身发抖,她变成了雷霆:"你要死吗?"这是小雪第一次哭泣,她来到这里总是一副微笑的甜蜜样子,"你就是要死,也不要从这个窗户跳下去。你要学学宝然姐姐那个朋友,选个十三层的高楼,那对死才是忠诚的!"

朱莉和宝然从卧室里光着脚冲了出来,看见秦丽盯着小雪颤动的乳房,它们有点向下倾斜的势头,可是她处在没有穿胸罩也该是高挺的年龄,这是一个最易被忽略并带羞耻心的部位,没有人用心对待过它们,如同没有人用心对待过它们的主人。这个小小的主人,焦急中那乳山的地方话就复活了,她哭着喊了起来:"你们让我看到的都是灰暗,生活全是灰暗!"秦丽的眼眶瞬间灌满了眼泪,她对着小雪窃笑。

小雪这才发现秦丽盯着她的乳房,她把睡衣在胸前折成一个大褶子,把两只胳膊挡在前面:"流氓,流氓刚才要自杀。"

"我刚才在看日出,做深呼吸,我以前怎么没有看见阳光是橘红色的,不是金黄色的?"秦丽独自仰着脑袋看着我们三个齐整地站在她眼前。宝然就像一把冰刀插进来:"你也想用这种方式惩罚我们吗?"秦丽依然用视线扫视着我们的胸部:"为了小雪的乳房,我也不想死呀。"

我们三个一起冲向了沙发,秦丽被压在最底下,她倔强地闷声呼喊着:"小雪的乳房交给我了!"

在客厅里一阵子翻滚,我们四个笑得前仰后合,然后安安静静地堆坐在地上,听着博古架上那个黄色电子表的脚步声,那是朱莉和秦丽在服装厂的宿舍里用过的电子表,它一直伴随着我们在这里度过了近五年的时间,它走得特别稳,即使在电池用尽的时候都没有缓慢下来,而是咔嚓一下就不动了。我们堆在一起什么都不做,就像一奶同胞的狗崽头拱头、屁股拱屁股地腻在一起,我们连眼睛都不睁开。小雪第一个数时间:"咔嗒,咔嗒。"我们立刻就明白我们一直在做同一件事,我们一起数起时间来:"咔嗒,咔嗒,咔嗒……"

卫生间里有一面巨大的镜子,那是个美人镜,是房东宋大哥故意告诉我们的,仿佛那是他这栋房子里最值得骄傲的物件。每天,我们都从它这里开始新的一天,整装梳理,它标志着人活过的岁月。我们四个排成一线挂在镜子里,我们都没有穿衣服,看着镜子里四个女孩儿在这扇神奇的美人镜面前被变得更加美丽。我们踮起脚尖,挺起我们的胸膛,直面、侧立,我们赞美着彼此,辨认着彼此,为彼此留下完整的印象。当人在裸露的时候,除了人体和生命之美,其他都是附加的累赘,你能看得出印在我们身上的身份吗?你能看得出上天要从一具身体上取走些什么吗?

"我们小时候是盲目的、无知的,有时候都羞涩到认为是有罪的。但你不一样,小雪,你现在就应该开始爱护它,爱护你自己。"

秦丽第一个从镜子中离开:"谢谢姐妹们。"

■ 再见,朱莉

7

我们任何时候都保持着商议事情的习惯。自从秦丽把那个被采访的消息带回来已经过去了一周,我们一直等待着小雪。小雪临近艺术培训结束的日子了,这几天她几乎睡在了画室里,没有空儿回到她的小屋子。所以,我们每天进出都要看看衣物间紧闭的门把手。后来秦丽把门打开了一条缝,每次经过空荡荡的它,朱莉、秦丽和宝然都要向里望上几眼,窗前那瘦成一条线的空地上,曾经被小雪排成一排的各色鞋子拥挤不堪,她在每一天里任意选择它们,然后,像一条鱼游进鞋子里,游到人群里去。

小雪回来的时候就像用碳素笔画了眼圈儿,她懈怠极了:"我到这时候才觉得,其实,我根本就不是画画这块料,我根本不知道我该做什么,我能做什么。"

天刚黑下来,屋子里没有开灯,朱莉、秦丽和宝然都回来得出奇地早,看着小雪就像看着另一个自己,她们并没有什么既定的人生经验告诉她,她们隔着昏暗看着小雪,听小雪说:"我要是真的变成树懒就好了。"

"你会成为你想成为的那种人,早晚都会的,只要你想过自己想成为什么。"朱莉在黑暗里就像一头大象,她在笨拙的时候总能做出聪慧的反应。

秦丽变成了一个魔术师，神奇地从后背拎出了五个胸罩，她在半空里晃动着五对儿精致的"小碗"。小雪被潮湿的眼泪和忧郁的情绪挡住视线，但她还是能够准确地在瞬间数清个数："多出一个来？"秦丽有一个好脑子，就像拥有天生的速记能力，她的眼睛就像带刻度的透视镜，在相处的细碎里，不经意间把我们每个人的胸罩尺寸毫不费力地搜了去。

朱莉立刻就明白了，她把 A 从卧室里搬了出来，立在博古架的一侧，我们都朝向 A 去了。很长时间，A 不在我们的视线里，我们就会轻易地把 A 忘记。朱莉没有放弃过 A，从几年前她看到人体骨架发光的那一刻起从未放弃过，她独自一个人在卧室里把她创造完好。现在的 A 身上就像挂了渔网，在她身体的任何部位都镶嵌着各种医疗器械和植入物，沿着胳膊的曲线，附着在肌肉之上，钛合金的亚光亮色从肱骨处发出来，那里有一款肱骨加压锁定板起到支撑肱骨外伤的作用。朱莉把一整套接骨板、接骨螺钉等器械放在了 A 的身上，我们看到人时时可能被伤害的脆弱的身体，但是 A 又像是承受全部疼痛的勇者。就在我们复杂地面对 A 的时候，朱莉告诉我们："这些器械让我们永远记得痛苦是人本性中的一部分，吃掉它，幸福才会存在。"

秦丽把一件紫色的胸罩给 A 穿上，有了衣物的附着，A 就成了一个活人。小雪围着 A 转起圈儿来，在她画 A 的那些日子里，A 的身上还没有背负这些需要控制伤害的金属，她根本就没有真正理解 A，她画出的总是一个人的外形。

"要是我早早理解 A,我应该不止画出人的皮囊。"小雪又迷进了绘画里。她不自觉地张开双臂,让秦丽给她穿上乳白色胸罩,让自己不小心下倾的乳房高耸起来。

朱莉是最开心的:"我会继续创造一个男人 Z,这个男人 Z 和幸福公园那扇高高的幸福门有关系,而我们又与幸福门顶层的海上餐厅有关系。"

我们听得一头雾水,眼看着秦丽给朱莉穿上黑色胸罩,整个房间都迷惑在黑色里。小雪突然明白了:"我们有大餐吃了!"小雪恢复了树懒的缓慢性格,她张开大嘴做吞吃状,"我一直都想象坐在那扇门的顶端吃东西会是个什么感觉,像到了天堂吧。"

宝然是最安静的一个,她除了看着 A,看着秦丽给每个人隔着衣服穿胸罩,就是在想自己的心事。秦丽给她选了一件淡蓝色的胸罩,还没给她穿上,她便跑到卧室里翻找什么。百宝箱被打开箱盖儿的声音很急,哗啦啦一片东西倾泻到地上,她托着一个青灰色的手掌日记本出来:"小雪,我想明白了,我给你们读读我的 12 个男友的日记,我记录了他们每个人的一句话。"

我们有我们安慰彼此的诀窍,要么我们都是倾听者,要么我们把自己的事情分享。我们厌倦悲情戏,如今它就像幼稚的反复哭闹的孩童,更像是古老的戏文,它离现实既遥远又跳跃。我们重新坐在沙发上,等待着宝然。

小雪已经忘记了内心的忧郁,这种移情的疗法是我们最常用的,也是最起作用的,她甚至要抢过宝然的日记本读个够。

宝然涩涩地笑:"我发现我这几年就做了一件事——相亲,不过,我决定要相第 13 个男人,然后,结束。

"第 1 个,他说'你是东北人?在威海找到另一半可不太容易'。

"第 2 个,他说'你做到了商场经理,可我还是公司职员,起跑线就不平衡'。

"第 3 个,他说'现在的人真是太相似了,我之前见过和你一样的一个女孩儿,既坚硬又温柔,但坚硬的部分太大了,要是能去掉一部分就好了'。

"第 4 个,他说'房子和车子你都看不上,不接地气倒是让人不可信'。

"第 5 个,他说'我不善言辞,而你好像也不善言辞'。

"第 6 个,他说'我总觉得我们不合适,但也说不清楚哪里不合适,可是我们已经没有时间相处一段试一试了'。

"第 7 个,他说'我们最不该忘记的是,人首先是动物'。

"第 8 个,他说'我的目标是直接的,结婚、生子、柴米油盐一辈子'。

"第 9 个,他说'其实你说的感受我也一直有,真是有屈辱感'。

"第10个,他说'感谢你说了实情,你已经第10次了还没有结果,我的压力太大'。

　　"第11个,他说'要么是麻木,要么你就是那百分之一'。

　　"第12个,他说'你已经有了白头发'。"

　　我们这才明白秦丽带回采访消息的那天傍晚,宝然为什么把自己关在卧室里那么久,眼圈儿会如此黑而宽阔,精神迟滞。我们听着未曾谋面的12个男人的诉说,看见12个男人从不同的茶楼、咖啡厅、饭店门口、花园、公交车站走进来又走进去,完成人必要活出的一段生命,然后,消失在相似的人群之中,就像没有存在过。

　　秦丽还是坚持她的信念:"一个人生活不是也很好吗?"

　　宝然抱着她的掌心日记本:"那你就是那百分之一。"

　　秦丽问:"代表什么?"

　　"14亿人口在传统生活,你就是那百分之一的反向。"

　　"好像正向和反向是同一个物体上的两个面吧?"小雪动用了她画石膏像的知识,"其实,一个物体有好多个面,生活不是一样吗?"

　　朱莉更关心宝然说的那个"13",她对数字过度敏感,就像她注册的每一个医疗器械件都必须要有准确的尺寸、型号和功用,符合人身体每一个部位细微的弯度、弧度和角度。她控制不住对数字成因的迷恋:"宝然,为什么是13呢?"

　　"其实我自己也不觉得一定要有为什么,偶然,早在我在银城的时候偷偷翻阅了《圣经》,是我奶奶的,比我们客厅里那本《圣经》要小。书里有《最后的晚餐》的故事,最后的晚餐日期恰逢13,耶稣的第13个弟子出卖了他,'13'在西方的解释中是'背叛和不幸';可是到了中国佛教中完全翻了个儿,'13'在这里是'吉祥',代表着功德圆满,而且佛教传入中国的宗派就是十三宗,我们的佛塔也是十三层。可能'13'早早就影响我了,后来我突然懂得两种截然相反的寓意的意思,那是人间的一种平衡关系,我才从朋友的死中解脱出来。

"而且,我第一个告诉了我奶奶,说给她我自己的决定。电话里,我奶奶在爷爷唯一留给她的两室房子里比我都兴奋,她踱着小碎步从一个房间走到另一个房间,完全是下意识的,声音尖细还发抖,还是那么倔强又脆弱,好像我替她完成了一项属于自己多年争取的权益:'我早就说嘛,人真奇怪,每个人都拼命地往另一个人的生命里钻,你爷爷,你奶奶,你爸,你妈,还有那些街坊邻居……'"

当天晚上威海的海上足有7级大风,海浪像是冲破了海上公园的围栏,踏平了方块拼接的大路,幸福门也只是稍稍挡了一部分大风和海水,但,屋子里特别安稳,我们一起吃了加班饭,小雪主动为我们每人做了一碗。

安宁一直蔓延到每一个卧室里,我们自由自在地待在自己的空间里。客厅里又发出了脚步声的时候,已经十一点钟。小雪用橡皮泥塑了一个方形底座,把她那根摔成两半的碳素笔捡了回来,断面刚好是

■ 再见，朱莉

■ 108

楔形，她把那支半截笔倒过来，插在底座上。

我们仨同时会意，在深夜里主动把博古架最中间的位置整理出来，让小雪把神笔摆在最中间，似乎能够莫名地获得神奇的力量，让小雪重新相信自己的选择。那里原来放着朱莉带回来的颈椎椎间融合器，在颈椎处连接人的大脑和身体，材料叫聚醚醚酮，她听技术部的人说起过，聚醚醚酮比钛合金还要昂贵，昂贵得很不像话。

8

我们在同一天接到秦丽的电话，她正在追踪新一年的广告客户。据说是威海庞大的渔具行业的企业家，她为了能钓到他们，努力提前攻克了数十家企业的全部信息，甚至动用了神奇的渠道，掌握了每一个企业家的私密生活，有不吃香菜和辣椒的，有一年四季都在两色套装里裹着自己的，他们还厌弃狗，至少有两个人是左撇子，还有每天坚持一个小时冥想打坐的。秦丽在给我们每个人打电话的时候，还在一脑多用，她温习着下一个客户的全部资料，清晰地对我们说："他们已经第四次催问是不是接受采访，你们今天就给我回复。"

宝然和朱莉差不多把这件事忘记了，她们觉得有点小题大做。小雪对采访的事情很新奇，她问秦丽："那我们可以戴着动物面具吧？"

"可以，可以，在这个自由的世界里什么都可以。"

我们想秦丽是故意把这句话喊给客户听的，带着对周围人的某种暗示。她应该已经坐到了客户的面前，在结束这通电话后开始谈她的正事。

白天，我们挤进这座城市里的其他角落，消失在浩浩荡荡的人群里，忙着工作、学习，夜晚才是属于我们真正的心灵生活。所以，白天我们的房间是空的，只有 A 独自站在客厅里，她靠着被我们填满各色装饰物的博古架，回忆着我们几个塞在屋子里的人形，等待着晚上我们归巢。

夜里，宝然又加班了，幸好她所在的商厦属于威海建市时就风靡的百货公司，人们需要在上一个时代称它为百货大楼，后来又更名珍珠商厦，对面又建起了威高广场，那是一个城市的局部商业圈儿，有着标准的营业时间刻度，早八点到晚九点。所以，宝然的加班是在九点之上增加一个点。

宝然回来的时候，我们仨已经堆在沙发上漫无目的地看着 A。A 的视线始终如一，无论我们吃饭、打盹儿、刷手机，她都用同一种平和的眼神注视着我们。那是朱莉的一个梦想，她渴望着人和人之间能够如此相望。

朱莉看了一会儿 A，告诉秦丽和小雪："我给 A 找到了一个伴侣。"

小雪从沙发上翻起身来，沙发已经过度柔软了，中间部位开始塌陷，米黄色也掺进了青灰，那是我们厮守最集中和重叠的缘由。

小雪拍起手来："我就说嘛，A 一个人多孤独，给她找个伴儿。叫什么名字呢？"

海螺风铃这时候蹦跳起来，它迎回了宝然，半个门还没有关闭，宝然就高调嚷着："谁要找伴儿呀，还得起名字？"

小雪跑到门口，捉住碰撞的海螺风铃："A，朱莉说了，要给 A 找个伴儿，你觉得呢？"

"很好，不过你争取 A 同意了吗？这很重要。"宝然瘫在另一个独立沙发上，刚好和 A 正对面，她看了她一会儿，说，"A 其实挺好看的。我带了个好消息回来。"宝然望了一眼安静的秦丽，她没有丝毫携带着疾病的征兆，然后继续说，"先说说秦丽那件事吧。"

我们四个又一次挤坐在同一个沙发上，那里就是一个精准的核算空间，再多一个人都无法装得下，我们沉默了一会儿，然后朱莉伸出自己的手掌，宝然接着放上去，小雪之后是秦丽，我们四个手掌合在一起就有了同一个答案。

宝然说："姐妹们，这个周末都去我的商场，选你们最心仪的裙子，我把心捧出来，当作礼物送给你们。"自从确定了"13"为相亲终点之后，宝然就恢复了她古典的浪漫性格，活成诗是她的追求。

小雪把手举得高高的，站在客厅中间，吊灯的无数光柱从她的指尖倾斜到她的头颅又突然散落一地，她就是我们的天使。看到小雪被光打湿的一瞬间，我们都相信了朱莉曾经高喊的那句话："我看到人体发光了。"我们的鼻子被天使拧了一下，酸涩就涌出来了。我们知道小雪即将结束培训,回到她乳山的课堂上去,然后,成为数以万计的艺术高考生中的一员,继续走她的艺术人生去了。我们听见小雪兴奋得哑住了嗓子,她一兴奋就声音涩涩:"我为你们每人画一幅肖像画。"

那天夜里我们做了一件我们期盼很久的事情。大风、暴雨和热气流是上天给安排的,时间也是上天给酝酿好的,我们四个一起去了古陌岭继续向北的葡萄滩,途经一条长长的隧道,我们在昏暗中小心翼翼地摸索了一阵子。那天海潮很大,海风8级,海浪冲撞着木栈道,在冲向高高的木栈道时激起雄健的浪花,一次比一次凶猛,然后平息一会儿,又一次比一次凶猛,你能听到木质内部传出咚咚的撞击声,而表面传来的是浪花击碎的哗啦声,它们借着路灯的光就要破堤而出,那样,陆地和海洋就真的不需分出彼此。我们追逐着海水的进退,捡近岸海水冲刷的石头,把它们填在扇贝壳、小螺蛳、鲍鱼壳、花蛤壳混杂的博古架上。我们追逐一阵就停顿一下,给自己一个喘息的机会,那晚唯一错失预期的就是没有下大暴雨,而是蒙蒙细雨,我们把自己放进细雨下,听海浪声,嗅着海水的腥咸味道,竟然莫名得到一种提醒和感动,所有的事物都在溢出,而人是活在世界上的附属物。

渐渐地,我们和之前的我们并不相同了。也许,是那个采访消息带给了我们从未思考过的意识,我们开始回忆彼此的生活,观察与周围人群的异同,让我们更属于我们。

有两件快乐的事情发生在后来的同一天。我们在威海珍珠商厦

■ 再见，朱莉

店庆的当天去了宝然那里，她穿着笔挺的条纹西装套裙，无法和那个被相亲生活压抑的人重合，现在的她似乎每个毛孔里都是热情。来选购的人很多，大部分人都是循着多年百货大楼的记忆来到这里，那是珍珠商厦在另一个世纪里的前身，人们选购着一种记忆，宝然就被淹没在大量的集体记忆里。我们只是和她打了个招呼，躲进人群里选购自己喜欢的裙子，宝然在下班之时再统统买单。

那天晚饭，我们跟着朱莉登上了幸福门顶端的海上餐厅。宝然在饭中才气喘吁吁地赶到，但丝毫不会影响我们登上幸福门的热望。晚饭还有L，是朱莉公司的仓库管理员，因为公司越来越密匝的产品件的名字让人无法记得清楚，人为了省些精力，不只是产品有编号，连人与人之间都简化为用符号称呼。

L和我们年龄很相近，也许比我们还要年轻，他姓刘，公司里都称呼为L，连他自己都习惯了。朱莉贿赂了他，而他在离开公司之前也做了一件出格的事情，同意配合朱莉把废弃的那具男人骨架搬出仓库。

L说："从我做仓管员开始，那个骨架就堆在墙角，没有人相信他还有什么用处。朱莉你可真行。"

"你来公司多久了？"秦丽问。

"三年吧，那时候朱莉就是我们公司出色的质量体系内审员了。这一行还是有意思的，不过，仓管就没什么意思了，就是不停地把物体搬进来又搬出去，不停地重复搬运。"

朱莉："'出色'是公司的领导和同事们不知道什么时候放到我身上的,我没觉得它有什么分量。我更喜欢在那些产品上发现人的新世界。"

L是今天晚上真正的主角,一直想登上威海幸福门餐厅吃一顿空中大餐是他来到这座城市的愿望,就像每个人都想一生中能有机会站在高处。那是这座城市望向大海另一端的一扇门,它高耸入云,把威海和韩国连在一起。L说他总是在城市的大街小巷看这个城市,就像一个匍匐在地上的动物,他总也看不到它的全貌,它们太局限。在高空中吃晚餐的时候,L几乎什么都没吃,他除了喝酒就是不停地透过四周的玻璃窗看那些缩小的楼宇和街道,连墨色的大海都有了黑色的边际,远处的灯塔到了夜里就发出它的红色光亮,指引着迷航的船只。

我们在这天夜里第一次俯瞰整个城市,海边夜色里会有越来越多的人来纳凉,从这个高空视角看下去,人就像紧贴地皮蠕动的蚯蚓,还能看得出情侣手挽着手靠在栏杆上透过海看他们的未来。妈妈推着小车里也许已经熟睡的孩子,经历了一番新奇的观望后孩子已经疲倦了,他的梦就和海连在了一起。还有骑行的人从漫长的环海路回到城市的中心,温暾地在海边骑着驼步。

小雪眼睛几乎到了玻璃窗上,她憋着嗓子喊:"你们快看,那是海螺女雕塑,真想不到,她突然变得那么渺小。"

我们都在热闹的街景之上沉默着,在沉默里看着自己。

◼ 再见,朱莉

◼ 114

9

我们终于在初秋的一天早上走进直播间,人们会看到四个动物以不同的姿态坐在大厅的半环形沙发上。秦丽的那个朋友尊重了我们的意见,我们由此知道他就是我们一直在听的威海"金话筒"。他露出自己的面孔,面对着四个动物的面孔,四个动物的面孔面对着台下几十个人的面孔,他主持了一场《新生活》节目,这也让他刷新了威海主持领域的新形式。

朱莉成为我们过去的主要回忆人,很多细节在我们的记忆里残缺不全,但平时沉默的朱莉记得格外清晰。小雪在节目开始还不忘对主持人调侃,她说:"其实你可以去问我们的海螺,我们所有的故事都寄存在它那里。"

笑声是这场《新生活》最好的开端。可朱莉竟然始终没有离开过纸巾,而坐在一旁的秦丽是给她递纸巾的人。台下的现场观众早已按捺不住,他们被激起复杂的想法和相近的感受,但是,都被"金话筒"拦住了,按照节目流程,还没有到台上台下互动的环节。

"金话筒"问:"据你们口述的资料,你们是从看到'人体发光'开始,打开了一种新的想法并找到了新的生活方向?"

"是。"我们仍然那么默契,互看了一下,但我们都能猜到面具之后一致的笑脸。

朱莉做了补充："是人体骨架在发光，然后才创造了人体。"

"金话筒"："好，那你们讲讲创作出的那个人体的故事。"

朱莉用了十分钟的时间把自己和秦丽离开服装厂后到创造 A 的故事讲述了一遍，观众们都想看看 A 的面目，"金话筒"在后背景的大屏幕上滚动了几张 A 的照片。面对他们从未见过的 A，他们从未见过在一个人体上能够植入那么多金属钢板和螺钉，人们一时无话可说。

"金话筒"："每一种生活都有一种环境，让我们去了解你们所处的环境吧。"

他一个手势，大屏幕开始动态播放我们的家，那是提前拍摄好的，这给摄影师找了不小的麻烦。在我们客厅里现场拍摄的时候，把沙发挪到了客厅的中央，摄影师还是需要把自己紧紧贴到沙发背后的窗玻璃上，才能掌握一个牵强的合适距离，拍出我们四个背向镜头的照片。正面是整个墙壁的博古架，都进入了镜头里，小雪的那支碳素笔屹立在博古架的中间，还是威风凛凛的样子，那些贝壳、鱼骨、海怪、蛏子、医疗器件、书籍在行走的镜头里变得湿润柔软，它们就像复活了。镜头从每一个房间门前走过，每一个房间里就是一个独立的世界，小雪的树懒嘴和宝然的"13"，连朱莉门缝里掠过的 A 和 Z 的模糊侧面，都走动起来。

我们四个藏在动物面具背后看着我们日日相处的家，我们从未发现它很美，也许镜头是一个神奇的放大镜，它会制造虚幻。

■ 再见,朱莉

这天,我们四个人的口才都出奇地好,连我们自己都无法相信那些话是出自我们之口,经过过往生活,又被抽象成今天的口述,竟然成就了一种假象,我们好像四个生活哲学家。

"金话筒"在视频结束之后做了追问,这是别人特别想知道的秘密:"从你们的资料看到,独自生活似乎是你们遵循的一种观念?"

我们互看了一下,那是我们没有预料到的。朱莉回应:"那也不一定,说起来,和日常生活有什么区别吗?每个人都在独自生活。"

"金话筒"紧追不舍:"人们都用'一地鸡毛'来形容生活琐碎、无奈,通过短片和照片可以看出来,'一地鸡毛'好像不是你们生活里的产物,你们的世界倒像是被抽掉了琐碎、是非的那一部分,说说有什么不同呢?细微的也可以,某一点也可以,能给人新意更好。"

朱莉:"'一地鸡毛'只是生活中的一个片面,鸡毛里还有凤毛,可是,我们长期先入为主地只盯着鸡毛,让我们盲目地认为那才是常态,其实凤毛一直都在生活里。我们也没什么不同,不过,我们想自己可以更主动地选择哪些鸡毛根本就可以忽略不计。"

"金话筒":"那'Z型生活'这名字怎么来的?为什么要用'Z',而不是'B'或者'C'?"

我们又一次互看了彼此,朱莉说:"一点神秘都没有,我们根本不想对自己的生活做定义,它会简化生活,我们花了几个晚上的时间回忆我们的故事,发现它很难概括,而且走过来的时光中仍然有很多未知。"

朱莉问"金话筒":"你相信直觉吗?"

"金话筒"笑了笑。

"我们相信直觉,'Z'在我们这里有未知的意味和状态。我们想把生活过成创造和发现的过程,我们想努力保持这种生存状态。"

我们听到了掌声。四十分钟很短暂,开始和台下的观众互动了,这反而让我们紧张起来。

观众1:"你们想一直这样独自生活下去吗?"

秦丽:"独自过生活也是不错的,一个女孩儿长大了,就莫名其妙地要和一个陌生男人睡到一张床上,要睡一辈子,那只是一种生活方式,生活的一个面向和部分。还有其他,其他的可能,也不冲突。"

观众2:"你们想过自己会衰老,会死亡吗?到那时候怎么办?"

秦丽:"人的想法是会变的,而且每个人都会老,每个人最终都要自己想办法应对一切,而不用你的孩子们来应对。我们一个人生活下去,从现在就可以储存自己的养老生活,还可以继续寻找人海里的另一个人。"

观众2:"你还没有回答'怎么办'的问题。"

秦丽:"我一开始很恐惧死亡,后来发现活着和死亡都是一种生命形式,就像我们的A,她从来不会想到我们因为创造她而快乐。我更想让自己在死亡之前完整,在死后还能有所用处。"

观众3:"你们为什么要戴着动物面具?是标新立异吗?"

宝然的回应突兀极了,她在台上的那一刻想起了"7"(第7个相亲对象,宝然都简化成数字称呼):"其实,我慢慢觉得'7'说得很对,我们首先是动物,找到你最想成为的动物,告诉自己,你是一个人,你要成为人。"

观众4:"你们认为自己的生活和那些传统是格格不入的吗?你们属于现代、后现代生活吗?"

我们一起指了指自己的内心:"我们并没有刻意选择生活,如果生活里充满了刻意,可能方寸就乱了。但是,也确实有一种莫名的指引。我们寻找自己到底想成为什么样的人。"

观众5:"你们是从'Z世代'那里抄袭的生活吧?"

我们开始反问:"什么是Z世代?他们和我们很接近吗?"

观众6:"你们在威海这座小城里会觉得自己怪异吗?"

我们:"我们和城市无数窗口内的人都一样。"

观众7:"'新生活'里的'新'在哪里?"

我们:"'新'就是我们已经遗忘掉的一些东西被重新拾起来,比如尊重、互爱;'新'就是我们应该抛弃一些东西,比如猜疑和冷漠、互害。"

观众8:"我会给你们写信的。"

……

"金话筒"在几十年的主持生涯中快淡忘了现场的"新鲜度"有多重要,《新生活》是分享节目,而今天,就像一场鲜活的人生辩论会。他似乎也难以平静,但时间是紧迫的,他结束了这一期《新生活》的节目:"这种生活方式也算是少数的,极度个人,又极度群体,就像一整栋房子里有无数的小空间,却没有大门,向一切敞开着。这也是我们《新生活》栏目组想要的新形式。"

因为那一期节目以戴面具的特殊形式播出,主场画面一直定格在我们四个坐在沙发上的整齐背影。这张照片被网友们从动态视频中截成单张图片,发在网络上,有人在图片底部的沙发上加了一行字:面向内心,背向……

我们重新回到我们的生活里,只是有那么一段时间,我们走到回忆里去看了看自己。其实,我们都没有想到,原来走过的生活会让人如此感动。

宝然去相了第 13 个,但她一直没有告诉我们任何结果,她在回家的时候抱回了一个树瘤,质地细密,硬度让表面发出光亮,像被主人亲手把玩了很久,还有淡淡的药香:"我去文化名居古玩城溜了一圈儿,淘了个宝,这可是百年的树瘤。"她把树瘤摆在了小雪空出的博古架的中间位置。我们也并不追问,这是属于她自己的秘密。

朱莉和 L 联手,在一天傍晚把那副男人骨架搬回了家,立在 A 的身边。她在租赁的小货车车斗里给秦丽打电话,怀里抱着那具男人骨架:"我把他搬回家了。"

秦丽正在跑一家准备给小报注资的大客户,她的脚步和语速都很快:"好,朱莉,那回去我们仔细看。"

晚上,秦丽端着白水杯在他面前转来转去。L现在已经走了,他按照那天在海上餐厅的心愿,继续到别的城市飘荡去了。不过,每一个走出这里的人同样都会有消失的意味。

朱莉知道秦丽根本看不到这具骨骼会发光,她自己也看不到了,从L重新打开仓库把其搬上小货车的时候,朱莉就再也没有看到它发光。

但激情都藏进了朱莉的骨子里:"我重新想起来了,我到L那里本来是想取一个颈椎椎间融合器的三代样品废件,虽然我知道那是我和L制造的一个谎言,我假装要和新一批次的产品进行比对,然后和匹配的一堆工艺图纸、说明书等一起送到北京的检验机构进行检验,逐步完成新产品注册,但是你们不知道,秦丽、宝然,这和五年前我把A的骨骼标本偷回家的时候有种时间的重叠感,真的,好像时间在重叠。那时我刚到公司里真是要做一个初学者的努力样子,现在还是一样。"

创造Z并不是难事,之前朱莉在造A的时候,秦丽一直在身边,所有的细节她都清楚。她会先数清人体的206块骨骼是否完整,然后,用漫长的时间去塑造639块肌肉,朱莉会继续从公司里连续拿回来一整套植入物,把人断裂的锁骨重新用锁骨板锁住,让人露出美丽、凸出的锁骨痕,还能修复大腿股骨,弥补它痛失的人的强壮。

我们在他到家的第一天晚上给他起了名字"Z",我们其实早就为他想好了名字,从 A 到 Z,从头至尾一个完美的循环。

没过几天时间,"金话筒"给秦丽打了一个长时间的电话,他一时成了结巴:"没想到,我们的收视率持续攀升,很多观众都开始寻找那个房子,你们的房子,这里还有你们的很多信,也有很多写给我们栏目的,每天都有观众打来电话。"

我们并不想暴露在生活表层,电视台已经无法应对每天的咨询电话,还有带着错综复杂情绪的信件,人们都在问:"什么是 Z 型生活?"他们开始重新思考什么是生活。有人写信为"Z 型生活"做了一套有理有据的解释:"Z"代表一种东西还没有被命名、被分类、被理解,或者它早就存在了,只是人们遗忘了。

我们读了所有的信件,并用同样的古老方式给他们一一回信。信那边的陌生朋友们从内心发出疑问:"进入社会,你们还能保持早起晨读吗?我在电视里看见你们的博古架上有好多书,它们是装饰?""我也曾想过独自生活,但我败给了自己。""你们在一起不吵架?不会心生嫉妒?""就算是能研究制造点东西,我还是觉得生活乏味。""听说你们还在办'动物音乐会',我可以带着小提琴去,我是一只鳄鱼。"

那一阵子,我们更忙碌了,不停地用电话把所有的消息传递给小雪,她已经回到乳山继续她的学业了。在时间的空隙里,她还不忘传递给我们三张素描画,那是小雪心中的我们,每一张上的我们都带着小雪对我们的真实印象。

她住过的衣物间也一直空着,我们始终没有把杂物再次塞进去,只是把门上的树懒取了下来。朱莉又写了一份租赁广告,也许附近海燕培训班的新学生还用得上。

秦丽在一天夜里最晚一个回来,海螺风铃迷醉地跳跃,竟然发出玻璃的透明声响。她又拿回来一块儿鲈鱼头骨,比三张扑克牌搭起的三角形还要大。她摇来晃去,先跟我们唠叨了一些她白天的经历:"那个客户很快就答应了,我觉得很奇怪,可是他答应在我们报上投放广告。我们今晚在抱海大酒店,四星……"她竖着四根手指,转到厨房里将鱼头骨涂满洗洁精,用一把废弃的牙刷在水池里刷洗。

它周身布满的鱼腥气,在姜汁洗洁精的泡沫中逐渐淡去,它已经不再是一条活鱼的头盖骨,所有生命物种都会在长时间的洗刷里获得另一种存在形式。这些都是秦丽在深夜里清洗鲈鱼头骨时想到的,那时候她还在醉酒中,对使用的力量和发出的声音都感到迟钝。在菊花顶寂静的深夜,人们的梦境里会掺进一种异样的声响,一种锐物和柔物之间相互成全的激烈声响。她一个步骤都没有遗漏,从朱莉那里学来的严谨的态度全部用上了。她把它用清水冲洗干净,用干抹布擦干每一个细孔,又用干海绵擦拭多遍,然后,涂上一层透明的茶树油让它润润的,再用干抹布反复擦拭,凌晨两点的时候,终于摆在了博古架上。

　　我们一致认为秦丽在深夜刷洗鱼骨太用力了。第二天夜里，Z刚刚塑起的一只胳膊炸裂了，一半脸和大腿掉了下来，它们成了碎土渣。我们循着声音从各自的卧室里跑出来，惊恐地立在Z的面前，不知道是谁辨认出不是地震的缘故后笑倒在沙发上。一个人，轻而易举就会变成碎土渣。不过，我们可以重新修复Z。

- 再见,朱莉

- 124

回到镜中去

一

十月,是钓鱼的好日子。

教授在礁石上独坐了一天,得了四尾三两重的黑鱼,在海水渐渐淹没一切的幻象中,他再次看到一些模糊的景象,失去头颅的金牛山、尘烟密布得几欲废弃的小城。"也许那是银城?"教授还自顾嘟囔了一句。在海浪扑过来的过程里,教授还看到了有人影在边庄那条小河里砸鱼,红村在雪夜里点起了无数个火红的灯笼。"我就要消失了!"教授在内心高喊起来。他看着大片的灯笼红从海浪里翻滚出来,滚到现实里时,变成一个银盘大的夕阳坠入水中,他又一次低声道:"整个宇宙都不存在!什么都不存在!"于是,教授在极度恐惧甚至愤怒中抓住了一个回乡的迫切念头。

当时,妻子戴着一顶纱织的大帽子,坐在一个离岸边不远的小马扎上等待教授。她独自和点点说话："瞧这海,平静得像教授的脸!"说完,她自顾笑起来。这个与自己生活了大半生的男人,难以有一件事的寿命能超越钓鱼,他那宽厚的后背暴露了他的处事秘密,遇事从不独断专行,处事从不立竿见影,在滨海大学教了四十年书,过度塑造了他橡皮筋般的性格。教授反反复复地说过,这个世界处处焦躁,焦躁重叠起来就是毫无性格,毫无性格的结果意味着消失。妻子无法理解教授那套玄乎其玄的想法,她精于数字计算和收支平衡,她是一名出色的会计师,面对财务系统那些精确到毫厘的数字,她只相信一种牢不可破的生存之道,一天天活下去,没什么大不了。

而这一刻,妻子觉得丈夫说的话倒是有几分道理,她在等待的焦躁中竟然坐了整整一天,时间白白挨过去了,可她却感到自己身处时间之外,难道这就是教授所说的消失?眼前的海岸线足有两公里长,从眼前向东方蜿蜒而去,尽头就是教授曾经执教的滨海大学西门,西门面对的环山路上已经有大学生陆续走下来,一对一对走到海边的沙滩上望风景。

妻子重新把视线收回到眼前,从远处到近处,从大海到陆地,从天空到沙滩,从钓者到陪钓,她感到空虚无处不在,像极了脚底这片米白色的辽阔沙滩,所有的变化都在海水日日涨潮与退潮中被更替、覆盖和补充,沙子细腻成盐,几根脚指头塞进去能汹出潮湿来。她甚至觉得时间在她牢固的屁股底下溜走有点像自杀,她告诫自己,也许是自

■ 再见，朱莉

已真的老了，她索性把点点朝着帽子遮出的阴影下抱了抱，秋季，即使到了下午，海边的阳光也堪比毒蛇。

点点也丝毫没有笑意，它深沉地向礁石上教授的方向望去，汪汪了两声。教授回头望了望，正逢手中又一尾鱼上了钩，教授和往常一样将渔线迅速收了起来，一条巴掌大的黑鱼在半空里闪闪发光，他朝着岸边喊："又一条'黑老婆'（通身灰黑、嘴大贪吃的食肉性海鱼），足够我们吃的了！"但是，每到这个时刻，教授又常会毫无来由地心生惆怅："这四尾鱼有多昂贵？""一天的时间！""我们还有多少时间可供消费？"每当想到这些话题，教授就立刻感知到回乡的紧迫。

已近黄昏，妻子陪伴了一天，"人可不要贪婪"。

"海里的鱼真是不多了。"教授开始收拾鱼箱，把他自制的鱼漂、刀子、小剪刀、抹布、半块面包、剩下的鱼饵海曲蛇收拾起来。他听到岸上的妻子说："鱼会更少的，瞧瞧你们。"显然，她的耐心已经到了极致。放眼望去，教授所在的大片礁石上布满了垂钓者，一根根从天而降的渔线垂到海里，甚至比鱼多。远海之处，就不必说那些远洋捕捞的大船了，挂单机的小渔船已经布满海面，朝着礁石的方向驶来，大有渔歌晚归的情境。

就是从这天起，教授开始深陷回乡念头的沼泽。其实，这不是一天两天了，这样的想法在教授的生命里层出不穷，出生之地红村，游学之时的银城，祖家的边庄，乃至置身此时的滨海，处处潜藏着这个念想。年轻的时候大都因为时间紧的问题挤掉了,退休之后,时间终于回归个人,但,他又滋生新的缘由,想象这样一副衰老之态如何面对洒满年轻的过去,故乡是否还是念想中的故乡,哪一个才是他的故乡……长久以来,他甚至享受某些事物间的折磨和纠缠的苦痛,并独自狂欢,他早早发现了一个人类生命持久的奥秘:深处"矛盾"之中。因此,妻子又常说他没有长性,性格和喘息一样短促,哪里有文人的秉性?

晚饭清蒸黑鱼再也无鲜味儿,教授默默地吃鱼,饭后连脚也未洗净,就独自爬上床,倒在床上睁着眼睛望天花板。妻子说得极是:"时间太多了,又出奇地少。"教授眨眨眼睛,不做回答,直到妻子屋里屋外收拾妥当,和点点一同爬上床,教授才郑重地开口:"我想回家!"

妻子用胳膊支起半截身子,摸了摸教授的额头:"不烧。你现在就躺在家里的床上,身边还有你的妻子和你忠诚的狗。"

教授从天花板上收回视线,看着自己的妻子。一不留神,妻子已经衰老,脖颈和脸上的皮肤松懈下来,流出两条曲线,她还在间歇地咳嗽,教授心里感到阵阵难过。妻子一生专于精密的计算,无论是理财还是时间,可生命的长度是个定量。教授看了一会儿妻子,竟然两眼湿润:"我就是想回故乡!"

妻子把灯关掉,搂着点点躺在床上,虚弱地喘着气,她从出生就身体衰弱,病恹恹的,而她的丈夫却截然相反。但妻子知道,丈夫自从退休之后就没有正常过,这也许是大多数赋闲老人的通病,空虚袭来,常常失眠多梦,深感生命毫无意义。她朝着教授的肩膀处缩了缩:"想回就回吧,不过,你想想,我正在生病。"

过了好一阵子,妻子又说:"不过,你再想想,究竟哪个是你的故乡?故乡到底是个什么东西?"

教授已经进入了梦乡,他正躺在梦中的床铺上,那床铺和现实中的一样,铺着妻子一生都喜欢的粉色碎花床单,只是一片昏暗模糊。不知过了多久,教授还不忘回答方才妻子的问话,他在梦里告诉妻子:"我的故乡多得很,也许是银城,也许是红村,也可以是布宜诺斯艾利斯,又或者是巴黎和滨海……"就是在此时,教授发现自己的身体开始无缘无故地消失,起先是自己的两只手臂不见了,随后是脚掌和大腿,直到他仅剩了一颗脑袋紧紧贴在枕头上,那枕头依然散发着妻子喜爱的绿茶的洗衣液的味道,表明了他身处现实的真实性。恐惧却在此时加深,教授在消逝中两手紧紧抓住床沿和大团的被子,歪着脑袋呼喊身边的妻子,但妻子无法听到。他又朝着窗台上开放的黄色秋菊望去,秋菊依然在盛开,他才重获安全感。他依稀明白自己是在现实中做着梦,直到他仅剩了两颗泪珠,滚动在枕头上,他即将彻底消失……

教授浑身浸透汗水,从床上惊醒,已是深夜,妻子熟睡,并发出轻微的呼噜声,他才知道自己又做噩梦了,他已经第三次梦见自己在消失,那种恐惧实在难以言喻。教授从枕头底下摸索出一只小葫芦,捏在手中把玩,他就是用这样的办法解除恐惧的。那葫芦是妻子在逢周六的古玩市场上给他买的,有拇指大,在把玩的动作里教授才感到自己逐渐回归。大部分时候教授更喜欢抓着一块雕有指南针的长方形玉石,虽然知道这些小把戏只能得一时之解。教授重新蜷缩在床上,大睁着眼睛不敢睡去,他深知睡觉会让人的身体变得轻飘而不慎丢失。

二

清晨,教授早早起来在厨房里做早餐,日复一日,煮鸡蛋,热牛奶,妻子来到厨房,看见教授顶着两个黑眼圈,不禁发问:"又做梦了?又梦见了巫师还是死亡?要么就是你优秀的学生?你的故乡?你在消失?"这时,教授才想起今天中午要去参加一个学生的婚礼,他有时记不清学生的名字,他就执拗地把他们全部唤作"我优秀的学生"。

"死亡有什么可怕?那是每个人的归宿!"教授回。

"照你这么说,死亡才是人真正的故乡,你就不用急着回你的故乡了。"

"没有故乡的人是无法体会故乡的意义的!"

妻子听出教授在讥讽她从没有离开过滨海,没有离开家乡的人就没有故乡。妻子反驳道:"如果我们有孩子,他肯定会劝住你,大人都是听孩子的话。"

再见,朱莉

"谁说我们没有孩子？我们有一大堆孩子。"

"我那些优秀的学生！"妻子把教授的话抢先说了出来,每一次说到这个问题时,教授都要扬扬得意地如此回答。妻子开始轻微地咳嗽,她是个必须保持情绪平和的人,一丝的气愤或者激动都足以勾起她的肺病："我们年轻的时候可没这么多辩论。"

教授已经离开了厨房,途经客厅,看到沙发上一团银亮色,是昨日钓鱼穿的钓鱼服,走到近处,还存留着一股海风和鱼腥味儿。教授把它们团成团儿塞进鱼箱,听到厨房里的妻子说："年轻的时候哪里有这些情趣,反正,一个事实是你从来不会梦到我。"

教授去卧室寻找他的衣服,走到卧室门口时他已忘记来此的初衷。他重新回到客厅里去,重新按照刚才的逻辑走一遍,第二次来到卧室的衣柜前,打开衣柜,他几乎毫无意识地从衣橱里找到一件藏蓝色西装,那是他上课时最喜欢穿的一件,他穿在身上,显得有板有眼,一副教授的正统模样。教授立在镜子前很久,直到妻子也出现在镜子里："还这么板正,好像重返课堂。不过,参加婚礼也不错。"

教授去参加的是他最得意的一个学生的婚礼。婚礼设在滨海中心街的阳光大酒店,教授是步行而去的,一路上他还在回想那些噩梦和回故乡的事情。酒店门口已经竖起了两个大型拱门,陆陆续续有人从拱门中下走进大厅。教授下意识地把衣领竖起来,把脑袋尽力躲进去。退休两年多,他唯一不情愿的事情就是遇见学校里的熟人,需要

——回答他近期的处境。

新上任的文学院的院长,系主任,几个和他共处一个办公室的文学教授(小他几岁),都坐在了一个饭桌上,教授尽力挺直背表现得谦和而异乎平常,向他们讲述退休后的生活如何心无旁骛地自由,每天垂钓或者读书,到大自然里去,总之是随心所欲。几个人纷纷投来羡慕的眼神,那几个小他几岁的教授得到一种内心的安慰,变得不那么紧张了。直到教授的那个优秀学生挽着自己的新娘走上红地毯,教授才停止他的述说,舒了一口气,他感到疲惫至极,并开始厌恶自己的伪装。

两个新婚的人在司仪的引导下又是拥抱,又是亲吻,又是互戴戒指和发誓言,台下的人一片激情高呼,令教授恍惚中回到自己的新婚时刻,仿佛就是昨天的事,只是,他们那时的呼喊都憋在心里,互换的是一枚妻子自己用红线编织的丝线戒指。那时他刚来到滨海,在滨海大学任教不足一年,他和妻子还居住在城边的一处平房里,他们两个是靠在墙根底下举行的结婚仪式,前来的也是寥寥几个亲属,全部是妻子的亲戚,而妻子当时正患重感冒,孱弱得像只鸡,紧紧偎在他的肩膀旁,教授的心里却不可避免地想着银城一位高中女同学于美丽……不知过了多久,将教授从回忆中追回来的是一场长达数十分钟的鞭炮响,响声让全场的人热血沸腾,激动不已,甚至震下了大部分人的眼泪。响声预示着一对新人从此开始漫长的生活之旅,响声甚至再次激起了教授的回乡念头。

教授在激情澎湃中回到家里,他激动不已,他又从消失中抢回了一些记忆。妻子正卧在阳台的一个躺椅上晒太阳,点点冲到门口,一直把教授接到阳台上。教授不言语,看了一会儿妻子,就再也无法平复自己的迫切心情。教授开始独自收拾他的行李,他蹬着高梯子爬上卧室的橱柜顶,把那个深蓝色旅行箱拎下来,摆在客厅中央,用一块四四方方的手绢内外擦拭,连提手的弯曲之处都不放过:"生活除了做噩梦,就剩了回忆!"

教授已经多年不写文章,除了之前在文学院里做些应景的陈词滥调,大都顺着原有的教学路子跑,没空儿研究真正的文学,也没空儿深入,更没空儿像如今这样静下来思考自己到底需要什么,去做自己想做的事情。"人的大脑在退化!"教授感到气愤。

妻子从阳台上来到客厅,把点点抱到沙发上:"可你母亲把你的生辰忘了,你是个没有起始时间的人。"

"那是我的优势,我可以是任何一个时间点,随我挑!"教授狡黠地笑了笑,"况且,这和回故乡没有一毛钱关系。"教授心里暗想:休想阻止我,你一生都在阻止我。

"可是,故乡已经没有亲人。"妻子继续补充道,"而且我现在生病,而你的血压已经高过喜马拉雅山,你还爱忘事,医生说过,你和我都不宜长途跋涉!"每到这个时候,妻子都感到丈夫无比陌生,从前,丈夫出去考察一个月,她一个人在家就会像今天一样难以辨认她的丈夫。丈夫离开的时间一久,她甚至想不起他清晰的样子,每天,丈夫的形象会在自己的记忆中被抹去一块儿,自己就得靠想象来重塑丈夫的模样,她认为这和故乡的问题极其相像。

　　教授跑到卧室里,把床头柜里那块长方形指南针玉石和枕头底下的小葫芦装进旅行箱。有段时间,教授记不清时间了,滨海来了几个拥有无价之宝的人,他们不知从哪里运来了一块块雕琢精美的玉石,有大有小,大的可以摆在家里的博古架上展示,小的可以捉在手里把玩,图案更是数不胜数。教授当时也去凑了热闹,背着妻子买了一块,睡觉都要握在手里。教授没有选择佛脚或者观音之类的,他选了一块儿上面刻有指南针的长方形玉石。后来妻子发现了,嫌弃它不够圆润,教授自圆其说:喜欢有棱角的东西。也许,那时候,对指南针的选择就注定了教授今天出走的行为,或者,注定了他的一生都要在漂泊中度过。

　　妻子看到教授将玉石塞进旅行箱里,又取出塞进旅行箱的侧兜里,她知道他已不受自己的控制:"这块玉石的故事你都讲了一辈子了。"教授完全沉浸在自己的世界里,他回到卧室开始寻找他的换洗衣服。妻子坐在客厅的沙发上向卧室里探着脑袋,她心里有说不出的滋味。看到教授义无反顾地将钻进衣橱里,一件又一件的衣服飞出来,准确地飞到床铺上,妻子皱了皱眉头:"你要是想去就去吧,不过,可不一定都是想象中的样子。"

妻子将点点放下沙发,点点总是在教授充满激情的时刻飞奔到教授的身边,并甘愿参与其中。妻子说:"年轻的时候,你可没有这么果断!"

丈夫在衣橱里说:"如果没有想象,人可怎么活!"

三

已近黄昏,银城变成了天堂般的仙境,人与人之间挂着一扇烟尘制造的灰白窗帘。在教授的眼里,这满城的灰白气色简直就是个幻境。他觉得最不真实的事情是,昨天还在滨海的家中忙于联系老同学,银城能联系上的人几乎绝迹,费尽了周折,他还是通过大学里一个老家是银城的学生,才联系上当年唯一一对号称"生死恋"的高中同学老善和美丽,而转眼间,自己如今却已置身银城,这个在他的心目中被认定为一个故乡的地方。他紧紧挽住妻子的胳膊,裹挟在所有拥向出站口的人流中,喃喃:"我觉得是在做梦。"

妻子回头看见身边的丈夫慌张而兴奋,俨然变成一个孩子,她握了握丈夫的手:"真实总是让人觉得像做梦。"妻子满脸笑意地迎向出站口,她重新温故了一种作为妻子的荣耀,有时候,再坚强的男人也无法超越女人的坚韧、理智。

两个人到达银城汽车出站口的时候,同学老善已经等候在出站口,手里拿着两个白色口罩,仅靠残存的一丝记忆,教授和老善同时认出了对方,他们浑身瑟瑟发抖地相互拥抱了一阵子,在妻子被冷得清理鼻涕发出嘟嘟声时才被打断。老善把口罩递给两个人:"快戴上,不然,到了家里就得黑鼻孔。"妻子是最怕灰尘的,她的肺总是鼓胀得难受。

老善骑的是脚蹬三轮车,拉着教授和妻子行进在银城的街道上,近四十年的时间间隔,令彼此之间手足无措。

"美丽在家等着呢。"老善向身后歪一下脑袋,找了一个话题。

教授哦了一声,指着脚下的顺河街:"这是条新路吧?"

"这是原来我们学校后面的那条小路。"

教授紧紧盯着这条路周围高耸的建筑物,先前早已消失的记忆却从什么看不见的缝隙中被唤醒,那是银城唯一的一所高中,学校有一扇脱了漆的大铁门,大铁门上方的一颗红色五星也是锈迹斑斑,学校孤立在荒草之中,脚下这条柏油路就是每天被他们踩出来的秃头小路……

"银城变大了!"教授难掩兴奋,他把遮住眉毛的帽子向额头上褪去,"那学校去哪里了?"

老善已经蹬出了汗,热气从他的帽顶钻出来,在半空中蜿蜒而上,他朝着南边举起胳膊:"早搬到城南外环去了,城北成了铝业加工区了。看看这些铝厂工人,差不多家家端铝厂的饭碗。"

■ 再见，朱莉

■ 136

身边几个着深蓝色工作服的工人飞驰而过，他们带着蜡像的坚硬。教授和妻子追随着他们向城北望去，通天的烟囱吞吐着灰白色的烟雾，整个城市全部被烟雾笼罩。

老善仍然住在城北电业公司的家属楼里，他已经退休在家。教授记得，上高中时，老善的父母就是电厂的工人，着实让人羡慕。楼群已经陈旧，白蓝的马赛克墙面都附着着一片灰色。屋子里倒是窗明几净，没有一点声音。老善径直把教授和妻子带进了卧室。

"美丽，看看谁来了？你做梦都想不到。"老善趴到床铺上，附在美丽的耳朵根轻轻地说了一声。

教授在顷刻间瘫坐在了地上，他双手捂住整张脸，从肩膀到整个身体耸动起来，憋红的脖子暴起青筋，泪从指缝间渗出来，他发不出丝毫声音。随之而来的是妻子跟着蹲在地上紧紧揪住教授的胳膊，仿佛一不留神，教授就会向着地面之下迅速沉坠下去。老善慌忙过来把两个人扶到了客厅里。

很长时间，教授都无法将双手放下来，他在遮掩心里的刺痛。银城是他初恋开始的地方，美丽是他的初恋，一生的美好念想在刚才的那一眼被彻底击碎。

老善和于美丽是教授当年的高中同学，恢复高考后，他们三个一起考入银城一中，分到了一个班级，那时候教授的父母还在老家边庄种庄稼，还没有去往黑龙江的红村。从三个人分到一起就注定要发生有关爱情的故事,没有人能抵挡得住青春的热烈。当年教授发誓考出银城,考到省城里的大学,才有更宽广的世界可奋斗。如今,奋斗了一生的教授回望过去,发现没什么事情是那么重要的,任何事情包括他都在一点一点地消失。看到变成植物人的美丽那一刻,他甚至清醒地意识到,誓言和谎言其实最接近。如果他不抱着立业的所谓雄心不放,和美丽生活在一起的就是他,而今天的美丽或许不会如此。

就这样,第一天教授在内心的坍塌中失去任何支撑力,这与他念想中的故乡完全不同,与他多年来不断忘记又在脑袋里重塑的故乡完全不同,他再也没有勇气走进美丽的卧室。他和妻子被老善安排在客厅隔壁的卧室里,他们从吃晚饭开始一直聊到半夜。老善说:"美丽这样子已经十三年了,十三年其实就是一天。"妻子朝那间卧室的门口再次望了望:"脑血栓?"老善点点头:"现在银城这样的病越来越多,都说是铝污染闹的,而且越来越年轻化。"

教授一言不发,他终于把双手从脸上拿下来,抖动也停下来,除了见到美丽的那一幕,他装不下任何东西,包括老善和妻子的对话。美丽那张变形的脸,惨白到贫血的皮肤,被剪短的花白头发,鼻子和嘴里爬出的管子,塞满教授的身心,他几乎被悔恨和痛苦熬熟了。

不知道过了多久,教授像一只蚊子叫了一声:"你就这样和美丽过了十三年?"他朝着老善伸出三根手指头。

"嗯,起初美丽可以坐轮椅,可以说话,可以推着出门,后来,后来……"老善停下话头儿,瘦长的脸上现出一丝笑意,"我知道,美丽早晚有一天会醒过来,就是早晚的事儿。"

"我才不相信那些医生,医生说美丽已经变成了一棵植物,植物感觉不到人,还说能活到今天是奇迹。我就想哪有那么多奇迹?那因为是美丽,美丽可倔着呢。老边你知道,当年美丽可是有多认真,认真过头了就生倔劲儿,人一倔起来,死都拿她没办法。"老善自顾笑开了,笑瞬间就被下拉成无奈,他突然发问,"老边,你信不信人的第六感?"老善瘦长的脸上钉着一双瘦长的眼睛,他正用这双瘦长的眼睛硬硬地盯着教授,一只同样瘦长的手抓住了教授的手。

"信。"教授在老善的瘦长手背上拍了拍。

"我就信,美丽的呼吸,美丽的眼珠震颤,美丽的指尖抖动,美丽喜欢吃番茄流食,美丽爱干净,美丽最喜欢水仙花的香气……我都能知道。"

一旁的妻子就是到了这一刻才无法抑制地流下眼泪,她捂住自己的鼻子,把脑袋埋进膝盖里,自顾无声地抽泣了一阵子。等停下来,她才对着慌乱的老善说:"美丽是个幸福的女人。"客厅里的钟表在此时敲响了十二下,老善才跟跟跄跄起身离开卧室,能够看到,他瞬间虚弱下去,瘦长的身子摇摇晃晃,大半天的话几近把他整个人掏空。走到门口,又退了回来,老善刚刚想起:"老边,这回回家,都想去哪儿?"

教授被问住了,他还没有从美丽的世界里走出来,他怔怔地看着老善:"去哪？去金牛山吧。"

四

从来到银城的第一天夜里,教授和妻子都辗转难眠,他在夜里清清楚楚数出了自己在一夜间翻了二百三十一次身体,身体在重复翻滚后越来越膨胀。随着时间的推移,数量与日俱增,长度被拉成无限,即使教授在滨海布满噩梦的夜里也从未感觉夜是如此漫长。伴随着翻滚的还有心口难忍的刺痛,仿佛心脏上蜇着一只毒蝎。教授在几天中迅速消瘦,在消瘦中,高大的身体愈加高大。

一天夜里,妻子实在难忍失眠,她背对着教授:"你不后悔寻你的故乡？简直是荒唐,你看你已经瘦成一根电线杆。"

"不过,我感到我的记忆清晰了。"教授接着说,"如果我不来,进了坟墓里也会后悔。"

妻子再也不想和教授说什么。

银城的冬季干燥寒冷,比不得滨海的海洋性气候,空气湿润洁净。没几天,妻子的肺病犯了,她佝偻成一个问号,尽力把咳声压低,压到自己的身体里去,所以,妻子发出嗡嗡的憋闷的声音:"有些事情倒不如留在记忆里。"教授知道敏感的妻子早已嗅出了他和美丽曾经的关系,但他并不担心,他知道妻子一生在数字上斤斤计较,丝毫不容懈怠,但妻子有颗宽容的心。妻子说完话又咳了一阵子,教授把身体翻转过来,对着妻子的后背,给妻子捶起来,每一捶捶到妻子瘦弱的身体上,教授就觉得捶出来一大片愧疚。

窸窸窣窣的声音在此时响起,厨房里有灯光从门缝射进卧室里,教授和妻子纷纷起身。老善正在轻手轻脚地切西红柿和胡萝卜,见到立在门口的两个人:"还是把你们吵醒了。"

操作台上三个小碗排成一排,其中一个装着小米,其他两个等待着切碎的西红柿和胡萝卜。教授和妻子走过去准备帮忙做些事情,老善摇了摇脑袋,他的头发已经脱落得厉害,头顶放着亮光。老善把胡萝卜切成碎块儿后,和切好的西红柿、小米、两小碗水一起放进打汁机里。轰隆隆的声音一起,老善才开口:"晚上美丽总喜欢喝西红柿胡萝卜汁,先前她喜欢菠菜的。"

这一夜,教授和妻子跟随着老善,他们帮不上一点忙。老善从不让任何人帮助他,他连他的儿子都信不过。他倔强地独自一人为美丽扶正身子,垫好枕头,把嘴里的一根管子的一头清洗干净,用针管一管一管把流食推进去,美丽闭着眼睛吃得极顺利。过了一会儿,老善又给美丽顺胸脯,顺一阵子,美丽现出更为舒服的样子,她放松极了,仿佛铺在床上的一块棉花,她的脸白得像纸,持久地静止,令她的两只脚已经萎缩变形,手掌已经干枯得像两块白桦树皮。

老善掀开被子给美丽换尿布,妻子上前想帮忙。看见确是刚刚尿湿的一块尿布散发着余热和尿臊味儿,不知怎的,妻子鼻子一酸,眼泪溢出了眼眶。她看着老善自然而然地做着每一件事,他已经拿捏得准确无误,或许,真的如老善所说的,彼此真的拥有了第六感。

"你怎么知道美丽要小便?"妻子翻身回到床边,看了一眼立在门框边的丈夫。

老善已经把尿布洗干净晾在了阳台上,他感到那并不是问题:"这是我们俩的秘密,旁人是不知道的,我说过我相信第六感。"

教授立在门框边终于说话了:"老善,我想亲手照顾一次美丽,像你这样子从头到尾,一整天,就一天。"

老善并没有回答教授的话,他给美丽换了一块干净的尿布,把她的身体摆好,又检查了进食管。把一切整理妥当后,他才从门后取出一张单人折叠床,靠在美丽的床边,铺好被褥:"美丽爱干净,她一大小便就微微皱眼皮,很轻微,大便皱三下,小便皱一下,有时是两下,有时候就是一瞬间。"

这一夜变得更为漫长,足有教授已经度过的大半生之长,或许老善说得对,其实没那么长,十三年也就是一天。教授就这样在挣扎中迷迷糊糊挨到清晨,他很早就起床了,准备去金牛山。

银城实在是小,即使已经富裕,也不过横竖五六条错综的街道,妻子按照每天走一条街计算,在银城逗留也不超过半个月。当然,这些都是理论上的计算,谁能算清人心的变数呢?金牛山在银城的南面,三个人戴着白色口罩赶到金牛山的牛头处时,已有晨练的人陆续从树林里返回城里。妻子从一出门就咳得厉害,但她要坚持爬一次金牛山,她要亲眼看看这座被丈夫念叨了大半辈子的山到底有多高、有多险。

教授精神极了,他弹跳了几下就自顾钻进树林里,沿着上山的土路爬起来。妻子跟在教授的身后,望见自己的丈夫像一只猴子,手里的登山杖飞了起来,他似乎很久没有这样精神抖擞了。妻子多少有些担忧,回头寻找走在最后面的老善:"看来你们常来爬。""我们一起上学的时候,几乎每天都来,很快就能爬到金牛山的肚腹,那里深不可测。你看看,现在的牛头快被磨平了。"

妻子已经发出急促的喘息:"其实,比起真正的高山,金牛山倒更像个土堆。老边常常说这里不一样。"

"金牛山并不高,不过这里很深,是龙山文化遗址的一部分。"老善边爬边回答,十一月的银城干冷,嘴里的白气吹起来,"金牛山的后背和肚腹里藏的都是死去的人,银城的人最终都走到这里。"

妻子哦了一声,又是一阵剧烈的咳嗽。他们抬起头来时,看见教授从山上折了回来,他一边给妻子捶后背,一边说:"不要再往上爬了,上面和下面一样。"妻子的脸和脖子已经憋红,她被安置在半山腰一块硕大的石头上——很多爬山人歇脚的地方。她一路爬上来,除了高耸的松树、橡子树和枯草之外,似乎没什么神秘的。她终于决定坐在大石头上等待教授。

老善与教授变成了两只猴子,他们像当年一样敏捷地向金牛山的肚腹爬去,总要比出个胜负来。两个人都不作声,身边只有身体划过树叶和野草的沙沙沙的声音。老善还是当年的老样子,几乎看不到他抬头,只见他躬身弯腰,极为精准向前射去,只是,如今没有那样迅捷了,他需要在摆动四肢时借助登山杖扎进地面的力量。教授仍然在老善的前面,他无论做什么,总能先老善一筹。他一边攀爬,一边向四周寻望,目光掠过树林过密的地方,掠过过陡的地方,掠过无法见到阳光的地方,掠过无法流动风儿的地方,掠过无法令花草繁盛的地方,总之,他像当年一样,今天,要在金牛山上寻到一块宝地。

教授的裤脚被刮开了口子,老善的腰一时直不起来,他们在牛头和脊背连接的地方停了下来,那里有一处稍稍开阔的林地,几缕阳光从松树的缝隙间打下来,能感觉到风儿的存在。教授喘着气:"到了,就这里吧!"老善环顾四周,放眼望去,能够看到整个银城匍匐在山脚下,另一面是金牛山连绵的余脉。

老善点了点头:"就这里。"

两个人坐在地上静了一阵子,他们听着风刮响树叶的声音,听着远处银城轰隆隆的机器轰鸣声,车与人的脚步声,放学后和美丽爬山的声音,美丽的喘息和笑声,那些遥远的记忆的声音。直到他们浑身感到凉透了,老善才打了个激灵说:"还是你最快,和当年一样快。"

教授沉闷着,他的胸口集聚了越来越厚的东西,他第一次感到妻

■ 再见，朱莉

子胸口憋闷难忍的痛苦。"这么多年了，其实，我是最笨的一个。"教授停顿了好一阵子，才呼出一口重气，"我希望美丽会喜欢这块墓地。"

"留下吧，教授。"老善望着教授。

教授感到耳朵被陌生扎了一下，所有人都叫他"教授"这个公用的名字，遮盖了他内在的真实。时间久了，他自己都忘记了原本的自己是个什么样子。他望了望老善，老善已经老了，细长的眼睛被褶子压成了一条缝，皮肤没有教授的白皙，爬满褐色老年斑，胳膊和腿脚的细长骨骼被一层皮包裹，显现出衰老的干瘪，却硬得厉害。"过阵子，我想回边庄过个年，再过阵子，我会去看看我的父母，再以后，再以后……"教授说。

在银城后来的日子里，教授并没有像妻子计算的那样将银城的每一条街道走个遍，他只是用了几个星期日的时间，和几个还活着且还能联系上的老同学见了面。剩下的日子，就是每天跟着老善在早上到门卫那拿一份《老年报》，吃过早饭，趁着几缕阳光透过尿布刚好打到床铺上，搬个小马扎坐在美丽的床头，学着老善的样子给美丽念报纸。报纸上多是些老年人的爱情和亲情故事，故事大都是告诉人们什么是爱或者如何勇敢地活下去。到了半上午时，再看着老善给美丽换上两次尿布，从手到脚按摩一遍，到了中午做流食，饭后，每个人都午休。趁着午休，妻子总要问上几个问题，有时是关于美丽的故事，有时是关于故乡的滋味。教授说，美丽是他的初恋，而故乡的滋味是苦甜参半的,至少在这里是如此。午休一过,下午对给美丽念剩下的《老年报》的故事,再从手到脚按摩一遍,在美丽的面前回忆些有关他们过去的故事。对于教授,时间已经失去任何意义,他每天这样过就是将时间撑到了最完满。他发现自己的噩梦在故乡的夜里消失,那些曾经从记忆里消失的东西都清晰起来,他真实地感到自己的存在,他有种想这样永远下去的愿望,就像老善那样,他甚至决定在银城买个房子,在美丽不远的小区里最好。

直到临走,老善也没有让教授亲手照顾一次美丽,教授与当年一样,带着一种遗憾离开了银城。

五

还没有走进三瓣儿的家里,妻子就开始想念点点,点点跟着自己和教授已经养成了相近的性格,她用了一路的时间想点点在朋友的家里孤独得默不作声。她一路上默不作声,教授从犄角旮旯里翻找到三瓣儿的手机号码时,她就感到无所适从,教授当时还对着她说:"大部分手机号都是隐性的。"

妻子抗拒着接近边庄而迈出的每一步,在徒劳的抗拒之中,妻子只有把教授的一只胳膊暂当点点紧紧抱着。边庄在银城的东面,与银城相距六十里,已属两个地市管辖,但都属于山东西部的内陆平原,风和土干燥得如沙漠,寒冷却像南极。再冷,冬季进村的土墙下也不会缺少人气,那里几乎成为村里老人消磨时间的唯一去处。三瓣儿推着瘫痪多年的二婶早早地等在那里,一眼见到教授和妻子拖着两个大行李箱进了边庄,就把一只胳膊高高举过头顶用力地摇晃。随着晃动而起的是一长串的黄色尘土和几个靠墙头老人的惊讶眼神,他们迅速把脑袋凑在一起,叽叽咕咕一阵子,那不是边大家的儿子吗?还有边大的影子。边大可不在边庄了,住在仇人家里……

教授决定回到故乡边庄,住在父亲前院的边叔家里。这与当年那场盖房纠葛一样引起一阵热议,村子里留下的人毕竟不多了,所以,争论声也高不过当年,只是消耗时间而已,人们只是无法理解边大家的儿子为何突然出现,又如何与仇人相处。

边叔和父亲的真正关系是亲兄弟,在父亲母亲有一年决定从黑龙江的红村返回故乡,经历一场安家盖房的纠葛之后,边叔和父亲的关系就变成了仇人。这件事情教授没有亲身经历,他大都是从父亲的口中得知的,当时,教授已经到了滨海,正在滨海大学任教。父亲曾因此事来到滨海,教授记得父亲说到回乡的事时老泪纵横,他就一直独自坐在教授当年那间狭窄的平房门口。父亲一生在外奔波,确是想回到故乡度过余生,但是,父亲和边叔因为当年爷爷模棱两可的遗言,也就是教授眼前走过的这处空落的平房的归属,却成为边庄人人皆知的仇人。那一次,是教授和父亲唯一一次促膝长谈。父亲是个言语不多的人,他除了离开边庄前因为饥荒险些被爷爷卖给他人,自己靠一路讨饭爬回家里,就是生活在黑龙江时闷头种出红村单产最高的玉米和小麦,再没有其他优点。有时,教授会认为父亲背弃边庄的祖坟而决定将自己葬在遥远的红村,或许是出于父亲对边庄的绝望而不是仇恨。

三瓣儿从一开始看到教授两个人就激动不已,他的三瓣嘴不停地抖动,咧成兔唇,却一句话也说不出来。一进屋,他就把屋门口的煤炉盖儿打开,让炉火烧得旺旺的,又从木橱子里翻找出玻璃杯和茉莉花茶,冲上两杯花茶递给教授和妻子。然后,他搓着两只大手靠在二婶的轮椅旁,瞪着教授的脸,憋了一阵子,才憋出一个字:"哥。"

教授哎了一声,感到叫声极其遥远而陌生。他来到二婶身边,握住二婶的手:"身体还是很硬朗的。"

二婶坐在轮椅上,头上裹着一条蓝色头巾,仍未摘下,头巾无法遮住被冻伤的两块暗红色脸蛋儿,腿上盖着厚厚的毛毯。她拍了拍自己的残腿:"除了瘫痪,哪里都棒棒的,能吃,能睡,能……"二婶已经没有当年的锐气,她在村里出了名地厉害,她的厉害是能干活,能吃苦,可她已经多年不能活动了。她用柔软而浑浊的眼睛看着教授,又伸出一只手,在教授的脸上摸了摸:"和你爹、你叔,一个样,外边软内里硬,很有自己的一套呢。"

妻子也走过来,立在教授的身后:"嗯,很有他自己的主意。"

"老家里可比不得城里,冬天冷,夏天热,也没什么热闹的事。你这娇身子骨可要受罪!"

妻子笑了笑,咳声又起了。

"三儿,快去把炉门关小些,煤烟味儿大。"

"我就是想回来看看。"教授望了一圈儿矮小的屋子,屋顶没有用石灰和白灰抹平,仍露着粗壮的木房梁和整齐排起的椽子。这一切都已经陈旧不堪,看到这些就看到了教授的过去。教授在银城上学时,时常回边庄看望爷爷奶奶,夜里睡在爷爷奶奶的中间,总是望着这些木房梁和木椽子入睡。

"老祖宗的话没错,狗不嫌家贫,儿不嫌母丑。"她朝着后背墙上二叔的照片仰了仰脑袋,"看看你二叔吧,还有你爹你妈,还有我,都赶着去天堂呢,再不看可真看不着了。"二婶说完,在自己的胸前画了一个十字,嘴里念着感谢主。二婶是家里唯一一个对父母亲的选择持理解态度的人,她很早就说人的最终归属不是边庄,也不是红村,而是天堂。

二叔照片的旁边是一个大大的十字架,十字架处在北墙的右侧,左侧是一扇木窗,二叔家的房子也已经陈旧,如今边庄的房子一座比一座高,一座比一座宽敞明亮,窗口越加阔大。教授就是在这扇窗前停下多时的,直到午饭。教授一直端着那杯茉莉花茶向后窗望,后窗紧闭,玻璃上附着了灰尘,但,教授依然能透过玻璃看到后院父亲的家。父亲曾说过,二叔当年就是从这扇狭小的窗口望到父亲的家,如果不是父亲决定从红村返回边庄,窗口之外的这块土地就永远是二叔的。父亲还说刚刚盖起时,就遭遇了一场奇特的大火,如今,那些燃烧的灰黑痕迹依稀可见。教授并不想重温当年父亲和二叔之间的故事,他回头望向墙上的二叔,他面容和蔼,既土气又硬气,和父亲一样。

妻子咳嗽得越来越厉害,边庄家家户户靠点蜂窝煤炉过冬,妻子最忌讳这煤烟味儿,她在二婶的屋子里待了一会儿就撑不下去了,被三瓣儿领到隔壁,隔壁没有生煤炉,寒气十足。妻子躲到炕上的棉被里,怀里抱着一个热水袋,发誓永不下床。她内心仍然在抗拒着,已然生出怨气和愤怒,从蹙成一团的眉宇间散发出来——这就是丈夫念想中的故乡。

故乡那条唯一的河还在,这是教授再欣慰不过的了。河没有名字,从二婶家的胡同向北穿出去,沿大道一直向东就能抵达。教授选了个阳光稍稍暖煦的日子,已近年关,能依稀听到断断续续的鞭炮响,这里炸一下,那里又响一下,大都是孩子们零星放的,鞭炮声给人带来一阵阵欣喜。教授和妻子、三瓣儿一起到了河边砸鱼,河床变窄了一半,河面冰冻,河南北流向,刚好从村中央穿过,河身上架起一座破旧的石灰桥。

三瓣儿和教授身着有无数个布兜的衣服,将铁锤、铁钎、小型渔网、尼龙绳、渔捞子挂满全身的布兜,教授甚至装上了一根小鱼竿儿、一个罐头瓶、一小包鱼饵、一根麻线绳,线绳一端绑着一根半指长的树棍儿。他们极其熟练地从桥边顺到桥下的冰面上,又把事先携带的用具一件件取下来放在桥下。站在桥上的妻子这一次看到的是教授从未有过的钓鱼方式,教授指着靠近桥底的多处被砸开的冰窟窿:"看看,早早有人砸鱼了!我们来晚了!"

"不晚!只是现在鱼太少。"三瓣儿一手把铁钎钉在冰面上,一手抡起了铁锤,朝着一处冰面砸下去。站在桥上的妻子大张着嘴,趴在桥栏杆上向下看,她看见丈夫也把一根铁钎钉在一处冰面上,一手抡起铁锤,他像个原始的巨人一样,把铁钎砸得当当响。

桥上有村人经过,高嗓门喊三瓣儿:"又砸鱼呢,不怕大年三十鱼精去找你?"三瓣儿咧开他的三瓣嘴哈哈大笑,"那是边大家的大小子吧,老了老了,还忘不了砸鱼!"教授也跟着笑开了,在笑中他突然鼻尖酸涩,他觉得他还是胜了"消失"或者说"遗忘"一筹,他终于赶在消失的前面,重新抓住了这些真真实实的过去,虽然是处在当下的过去,但他重新抓住了。方才村人的那种说法他再熟悉不过了,爷爷和父亲都曾在他小时候叮嘱过,那是边庄老人吓唬小孩子的瞎话,这条河给了边庄孩子们诸多的乐趣,也同样吞噬过他们的生命。

三瓣儿把粉嫩的牙床包裹起来,继续砸冰窟窿,冰窟窿要砸到一个水盆口那么大。两个人如过去一样,不用商量,教授对付浅水层的鱼,三瓣儿对付深水层的鱼。所以,两个人从满身的用具上选了不同的用具。教授选了渔捞子,将渔捞子下到水里直接捞起,鱼被冻得游动缓慢,在小时候,教授冬季跟着爷爷来河上砸鱼,如此办法,捞上过三四斤重的草鱼。妻子从没看过现代人这么笨拙的捕鱼方法,她觉得她的丈夫像一个原始人,正站在水里挥舞着木渔叉,仿佛伸进水里一捞子,就能捞上满满的鱼。妻子发现,她变成了丈夫,一个爱白日做梦的人。

桥面上的妻子大叫起来,她像一个孩子伸着一根手指指着冰河:"鱼,鱼,那儿,在水底下游。"妻子一边喊一边从桥面上跑到了河岸边,跟着冰面下的那条缓慢游动的小鱼跑了几步。她的胸口激烈地起伏,她从来没有这样快乐过,整日整日陪伴教授在无边无际的大海边钓鱼也未曾有过如此的兴奋,也许,在大海边钓鱼过于像钓鱼,而此时,和逝去的记忆有关。

三瓣儿已经将整个渔网下进了深水里,剩下的是静静地等待。教授隔段时间在自己的冰窟窿里捞一把,除了水,毫无他物,他没有丝毫丧气,反倒是充满无休止的斗志。停下来的时候,他就凑到三瓣儿那边吸支烟,教授从不吸烟,在三瓣儿面前却吸起了烟。三瓣儿给他对了一支烟,呜噜呜噜地说:"不走吧?"三瓣儿的唇裂是胎里带来的,大哥夭折,二哥当海员死在了深海里,二叔家里唯一剩了三瓣儿这个男人。他一辈子打光棍儿,他早早就立誓,养他妈一辈子。

教授回答不了三瓣儿的话,三瓣儿总是不言不语,出言便是直截了当。大概已是半下午,微弱的阳光已经被云层包裹起来,天阴沉,河面上刮起阵阵的风,如刀子一般,唯有两股烟柱被削碎。教授把最后一口烟狠狠吸进:"我想在家过个年。"

"这么短!"三瓣儿把烟屁股掐灭,起身去收他的渔网。那一天,三个人一尾鱼没有砸到,妻子已经熬到了冻僵的程度,她磕磕巴巴地对着桥下的冰面说:"回吧,人都冻成冰鱼了。"

六

春节之前,每天推着瘫痪的二婶转村子的人由三瓣儿换成了教授。三瓣儿被二婶差往最近的大王集买年货。而妻子从砸鱼那天复发了肺病,她再不想出门,她第二次立誓决不离开床铺,即使是大年三十。她趴在被窝里深切感受到教授的故乡死寂、枯燥、陈旧、停滞,她更感到一种内心深陷的空虚无聊,携带着越来越多对教授此举而产生的愤恨。她偷偷流了眼泪,满心委屈,在被窝里骂着教授:"你执拗、自私,从不为别人着想。"

从二婶家这条村子最东头的胡同开始,沿着出村的路向北,绕过北头的河东堰,也是村与村之间一处最为明显的界线,继续向西,都是土路,坑洼不平。二婶每天都要走上一遍,她已经走了大半辈子了。她每次都回头对教授说:"我走一辈子都不厌,我走一辈子都没认清。"

教授觉得二婶说的是自己的心思。他从边庄到了银城,又从银城到了红村,再次从红村来到滨海,这一生,走过了平原,爬上了高山,回归了大海,他依然和二婶一样,没有明白每一处故乡对他的真正意义。

他推着二婶缓慢地走在环绕边庄的村路上,路边的麦子地里已经泛了墨绿的麦青,有半拃高。现在他们已经由北向西走去,再由西向南,经村中心那条河,回到自家的胡同。二婶每天都要绕不同的岔路返回,唯一一致的是起点和终点上的家。教授终于明白了二婶,她努力在平庸中寻求着丝毫的变化,让生命变得尽量不再重复,生活更像生活。

从腊月二十八开始,边庄就进入了正年。边庄是传统最多最重的地方,一大早,连妻子都赶着起了床,她没有经历过边庄的年,一切对她都是崭新的,也许,她正是被这新奇催起来的。二婶正在一个黑瓷盆里和面,硕大的瓷盆像半截水缸口,白面满满装了一盆。

"腊月二十八,边庄都做什么?"妻子问。

"今天蒸白面馍和菜包,再打上几个枣糕。"二婶还是当年那样利落,"我们这里呀,腊月二十八女人蒸白面馍和菜包子,有女儿的,还要打枣糕,逢初三女儿回娘家,当娘的总要把枣糕给女儿回上一个,这是边庄的老习俗。枣糕一层面一层红枣砌起来,像一座步步登高的宝塔,是娘的一份心,盼望着女儿的日子年年好、步步高。而男人们则早早预备请家堂的供件,好在年三十请家堂。"

"在滨海,蒸一怀抱大的大饽饽,十二属相饽饽和大枣饽饽,是请家堂?"妻子看见教授和三瓣儿在另一个长条桌子上忙活,"那是请家堂?"

二叔家有一套和父亲家一模一样的梅花供盘,三瓣儿一大早就从

■ 再见，朱莉

西屋里搬了出来，他正在屋子里刷洗。桌子上摆着竹子、香炉，这些物件满面灰尘，大都是到了每年腊月二十八才有用武之地。教授已经很多年没有摆过供盘了，看到这些在生活中逐渐逝去的物件，徒增了许多亲切和陌生感，他感到渐渐消失的自己在三瓣儿摆起的梅花阵中回归。

"这是备家堂，到了年三十上午才真正请家堂。"

妻子听后，看着教授把三瓣儿摆起的六个花瓣一一再次摆一遍，每个花瓣是一个中心带单枝梅花的盘子，中间再摆上一个花心盘，像开了一朵芬芳的梅花。所有物件被提早摆在北屋北墙的一个黑木柜子顶上，到了年三十才摆到正堂的八仙桌上。

三瓣儿问起教授："哥在东北也糊灯笼吗？"

教授和三瓣儿把一切准备妥当，才回道："嗯，在黑龙江的红村，腊月二十八家家户户定要糊灯笼，早早准备红纸，擦拭灯笼架，烫上一碗白面糨糊，父亲和孩子便一条条糊起来。女人就蒸豆包，白面的，黏米的。"

腊月二十八的一整天，妻子显现出大病痊愈的征兆，她和二婶忙活了一整天，蒸了一锅白面馍、一锅白菜猪肉包子、六个大枣糕，二婶嘱咐三瓣儿记得，定要给教授带上两个。边庄四处都弥漫着麦香气，鞭炮声四起，年味儿就更足了。到了年二十九，边庄就像掉到了油锅里，满村子飘着香喷喷的炸鱼香。二婶家今天炸的鱼是三瓣儿和教授赶二十八集买来的新鲜鲤鱼。炸鱼是边庄祖祖辈辈沿袭下来的风俗，到了年三十，祖宗的供桌上因为这条炸得金灿灿的鱼而风光喜气不少。这里的鱼单指鲤鱼，上得了台面，也延续着庄稼人年年有余的吉利劲儿。

二婶正在案板上给鱼搓身子，她手里牢靠地捉着大鲤鱼，鱼仿佛活了一般在她的大手掌里翻来覆去地跳动，眨眼的工夫，浑身粘满了碎盐和花椒面。二婶扒开鱼的肚腹，均匀地抹了碎盐和花椒面进去，又将淀粉涂了鱼的整个身子，仿佛大姑娘在新年里洗个热水澡后通身擦上白腻的香脂。

那满村的鱼香却是妻子的天敌，油烟和鱼香混杂在一起，将妻子的咳嗽再次激起，她的脸有些蜡黄。但她再不想独自一个人听着年的喜庆而躲在被窝里，她坚持在屋子里擦胡萝卜，和绿豆、黄豆面，准备炸鱼丸子后炸鲤鱼。能够听到初来时寂静的边庄已经热闹开了，屋前屋后的人家都在迸发着热油响，小孩子急等的哭喊声。

三瓣儿已经把油锅烧沸，炸了一锅丸子后，等待着二婶搓好的鱼下锅，他一边拉风箱，一边喊："鱼游过来了没有？"二婶在屋里回："正游过去呢。"随后，妻子准备将鱼端出屋，二婶喊道，"让三瓣儿端，油烟可是厉害。"妻子看见三瓣儿跑进屋子里，将盖帘上的两条大鲤鱼端走了。

而教授此时正在院子里贴对联，在过年的时候，他最喜欢做的事

■ 再见，朱莉

情就是糊灯笼和贴对联。他多买了一整套对联，准备贴完二叔家，也将父亲空着的院落里贴上。胡同里有几个小孩子在玩摔炮，一声一声炸在地上。他看了好一阵子，看到一个人影也没了才回过神儿来，他从三瓣儿那里取了钥匙，打开父亲家的大门。从父亲盖起这个家开始，他从没有回来过，父亲在大火后不久就带着母亲返回了黑龙江的红村，直至他们把自己埋葬在红村，这个院落再没有人居住。

院子空得一片死气，即使它周围的边庄如何热闹，都无法走进这里。教授就是在走进父亲的院落那一刻心头发昏的，他感到一股彻骨的寒凉沁到血液里，伸向更深的去处，分明是另一个世界。已经有几日在夜里，躺在麦秸秆堆积的床铺上，教授整夜整夜浑身冰冷，他因此在内心再次断定自己已经衰老，身心无法扛住故乡的老去了。妻子从另一个被窝里钻过来，紧紧抱着教授，在间歇的咳声后，牢骚一句："我们这是图的什么？"说完，她继续紧紧抱住教授，一整夜两个人都暖不过彼此的身子，裸露在被褥外面的一切东西，鼻尖、脸蛋、耳垂，都冻成了刺红。

教授并没发现自己已经开始踉跄，他歪歪斜斜去了大门前贴对联，随后是屋门、侧门、饭屋、狗窝、鸭圈、茅房，还有院子东边坍塌漏顶的牛棚，教授都要贴上红。他认为父亲的家应该是这个模样，而不是眼前落魄的样子。父亲喜欢把穷困的日子过出鲜活来，教授就把屋门前那棵小枣树上也贴了个倒"福"，人去了，小枣树依然年复一年开花结果，地上落了层层叠叠的干枣子，早已被雨水和太阳折磨成腐烂的黑球，倒是像父亲当年那对山羊拉的羊粪蛋儿。教授对着屋门迟疑，他迷惑那扇门里将是怎样一副家的模样，推门的手竟然缩了回来。他转向了门口这棵小枣树，仰着脑袋望树杈上零星的干瘪枣，在半空中仿若一具具逝去的尸体——房梁的尸体、木椽子的尸体，听父亲说，好像还有三瓣儿救火时伤到的脚趾。那场燃烧在父亲刚刚修起这个院落时开始，从逝去的记忆中烧到了眼前，教授把那些吊着的尸体看成模模糊糊熏天的大火之后，就晕在了地上。

教授发烧了。妻子咳嗽不止，借机嚷起回滨海，教授硬得像石头，他坚持到了年三十请家堂也没有吃一粒药。"故乡是一味解药！"他说。只是，一切都像走在幻象里。一大早，教授就随着三瓣儿在北屋里忙活摆供，妻子的咳嗽声灌满屋子的缝隙，她眼见教授挂到中堂上的一幅黑白画，像一个宫殿式的坟穴，一间一间排着祖宗的名字，教授像是自言自语，又像是对妻子说："这就是竺子，是逝去祖辈在另一个世界的地方。"妻子离开八仙桌，她瞬间感到一股阴森森的冷风卷过来，妻子退到三瓣儿那里去。在妻子那里，人们逢谷雨祭祀龙王和妈祖，保佑年年有余，出入平安。三瓣儿把备好的那套梅花供盘摆上八仙桌，把烧鸡、猪头、鲤鱼，一些水果、点心摆进去，又在中堂前摆起一排筷子。"跟去请家堂？"教授看向妻子。妻子摇晃着脑袋，示意坚决要离开边庄，回到滨海去，她感到强烈的死亡气息袭进她的身心，陈腐与愚昧夺人魂魄,她躲到自己睡觉的屋子里去。

教授从贴对联那天晕倒后就偷偷多加了几粒降压药。他除了脑袋里浑浊之外,就是暗地里焦虑不堪。他一直在努力捉住自己身边逐渐消失的东西,但他发现,他刚刚走过的银城,于美丽和老善,以及金牛山在他时而回顾的过程中迅速后退,这让他恐惧不堪。他紧随在妻子身后进了西屋,把妻子扶上床,盖好被子,在妻子一阵又一阵咳嗽的震颤中默坐了一会儿,妻子已经厌倦了一切于事无补的追问和劝阻,默不作声。直到窗外三瓣儿喊他一声"哥,咱去请家堂吧",教授才从愣怔中醒过来。

由家家户户门口通向边庄村东的麦子地里,是边庄人请家堂的去处,那里是边庄人祖辈的坟茔。教授和三瓣儿行进在路上,三瓣儿拿着一根棍子,提着塞满香、火纸、鞭炮的黑书包在土路上摇摇晃晃,边庄远近的坟头上已经有噼里啪啦的鞭炮声炸响,升起一团团烧火纸的青烟,人在火纸上印了铜钱印,烟就烧出了浓稠的铜臭味儿。

教授感到自己就是当年的父亲,在祖辈围起的坟茔面前,他除了站立不动,向爷爷奶奶祖辈的坟头望一望,又朝着远处诸多家忙着磕头烧纸请家堂的人望一望,就是看着三瓣儿把水果、酒放在爷奶和二叔的坟头,用棍子在每一个坟前画了一个圈儿,将那些印满铜钱的黄纸从爷奶的坟头一直烧到二叔的坟头。这一时刻,教授感到自己的内心混乱不堪,他觉得这些现实礼仪和他那些消失理论激烈相悖,人们都在为已经消失和即将消失的事物、生命做着徒劳的追逐、祭奠,乐此不疲,他在矛盾中磕了三个头,再没有抬起脑袋。

教授又一次晕倒,他没有如愿在边庄过完一个年,没有吃上夜里二婶做的那顿团圆饭,就被妻子带回了滨海。

七

回到滨海,教授在医院住了几天就独自出院了,他一生都不想让自己落到医院的手里。豆医生正是教授曾经前往参加婚礼的那位优秀的学生,学文出身,却做了医生,若干年间他几乎成了教授的私人医生。没人注意从什么时候开始,无论是男学生、女学生,无论是做什么职业,在教授这里都被忽略了其社会和性别的属性,归并为"我优秀的学生"。

豆医生是第一个来到教授家里的优秀学生。他一进门,正逢点点像得了疯病,没人叨扰它。它独自在客厅、卧室、教授的床边和妻子的身边奔跑。妻子对早早进门的豆医生解释:"它太想念我们了,它太想念这个家了。"

点点从教授的卧室里跑出来围绕着豆医生转了几个圈儿,又示意地朝着教授的卧室汪汪了几声。教授还躺在卧室里,春季九点钟的阳光已经伸进小半个卧室。滨海的春季总是要延长半个月之久,和阳光一起伸到教授露在外面的大脚趾上。

再见，朱莉

"你优秀的学生来了！"

妻子端着一杯咖啡跟进来，递给豆医生。豆医生浑身圆滚，身高、身材，从头到脚，由若干个圆组成。新婚之后，眼看这几处圆结合得更为丰满，妻子笑了笑："新婚一定很幸福！"他正用圆滚滚的手掌抚在教授平静得出奇的额头上："不烧了，多休息才好。"他又给教授测了血压，才把咖啡端在手里，"一切正常了，可不要再乱跑了。保持心情平和愉悦。"

"新婚愉快！"教授说话了，但他的视线并没有关注到豆医生，他在无法确定的方向扫视着。

"你优秀的学生正和你说话呢。"妻子坐在床边，用一块温热的毛巾给教授擦脸。

"我优秀的学生，你说，人不乱跑怎么行？什么都在逐渐消失，你，我，其他很多人，历史，当下，人不就是这样追逐消失，寻找记忆，重新遗忘，又在重新寻找当中转圈圈儿，转啊转，周而复始，世界就转动起来了？"

"您明显瘦多了，您需要休息。当然，您说得很对，无论是病人还是正常人，所有人都会产生遗忘或者被遗忘。老师，其实我也常常在怀疑正常人和病人哪一个才是真正的正常。"豆医生多少现出紧张，拽了拽自己整齐的休闲西服，又将领带拉松了一些。

教授很高兴："我就说嘛，世界其实就是这个样子，时间就是这个样子。还是我优秀的学生,但,人得去重新寻找消失,重新。"

妻子换了一条新毛巾,敷在教授的脸上,又抽空端来一杯温水给教授:"那我还不迟早得从你那里消失,你不记得我,我不认识你,我们都变没了?"

教授没有回答,他一口一口喝着水,仿佛身边的任何人都没有存在,过了一会儿才缓过神儿来,极其柔软地看着自己的妻子,那眼睛变成了忧郁的深蓝色,仿佛告诉妻子,谁能逃脱得了呢?

妻子被教授的眼神吓坏了,她紧紧捧住教授的瘦脸,摸到这张真实的瘦脸时才渐渐恢复平静:"我不会再让你离开这个家半步,离开我半步,让你那些什么银城、于美丽、金牛山,什么边庄、故乡,都见鬼去吧。"

教授愣怔了一阵子,他几乎忘记了前来看望他的豆医生,他也没有立刻想起妻子嘴里那一连串的"什么"来。

豆医生做了个离开的手势,拎起他的黑色提包走出卧室。妻子紧跟了出来,将点点留在了卧室里,作为教授的陪伴。

两个人在客厅里说了很长时间,他们压低了嗓音:"教授出门在外的时候是不是这样忘事,精神不集中?"

妻子说:"没有,他一直很清醒,每到一处他都记得清清楚楚。他特别投入,就像真的回到当年一样。

"你是说真的会?教授的脑袋可不糊涂,他常跟我辩论他那套什么生死,什么世界就是消失重建、重建又消失,什么故乡……"

妻子苦笑了一声:"你知道,失败的总是我。"

"忘事,说话重复,优柔寡断,害怕恐惧,注意力不集中。病情轻时,近处发生的事会遗忘,病情重了,远记忆会逐渐受影响,产生认知障碍。需要及时去医院救治一下。"

"不可能,他是个倔鬼,你应该知道,他独断专行,刚刚提前从医院里跑出来。"妻子的咳嗽又起,她按住自己的胸脯,内心迅速闪过的是教授近来越来越多嚷嚷的消失和回故乡。

豆医生反过劲儿来:"师母,教授早早已经察觉了,他在用回故乡加强自己的记忆。从医学上讲,情感核心组成记忆,情感核心消失了,记忆就消失了。他在自救。"

妻子已经泪眼婆娑,她第一次真正感到恐慌,感到教授嘴里所说的"消失"如此可怕,而作为妻子,却从始至终都没有真正理解,自己竟然生活在他的生命之外。剩下的时间,妻子唯一能说的话就是:"都怪我！都怪我！"

临走,豆医生嘱咐:"师母,每个人都会生病,每个人都会遗忘一些事情,每个人都没有绝对的对错。前期可以慢慢治愈,多用脑,多看书,多学习新鲜事物,培养业余爱好,多陪他出去走走,多活动手指,起居规律,到他想去的地方。我会常来。"

"他一生读的书够多了,多得没空看我一眼。"

"尽量不要离开他!"

"我永远都不会离开他!半步都不会!"

从此,妻子开始认真理解教授所说的"消失"。无论白天还是夜晚,她寸步不离,睡觉、上厕所、买菜都和教授在一起。院校的几个副教授和院长,乃至校长都来看望教授,起初,看得教授极为恼火,仿佛他真的到了要彻底消失的那一刻,他并没有以热情的样子迎接他们,而是像一块面板,只有通通问候他们"我优秀的学生"时才有丝笑意,所有人都被教授归为了一个称呼,所有人都为之震惊,学校里一时间爆炸了头条新闻,文学院那个智慧的边教授老年痴呆了。

教授变得极其沉默。他不想发出一丝声音,他在一天晨起后开始独自收拾他的钓具,妻子和点点陪在一边。客厅的地板上铺满了渔钩、铅坠、剪刀、创可贴等等,一切都是从那个烦乱的钓鱼箱里整理出来的。教授很久没有彻底整理他的钓鱼箱了,里面积满了曾经钓鱼时吃剩的面包和袋装小咸菜,撕烂的手套,已经成了鱼干的几条海曲蛇。教授一点点把它们取出来,用抹布把箱子内外擦洗干净,妻子把那些粘着鱼鳞片的剪刀、刀子、旧渔钩、铅坠擦干净,按照教授先前的样子分类摆放,他们像重新梳理他们的生活一样重新梳理钓具,妻子第一次感到收拾这些物件让人心里极为平静,她甚至对教授说:"明天我陪你去钓鱼。"

教授闷着头说:"好!"

■ 再见,朱莉

　　四月依然是钓鱼的好日子。礁石上已经坐满了垂钓者,垂钓者都悄无声息地默坐在小马扎上,渔线也静静地垂到海水里,海也出奇地平静,仿佛这个世界真的静止下来。妻子一改以往在距离垂钓海边很远的礁石上等待,她第一次把小马扎和点点一同搬到了教授的身边,高大的礁石简直像一处悬崖,而高居于礁石之上的人就像立在悬崖边上。

　　教授把渔线甩下去,像多年一样坐在马扎上等待,他总是朝着远处海天相接的地方望,也许更遥远,在海天相接之处,分不清海和天的分界,它们浑然一体,无边无际。妻子抱着点点,也朝着远处望过去,四月滨海的春风清澈凉爽,她再没有感到等待的焦躁,陪伴在一起竟是如此充满意义,熟悉、安全、享受。

　　渔线激烈抖动起来,教授并没有察觉,妻子高喊着:"上鱼喽!上鱼喽!"教授起身迅速收渔线,他一边收线一边激动地望了一圈儿礁石上的垂钓者,发出孩子一样得意的笑。一条春季里最为肥硕的鳇鱼金光闪闪地跃出海面,诸多垂钓者都站了起来:"老边,钓上条金鱼呢!""老边,好久没见你来,一来就是爷(钓者们称第一个钓上鱼的人为'爷',指钓术高)。"

　　妻子第一次学着教授的样子把渔线甩到尽量远的海水里,然后,坐下来等待。她第一次感到触手可及的渔线之下是一片无法预知的世界,无限的期待和遐想开始蔓延,她抱住了教授的一只胳膊,在心里说:"我哪里都不想去,我只想每天陪着你在这片礁石上钓鱼。"

八

教授的记忆里渐渐失去了金牛山、于美丽和银城,失去了边庄、父亲的破院落、二婶和三瓣儿,失去了故乡和他所谓的消失和遗忘,凡是就近发生的事情都在失去。他夜里再也没有做过自我消失的噩梦,似乎连红村也失去了,他只记得一片红,他对妻子重复了无数次有关"红"的字眼,但,始终没有说清。妻子在教授的又一次重复中说:"我们去红村。"

冬季十二月,教授和妻子前往了红村。他们再次经历了一次生死考验,飞机在哈尔滨机场降落时,飞机的滑轮卡住,无法降下。飞机在空中盘旋了近一个小时,整个机舱里的乘客都紧张地靠在一起,在空姐一次又一次播报故障的间隙里,哭声嗡嘤一片。哭声在持久的盘旋中消耗殆尽,那一刻妻子对着教授说出了声:"你执拗、自私,从不为别人着想。

"你不知道我有多需要你。

"你总是讥笑我没有故乡,可我觉得你就是。

"看来我们要一起消失。"

教授一直没有说话,他朝着窗外望,仿佛忘掉了周围,每一个窗口层层紧闭,毫无逃路。好在那场危机有惊无险,安全落地。八十多岁

■ 再见,朱莉

的秀英姨和秀英叔开着机动三轮车来到共青城接教授,一路上,惊魂未定的妻子将方才的生死经历讲了一遍又一遍。冬季的红村有零下三十摄氏度以下,妻子竟然忘记了寒气引起的激烈咳嗽,每个人戴着厚厚的棉帽子,口罩上结满白色冰霜。秀英姨没有丝毫恐惧,她在干瘪的胸前画了个十字:"孩子,主保佑我们!"

教授除了那个"红"字,忘掉来此的目的。秀英姨说:"我知道教授想去哪里。"在次日上午,两个八十多岁的老人带着教授和妻子徒步去往红村东的老龙岗,老人一路拉着一个空爬犁。去往老龙岗足有三里地,冰雪把红村从这个世界上独立包裹出来,到处洁白,仿佛什么都不存在一样。

爬上老龙岗是艰难的,妻子喘一阵爬一阵,两个老人倒是更利落些,走在前面。教授在看到这条漫长的老龙岗时就奔跑起来,他朝着老龙岗最高处连接的东山上爬去。山上高耸着青松,山背面是红村人最终的归属,大片白色的坟茔被青松间隔开来,大片大片坟头连成一片,连成另一个世界。在这个世界里没有本地人与外地人的区别,分不出男人和女人,都变成一个又一个近乎一致的白色坟头,教授无法找到自己的父母,他就立在山顶上等待。

两位老人在靠最东边的两个坟墓前停下来,两个坟头靠在一起,又靠着同一棵青松。妻子最后一个爬上来,她也几乎记不清这满座山上的坟头之中哪两个才是公公、婆婆的,那时这座山上逝去的人群没有如此浩大,他们几乎在不知不觉中就到达了这里。

"这就是你父母。孩子,主会保佑他们。"十字在秀英姨胸前再次画出时,教授的眼泪流了出来。他在坟前站立了很长时间。

秀英姨说:"孩子,你父母喜欢这里,喜欢山的东面,这是他们回到红村后就早早选的地方,能最早看到太阳,你记得吗?"教授点点头。

"他们还是把自己葬在了红村,他们也想把自己葬回老家边庄,你记得吗?"教授点点头。

"你葬他们的时候也说过,将来自己也会葬在红村,你记得吗?"教授点点头。教授的眼神没有停留在雪白的坟头上,也没有停留在那棵连接父母坟头的青松上,没有停留在脚下的东山上,你无法看清教授的眼神究竟准确地停留在哪里,他捉摸不定,他看到秀英叔手里那根麻绳,麻绳那头儿牵着木质的爬犁。教授没有听完秀英姨告诉他的有关过去的记忆,就朝着爬犁走过去。

教授独自坐在爬犁上,从东山顶部顺势而下,滑在老龙岗漫长的脊背上,他高高跷起两条腿,双手捉住粗麻绳,爬犁载着教授在半空中飞起来,你会听到教授高高的兴奋的喊声:"飞起来了,飞起来了!"妻子手足无措,她在教授的陌生面前手足无措,她在教授逐渐消失的背影面前偷偷流下眼泪。

妻子无法安心,在任何异地她都会失去安全感而恐惧,她想早早回到滨海的家里去。秀英姨说:"没有看到红,不白来了红村?"她在一天下大雪的傍晚,让秀英叔早早把一个火红的灯笼挂上了房檐,在天色渐渐暗下来后,白雪之上,铺满红。教授跑到院子里,站在红里望房檐上的红灯笼,他对妻子说了一句:"红村。"妻子紧紧咬住了自己的嘴唇。

"腊月二十八了,家家糊灯笼,点灯笼,要有雪,白雪之上的红,才是红村的红。你都记得呢。"秀英姨说给教授,教授点点头。

教授突然记起什么,他像所有的红村人一样对着灯笼双手合十许了一个愿,然后,他看了看妻子,示意妻子许个愿。

次日,教授和妻子带着各自的愿望返回了滨海。回到滨海的第二天,豆医生就拿来了些辅助的药物,还带了几页写满字的纸,他说那是抄老师的一篇有关"被塑造的遗忘"文章中的一部分,那篇文章没有发表出来,但他说对他受用终身。妻子每天按照先前教授晨读的习惯,早晨一醒来,给教授读豆医生带来的那几页纸:"宇宙即时间,时间即自我,自我是不断被塑造的遗忘,人类和世界每天都在大量遗忘,大量消失,而人类之所以伟大,持续更迭,正是除了保护那些遗忘不再消失,而终生努力去寻找、塑造、重建……"每当这样的时刻,妻子总会想起于美丽和老善,想起二婶和三瓣儿,想起教授的秀英姨夫妇,也许,还有很多人,远在不同的城市,却过着近乎一致的生活。

一天早晨,教授很早起床,他独自走到卫生间里去,他忘记了清晨起来应该先洗脸、刷牙,他立在镜子面前很久。妻子和点点都跟过来,教授对着镜子问："那里面的女人是谁？她真漂亮！"妻子狠狠咬住嘴唇，她顷刻间明晰，一切难以预料的世事都会无法阻挡地到来。教授回头用一根手指挡住女人脸上下滑的泪珠，点点仰着脑袋看着陌生的教授，发出清脆的叫声。教授把脸重新扭回到镜子前，端正，他看到一个女人的脑袋趴在了一个男人的肩膀上："那里面的男人是谁？"

"我们回卧室去。"妻子咳嗽着。

"我给你讲那个男人和女人的故事。"

"不,我要回到镜子中去。"

- 再见，朱莉

- 170

寂静无声

　　我听见姜南在跟我说话。炉温升高到八百摄氏度，你想烤鸽子！升到一千三百摄氏度，小鬼！我突然被"小鬼"惊醒。等我真正苏醒，我又一次明白姜南在梦里跟一个叫小鬼的人说话。每一次这样的经历，我都会在天亮后跟白医生在电话里重新描述一遍。

　　现在，我已经不需要每隔半个月去白医生的心理咨询室。他说，我不是病人。我差不多有一年没有去过。白医生告诉我，你一定要抓住一条定律：你在现实里，你丈夫在梦境中，两个空间里的人都可以自由行事。所以，你就能保持住平稳的情绪。

　　于是，我在心里默念了这条定律，确实在欲将愤怒的片刻后获得了一种理解。我在心里笑了笑，想起那个叫"好吧"的酒吧，那里有个叫 DL 的歌手，他爱鲍勃·迪伦，连自己的名字都改成了他的英文缩写。若是那个酒吧早些开业就好了。我和姜南可以有个更宽阔的去处。

梦中的小鬼叫刘学峰,是姜南的助手,刚满十八岁。从银城六十里外的刘庆红村热气腾腾地奔来,跟了他两年。两年里,他总是顽固地不情愿地把那些铝锭熔化成铝水。他疑惑,只是为了把铝的固体形状从长方块变成圆柱体,人要耗费那么多的力气和时间。他可是要干一件值得花费一辈子的事情,这样好像有点无聊。他的执念总让他忘记,只有把铝锭熔化,才能加入硅、镁、钠等元素,只有熔化、分解、重新融合,再次出炉的长长铝棒才能变成另一个自己,再不是之前的方形铝锭,这道理和人的命运没什么区别。所以,姜南夜夜喊他的小鬼,起初能听出来带着恨意,后来变得很快乐,像是召唤。

我反过身来,持久的惊吓让人虚脱,周围一片昏暗。双层深紫色窗帘挡住所有的光明,我感到无力,不知道什么时候那个小鬼才能全部明白,从姜南的梦中解脱出来。而且,我套用了一下心理移情法,从小鬼想到阻碍阳光的窗帘,为什么自己新婚的时候会喜欢深紫色,那么凝重,像干巴的血块儿糊住了窗户,连颗星星也看不见?

姜南正微笑着咧开嘴吹泡泡。还好,没有口水流出来。他那么快乐地吹着大蒜味儿的口气,全是他妈妈成就的。他妈妈爱包包子,一年四季可以把想到的蔬菜和肉食统统隐藏在里面,就像一个百变魔术师。她还坚持包子离不开大蒜,这是山东人的骨气,离开了就是人散了。

姜南还鼾声如雷,这不能怪他。在铝厂做炉工的,鼻子都是人的

■ 再见,朱莉

摆设,高温下伤了嗅觉,熔炉沸腾和熔炉预警的哨声会减弱听觉。看着姜南在夜里愉悦的样子,我心口就疼,用绳子系紧胸腔拖拽的疼。一天我们躲进卧室里聊去白医生那里看一看,不料,蚊子一样的窃窃私语还是被婆婆隔门听到,我们装作说起别人的事情。

我的姜南已经面目全非,一米八的身体变得粗壮、粗糙而不再朔风劲骨。大学的时候,两条鹤腿可以环跑三个足球场。如今在床上四仰八叉地伸展着,就像几个圆柱体和球体的组合,各种感官都在迟钝,令他醒着的时候显得盲目。我从来没有告诉过他这些惊人的变化,更担心他总有一天会变成闻不到气味儿的聋子。

没有办法,我只能起床,像一个鬼魂潜入客厅里坐一会儿。白天这里是公公、婆婆和儿子的领地。窗帘掀开一条缝,路灯的光可以借用一点,我拿着电子表凑过去,夜里十二点十分,比原来早了二十分钟,每一夜都不尽相同。但午夜是每个人熟睡的最佳时辰,应该在梦里度过。我浑身发抖的时候想清楚了,现在是冬季,十月底,这是一个冷暖无法交融的空白,暖气要到十一月中旬才到来。但不能开空调取暖,婆婆有严重鼻炎,她说,空调给你们取了暖,却能要了我的命。没有人冒这么大的风险去按那个小小的按钮。我有立刻按醒它的冲动,但看了看他们紧闭的卧室门,有点做背后事的危机,还是轻轻取了一件外套套在身上。

对楼还有亮着台灯的,总有人选择在深夜醒着,在半上午睡着。

楼群是一片错落的小高层,它们崭新、俊俏而高挺,从云端看可能更像人类贸然闯入天堂的铝棒。今晚我都对自己感到吃惊,我竟然又一次看到那一栋栋小高层像摆放有序的抽屉,拉开便是一种生活,它们被统一放在高墙里。可能最近实在太疲惫,幻觉丛生。而且,姜南从结婚开始就憋着一股劲儿,要尽快搬进银城任何一栋小高层去,目的只有一个:离这个老家属院儿越远越好。这一住,已经十年。我三十五岁了,学会越过眼前的不堪,只求不可预期的远方,活着倒是有了新的意思。我用力盯了一小会儿小高层的墙壁,在铝厂干化验员十多年,养成了看到物体就想象其间蕴含的神秘元素,真想借着光亮偷偷取下一小块儿墙角,化验一下如今的新建筑材料新在哪里。

  我们居住的是老式六层不带电梯的混凝土方块楼,这是公公和婆婆的房子,味精厂的老家属院。从黑龙江回到银城,他们又在味精厂做了两年工,厂子照顾分了一套老房子。我们结婚的时候拥有了其中的一个主卧,公公对婆婆说,将来都是他们的。婆婆不是很情愿,她跟我们说过几次,将来和现在不一样,爸妈是这里的主人。我们因此争抢着互换主卧和次卧,婆婆看到我们的态度很满意。无论白天还是黑夜,看到对面的明亮窗口时,总得仰着脸。还好,我对那些需要一辈子背着的坚硬物质不太看重,为了给姜南解压,我自嘲,经常仰着脸,脖子上不会长皱纹。他说,给你一个窝,那是我对你的承诺。我想象过那个明亮玻璃窗里的人,一定是独自一个人,做着什么需要在深夜里

■ 再见,朱莉

才能完成的职业。和白医生很相像。然后,奢侈地颠倒时间。

我们家有个好习惯,十点钟准时关灯睡觉。时间是我儿子姜宁定的,这是他在幼儿园大班里学到的科学知识。后来,一次校园亲子活动,我们得知关灯时间应该是九点,人要有个入睡的时间距离。儿子认真地改动了老师关灯的知识,他用真诚的复述欺骗了所有人。

我坐在那一条光线里,回头盯了一会儿寂静的客厅,突然感觉自己真像一个鬼,做一个安静的鬼真的很舒服,再也不需要严守卧室和客厅的空间界限,这可能是让婆婆想不到的事情。房间里到处塞满每个人都觉得重要的东西。婆婆在一个单人沙发上铺满了五颜六色的线团儿,它们相互挤挤挨挨,又需要被逐个理清,当然是在宣誓需要一段时间才能完成的工程,没有什么理由可以乱碰。有三分之一的地面是儿子的各种武器,枪、炮、坦克、手榴弹、直升机,他更喜欢无人机,具有隐形和侦察的功能,正努力考回一朵小红花来交换。他说,主要他想在地面遥控整个天空。

公公爱下棋,让姜南从网上直接买了围棋、象棋两用的棋盘。家里没有人会下棋,更没有人有时间坐下来思考变幻莫测的棋局。婆婆会在公公从角落掏出棋盘的第一时间准确捕捉到她丈夫的清闲,她喝令,把那些无用的东西藏起来。公公终于可以活在他自己的世界里,他不用再像年轻的时候装聋作哑,他以衰老赠予他的失聪权利,继续慢条斯理地把棋盘在客厅的茶几上摆好,找到一本附赠的小册子《围棋、象棋、五子棋入门教学》。公公找遍了象棋子、围棋子,从没找到过五子棋的棋子。他喜欢国家国际大事,常把下棋比作两国作战。他感到受到了欺骗,吼着,明明没有五子棋,却偏偏写着"五子棋入门"。他自由地在棋盘面前说自己的话。

眼前的棋盘上摆着象棋,模糊的楚河汉界两端,整整齐齐布好各自的棋子。将、帅端坐在九宫格里,双方还没有人决定走出第一步。幕后操纵者是公公自己,他刚刚学会了将、士、象、车、马、炮、卒应该先找到各自的位置。

手边就有一副红色斑驳的嘎拉哈,那是公公托付黑龙江的老同事老胡羊寄来的。两副,一副小羊的,一副大羊的,小羊的是专门给孙子姜宁准备的。公公一直都在给孙子推销他的嘎拉哈,他希望孙子能了解一下他们的历史。但,孙子第一眼看到就惊恐万分,他一下子把自己吊到了爸爸的脖子上,喊着,爷爷太残忍了,羊的骨头都不放过。公公采用了迂回战术,悄悄把它们放在茶几底下,随时可以被看到。他用了一段不短的时间,缝制了两个布沙包。

我做了个欻嘎拉哈的动作,把想象中的布沙包抛向天空,在落下的有限时间里,尽可能翻动四个嘎拉哈的方向,然后接住口袋。我感到儿时的快乐升腾起来,黑龙江隆冬的火炕上,有的人家火炕上的棉被会被烤煳,火墙能把人烤熟,我和伙伴们在火炕的一角欻嘎拉哈,战利品是一个冻梨或者后菜园的一把脱落盘(似草莓的水果)。那时候,

■ 再见,朱莉

什么都可以成为一种战利品,都会快乐无比。

一个卧室的门开始松动,我不知道是怎么飞进自己的卧室里的。我悄悄把衣服搭在椅子上,突然间浑身轻松。重新钻进被窝,我还沉浸在童年的快乐里,感到被窝比先前暖了好多。姜南就像一个持续发热的火炉,越在靠近天亮的时候热度越高。他安静多了。我终于熬过了又一个夜晚。

两年前,我是第一个走进白医生心理咨询室的人。我偷偷去的。因为我的脑袋里布满化学试剂和铝料侵蚀、分解和异化的声音,尖锐的呲呲声,就像在一厘一厘地消解人的身体。现在越来越浩瀚,像非洲草原上奔跑的象群,它们一边奔跑一边尖叫。起初,象群只在白天的时候在我的两耳内奔跑,我觉得那是烧杯里的铝料发出的自然声音。日子久了,夜里就跑到了脑袋里、心脏里、血液里、骨髓里、灵魂里……我知道说这些没头没脑的话一时无法有人理解。幸好银城建起了金牛湖,在金牛山上还种植了针叶松、侧柏、乌桕、构树,山中还有一小片罕见的杉树林,树间长着嫩绿的诸葛菜,人终于有了可以隐匿的去处。后来,除了到白医生那里,我常独自到这片杉树林里。金牛湖是干渴的银城唯一一处有水的地方,我下班后就经常在回家的时候到那里坐一坐。那里不仅建成了金牛湖公园,还建起了银城一条新街。这也是公公最痛恨金牛山的原因。

今年盛夏,银城五十年难遇的持续高温。姜南很忙碌,白天在轰隆隆的筑炉车间里无法发现耳鸣,夜里睡梦中也无法明确自己的耳鸣,剩下的时间在手机游戏里同样麻木。只有临睡前在床上翻来覆去一个多小时,他浑身滚烫,汗淋淋地告诉我,朱莉,我耳朵里有一只脱壳的蝉,歌声嘹亮,比我妈的高八度还高,我会很紧张。我觉得我妈就是那只蝉,她对着我叫了三十五年,你说,我不是个东西,我厌倦我妈。

我和姜南保持着中间一条小溪的距离,我们都浑身赤裸,热度仍然在汗毛孔里弥散。我摸了摸他的额头,去白医生那吧,我陪你去。

之前,我跟他说过,去看看白医生并不代表你就是个病人。姜南就沉默下去。白医生在银城新街开了一家心理咨询室,是银城的第一家。金牛湖新街在城南十里,那里因为新而显得很寂寥,商户们大都没有从市区的老商业街搬过来。真正的金牛山其实在城南三十里镇的校场铺,那里毗邻战国时孟尝君的练兵场地,是国家重点保护遗址。如果继续向时间久远处走,那里埋藏着土房址、陶窑,还有很多石器、骨角器、蚌器的遗物,代表着海岱时期龙山文化。公公对这些历史遗迹了解得很多,除了后来学习下棋,讲述金牛山是他对人生的最大迷恋,婆婆对此不屑一顾。公公为了吸引孙子长久环绕在他身边,他就把教场铺的故事一直讲到黄帝、炎帝、蚩尤的神话,然后讲金牛山的传说。他最痛恨现在人造了一座金牛山。在城市里把一片平地挖到底,底部是金牛湖,把翻上来的土在湖边又堆成一座山。好像世界一下子

■ 再见,朱莉

颠倒了,以往繁华的银城全部倒入了水中。他的儿子告诉他,活着的人特别善于创造,这是好事。

白医生的心理咨询室一直很落寂。银城人不信心理会出问题,那是外国人的心,中国人凡事学会忍耐自然会解决。我走进咨询室的那段日子,经常脾气暴躁,我再也忍不了夜里说梦话的姜南、白天大喊才叫说话的公公,婆婆总要再高出八度才能让公公重新听清楚,而不被儿子那些玩具的声音淹没。那些玩具都配着枪声、炮声、哨声,电子音乐、儿童歌曲、英文字母歌,就连塑料娃娃都要无缘无故大笑。如果不是开着窗户,屋子里的声音会瞬间被引燃。你知道声音可以爆炸吗?我坐在白医生对面,把我憋在心里的话统统倒了出来。

那天夜里,我隔着一条溪水的距离继续跟姜南讲,白医生比我们年轻,也三十出头,皮肤白皙,身高和你相差无几,戴着一副长方形眼镜,又穿着一身白大褂。他很平和,他告诉我,当然相信,声音就是现代的杀人利器,每天都在暗自杀人。敏感脆弱的人会早早体会到它,对抗它,麻木的人会使它更狂热。这些人外表和常人一样,却有着内心的焦躁、抑郁和煎熬,不为人所理解。我突然发现那里是一处可以说话的地方。姜南说,我们的卧室也应该是一个可以说话的地方。我们凑近了一点儿,觉得两团热气一下子汇成了一团。

白医生把一本书从背后的书架上拿了出来,封面是一个外国人,叫荣格。他跟我说,他想成为像他那样的人,不愿意碌碌无为只当一个心理医生。他问我,你知道我为什么想成为他吗?我仔细地听着,那个叫荣格的人研究自己的梦,研究自己、梦和现实、回忆、人类群体的关系。他提出了集体无意识。他有一本巨著叫《红书》。我说,集体无意识就是集体的盲目吗?其实,那时候我想到的是你,姜南,你除了上班就是憋在卧室里打游戏,在家里就像不存在。我还关注到他说的"梦",你每晚都在梦中说话。

我又喊小鬼了是吧?姜南把身体仰躺起来,他做了几次深呼吸,小鬼是一个很好的人。

白医生笑了笑,还对我说,你是我的第一个顾客,要谢谢你的信任,我和你建立了信任。我像白医生那样问姜南,你现在还精神紧张吗?姜南疑惑,你是说白医生在问你,还是你在问我?现在我在问你,那时候,他也这样问我,我突然发现我已经忘记了我脑袋里和心里的那些声音,没有喧嚣的世界就像一个新世界,让我重新想起我们自己,我说。

姜南说,我都忘了大学之后我们也想到外面的世界走一走,但是我们没有。你学了园林设计,我学了计算机工程。可是,我做了一个炉工,你做了一名化验员。可能,我们忘记了一种东西。我们想了一会儿,我瞬间觉得姜南变回了鹤腿的年龄。不过,白医生说一切都会慢慢从意识里浮起来。姜南没有回应,他的鼻息从焦躁变得细腻均匀,他睡着了。我听到我们的门缝被风吹动了一下,随后,有脚步声。

夏季,我们家每个卧室的门都会留有一个缝隙,这让每个人秘密地连接起来。一会儿,卫生间里一盆水被倒掉,我知道是婆婆,她节约用水,永远不会用水力过足的抽水马桶。

现在,"白医生"已经成为儿子姜宁的威胁。那天夜里之后,一天早上,姜宁不想起床,婆婆在卧室里给姜宁穿衣服。姜宁用哭声和尖叫反抗,还能听到打滚儿的声音。公公一大早坐在客厅的围棋棋盘面前发呆,棋买回来有两天,他用了两天的时间决定先学围棋还是先学象棋,棋盘完全迥异的两面让他感到苦恼。姜南在卫生间里刷牙,他觉得这阵子好多了,自从他和朱莉在卧室里说说夜话,他觉得心里有了湿润。

婆婆高喊着,再闹,再闹就让你看白医生。姜宁快乐地问,谁是白医生?那个白医生,就是姓白的先生,白无常。姜宁再也没有问话。知道黑白无常吗?全家坐到饭桌前准备吃早饭,婆婆问姜宁。姜宁蔫蔫地说,知道了。公公在那一刻茅塞顿开,他瞬间就决定了先学黑白棋子的围棋。

我和姜南又紧张起来。我们谨小慎微地在自己的卧室里说说夜话,那夜话在纤细的门缝中不胫而走,成为公开的秘密。姜南起身就走了,剩了半碗小米稀饭。公公嗅到了偷窃的味道,他很严厉地暗示自己的妻子,偶尔一句话可以震慑整个家庭,不该听的不要听,不该说的不要说。在黑龙江的时候,公公足以让整个连队争抢春耕名额的事件平稳一阵子。婆婆说,你就会做红脸,让别人做黑脸。

我总是要拖延一下,留给婆婆一个台阶。婆婆很激动,你让我儿子去看医生,去丢人?我努力让人忽略,表现出呆若木鸡的样子,正在把姜南剩下的半碗粥喝掉。你也是一半在银城长大的,不知道银城就是一家人和另一家人结亲长出的树枝,差不多都是亲戚,把自己说给那个姓白的,让别人都知道?婆婆的话音停下来,屋子里产生了落差,好像重物一下子跌进了柔软的云团里。我小声嘀咕,那个白医生不是银城人。然后索然地看看公公,跟儿子对了一个眼神,迅速离开。

那一阵,"白医生"成了我们家提到最频繁的字眼儿。我想到白医生,我们早就成为了朋友。现在,他已经把心理咨询室的门牌改成了心理咨询门诊。银城的人一看到"门诊"二字,会很明确那是可以医治人的地方,总要走进去看一看。我在一天傍晚下班后过去,他正放着轻音乐。我告诉白医生,现在我可以成功缓解被惊醒的愤怒。我把姜南重新在夜里喊小鬼、耳朵里有蝉声、白天憋闷不说话、焦躁易怒等一切都告诉他。他开着玩笑,那你们可以分房间睡觉。我说,如果让我舒适,我丈夫就会不快乐。他白天在铝厂很疲乏,就靠着晚上在梦里欢愉。再说,除了卫生间和厨房,我们家没有可以单独分出的房间。他还聊了些新东西,比如噪音可以分解成纳米级,时刻侵蚀人的感官、心理、神经。纳米级的声音比人正常的呼吸声还要隐秘,但,依然是潜在的杀手。临走的时候,他问起,小鬼是谁?我大概一直在内心里重

■ 再见,朱莉

复"杀手",轻易回答了一下,就是我丈夫的助手,小炉工。

因为"白医生事件",我和姜南在暑热的夜里重新紧闭卧室门,直到秋天天气凉爽。开门并不是人为的,而是秋燥,天更干,门总也关不紧。但,公公和婆婆松了口气,就像整个家里都解禁了。其间,姜南申请上了一个月的夜班,"白医生事件"让他重新想起自己被监视。从小他就被他妈妈监视,三十五年了,让他有时候都忘记了背后的那双眼睛。

白天,姜南在卧室里睡觉。早八点下夜班,他不急于回家,磨蹭到九点。姜宁早早到幼儿园。我已经到了化验室里做完半场化验,隔着窗玻璃望外面层层叠叠的厂区。蓝白相间,一致的钢架结构,一致的白厂区,一致的蓝房顶,一致的粗烟囱,冒着一致的灰白烟尘,工厂里一致的命运。我曾努力在这些一致中找到点不同。后来发现,我和姜南不在同一个铝厂,银城北城整个都是铝业加工集团的密匝工厂,我们之间隔着三个工厂的大门。我们是八小时制,他们是十二小时轮班制,他回家牙不刷,脸不洗,扒上一口饭就逃到卧室里去。

但在短暂的吃饭时间里,公公说话了,婆婆不会轻易开口,那样她会感到自己败掉的。他七十多岁,过早地失去一部分外界的声音,他就往回走,现在剩下的全部是记忆。姜南,你还记得的那个胡羊林吗?都叫他老胡羊,养了一辈子羊,现在还在放羊。姜南嗯了一声。遥远的童年生活让人感到不那么刺耳,姜南心里想,一辈子都记得,小时候妈妈禁止他去老胡羊家里,他给自己做过一副小羊的嘎拉哈,还有一个单独的小羊嘎拉哈穿了红色线绳,涂了红色颜料。爸爸给捎回来,妈妈就扔到了一个放杂物的铁盒子里,他的手腕上一直都缺一颗嘎拉哈,预示着他的孱弱,那是他在小同伴中的耻辱。他儿子胡继军在共青城开了一家羊肉馆,火得不得了,那孩子和你一般大,公公说。我知道,姜南说。他一直没有和胡继军联系过,他们同校不同班,因为他浑身羊膻味儿,他被妈妈禁止和胡继军接近。公公当年是黑龙江共青农场十八队的队长,老胡羊是连队里最大的羊倌。他们两个就像那个小小村落里两颗耀眼的星。

　　当年放弃了去哈尔滨大城市。你说过了,姜南想离开餐桌,他一抬起眼皮就能看到他妈那张严肃的脸。公公继续说,回到那个小农场一样干事业。姜南离开餐桌,你想说什么?你整天活在记忆里,可我不能,我得往前看。你爸告诉你,在什么环境里就得适应它。婆婆插进来解释着公公的唠叨。我已经适应了三十五年,我受够了!姜南躲进了卧室。婆婆的眼泪瞬间流了出来,她很坚硬,但,时常泪软。

　　公公继续说,十全十美对于人是很危险的,老胡羊家里有龙有凤。姜南,你还记得老胡羊家的那个女儿吗?那个女孩儿因为爱情跳了连队的水库,那么深那么大的水库,男人都不敢靠近。我记得是初春,冰化了,冻得不结实。她肯定后悔了,后来连队的人都这么说。她肯定是发现了人的一个秘密,死得需要勇气。

姜南缩在床上,门板太薄,他爸的话没有一句能漏掉。他突然特别难过,他这些年明白的道理,他忘记和缺失的那种叫勇气的东西,而那个女孩儿在二十年前就明白了。他把整个枕头压在脑袋上,还是能清晰地听到他爸的声音。

这孩子肯定是后悔了。跳进水库的时候她是一心求死,心里只能想到那个抛弃她远走高飞的男孩儿。但是,刺骨的冰水让她醒了,她一下子又想到了她爸老胡羊,想到她的哥哥继军,想到她早早死去的妈。她就拼命地返回岸边,可是,此岸和彼岸就差她一转身。姜南一边听着一边想着那个女孩儿,她离他很遥远,跟她哥哥一样遥远。他觉得他的脑袋和心像个木头,他的世界里没有过去和未来,只有眼前,只有那些在炉子里嗷嗷直叫的铝锭,还有那个不情愿做一个炉工的小鬼。他独自喊了几声小鬼。

公公沉浸在记忆中,十八连快消失了,所有的人都要搬到共青城里。他想着老胡羊说,他现在住进了山东庄,那个小区以当年全国各地去的人分成小区,他靠着天津庄,还有北京庄、哈尔滨庄、军垦庄、知青庄。

姜南不知道睡了多久才被吵醒。家里很乱,公公喜欢看新闻,银城新闻,山东新闻,中央新闻,国际新闻,在几个新闻台间不停地跳跃。他也并不是全情投入地看,还在研究他的围棋。婆婆喜欢戏曲台,她喜欢黄梅戏和京剧,能听到两个人的争吵。他们从早上已经憋了足够长的一阵子,终于悄悄打开有声的电器。那是他们的习惯,生活里必须有背景音,究竟在上演什么不重要。他们已经把声音调到最小,窃窃私语的声音像两只老鼠,最后公公获胜,是循环播报的中央新闻台。

姜南最厌倦老鼠这种只会发出隐秘声音的动物,像一个偷窃者。他坚持了不到一个星期,在第八天的中午暴发了。那时候,姜南看起来肿胀不堪,他吃过午饭,给我发了一条微信,告诉我,他要搬到工厂的集体宿舍里。

婆婆并没有挽留的意思。这个儿子,从小就这样喜欢拿离家开玩笑。她迅速收拾碗筷儿,不断重复一句话,他嫌弃我,我就知道他早就开始嫌弃我。公公午睡去了,他把自己放在床上,阳光照到半个床铺,他的两条大腿上都是阳光。他很舒坦,也很珍惜每一寸阳光。然后,他就快乐地回到记忆里去。老了,他的梦里全是记忆。

那一个月里,我独自睡在宽阔的卧室里,床铺突然大得让人感到空洞和虚无。我自由地在床上打了几个滚儿。然后,我和姜南从晚饭后开始互发微信,来回输送的信息让我们开始说话。姜南说,我和小鬼住在一个宿舍里,他这里没有空床,我和他挤在一张床上,单身真好。我说,是啊,我也觉得单身真好。晚上你可以把门开一个缝隙,我们不会说夜话了,而且卧室里还是太热,姜南告诉我。我说,门缝已经留好了,像你在的每一天,我们这不就是在说夜话吗?是啊,姜南在信

■ 再见，朱莉

息里吻了我一下，我们正在说夜话，小鬼在旁边睡着了，他还年轻，需要多睡一会儿。我说，让小鬼到家里来玩一次吧？姜南没有回应，我们都疲倦了。

到了晚上，客厅里是婆婆的戏曲时间，《穆桂英挂帅》《梁山伯与祝英台》《霸王别姬》，远古的戏腔清脆响亮，穿过重重岁月，门被震动得咔嚓咔嚓。儿子在学习儿童英语，里面装满了各色单词的朗读，闯关小游戏，总是播放着嘻嘻哈哈的背景音，已经调到了最大。只有公公能安稳地坐在客厅的沙发正中，一堆硬币大小的白棋和黑棋几乎相互包围，它们牵制着彼此，每一个围棋子都在努力保护着自己那口气，给自己留一条活路。

再喧嚣的声音也不会影响到我和姜南。之前我吃完晚饭后，会到就近的图书馆路走一走。现在，所有的心思都用在发微信上。我终于明白了公公置身在嘈杂中不被撼动的秘诀——他把他自己的全部都放进了谜一样的棋局里。

儿子觉得家里缺了什么，从客厅里钻进卧室，带着他迷彩车身的坦克，在姜南那一半的床铺上碾压。爸爸离家出走了？我缩在床上不动。坦克车对着我发射了炮弹，那炮声音乐太逼真，安了立体环绕播放器，就像一辆真实的坦克车向着老家属院轰炸。我的心脏开始狂跳，吼了一声"出去"。随手也在手机上打了"出去"两个字，姜南回了一个惊恐的表情。儿子尖细的嗓门能划破一个人的耳膜，他伸直脖子高喊,就因为我那天早上不想起床,奶奶说了黑白无常,爸爸就离家出走!

到客厅里来,到咱们的地界上来!婆婆在客厅里召唤,她厉声厉色,恍若当年喊她的儿子。有脾气,有意见,冲着我来!那是你儿子!姜宁跑出卧室,还把卧室门紧紧摔上。整整一个晚上,直到临睡前,婆婆都在数落姜南的过去,时常把公公带进去,说到当前的时候也把我带进去。阳台上挂满了衣服,姜宁的、公公的、婆婆的,也有几件我们的水泥色工作服。婆婆不用洗衣机,她埋怨那些转动的铁桶都是使蛮力,该细致洗净的地方洗不净,所以,一阳台的衣物全部手洗。我坐在床上,一斜身子就可以看到客厅阳台上那些衣物的影子,在灰暗中吊着。我听到婆婆进了卧室还在说,这个家里的人都是石头做的。

姜南还有一个小时该去接夜班了,我一直数着钟点。家里进入了睡眠时间,我悄悄把门打开一条缝。回到床上,我给姜南道了一声晚安。他突然问道,朱莉,你嫌弃我吗?我不假思索,说,嗯。我不知道自己为什么要如此回答。我们开始想念彼此。

有好多夜晚我都不能轻易入睡,床铺足够大,空间足够大。但我还是在夜里姜南该说梦话的时候醒来,有些莫名的紧张。我决定不打破规律,穿着睡衣到客厅里去坐一坐。

有一晚,我在客厅里刚坐了一会儿,对面那扇深夜亮起的窗户一

■ 再见，朱莉

直黑着，有时候能看到主人坐在窗前，拿着一本书阅读，有时候在写些什么，那个影子让人想到高考。除了中考、高考，大学毕业后，我几乎没有碰过一本书。突然感觉到那扇窗口的剪影特别宁静。

一个卧室的门被打开。起初，我以为是儿子姜宁，他很少起夜。公公走出来，我没有来得及逃脱，他撞上了我惊恐的眼神。我迅速装作找水杯，说是被渴醒了，天气太热太干。他像白天一样不语，去了卫生间，故意在那里耽搁了一会儿，没想到出来后我还在坐着，他就摸索着挪到客厅里坐下。

从窗帘外射进的路灯灯光很像一缕夕阳，夕阳打在茶几上的围棋棋面，刚好从天元穿过，把右上角的星位连接起来。公公坐在右面的沙发上看着那个被照亮的星位，那个被刻意涂黑的黑点。我们都不知道该怎么安放各自，一个不足四十平方米的客厅，显得特别局促。白天，我们几乎不太打照面，除了吃饭的时间，偶尔因为一个不起眼的事情说上几句边缘话题，客厅里分分秒秒都在沸腾，我们几乎没有这样对坐过。

我准备起身回到属于我的卧室去。他说，朱莉，我们说上几句。他说话很小声，气息微弱，好像白天里那个公公的影子。他说，我特别想念黑龙江，我们和你爸妈能在银城又遇见那是缘分，我们两家都是一样的命运。在黑龙江的时候，我们在共青农场，你们在新华农场，我们不是军垦，不是知青，也不是第一批闯关东的人，黑土地、荒草甸、高山,那么远的距离,竟然回到银城老家又碰见了。我第一次认真听公公说话,这些过去的经历,他在白天的任何时候都在不停地重复,但,我一直觉得很遥远很不真实。那些记忆因为被人重复,显得无关紧要。

今晚,所有的事物都在半空中沉潜,如同尘埃落定。我冲着他点点头。他说,你说话,我能听得见。给你爸打个电话?我们看了看时间是凌晨一点四十,突然觉得这个想法很荒唐很新鲜。我把电话拨通递给公公,把免提声调到最小。对方很快就接听了,像是随时守在手机旁。他对着电话轻声说,你还没睡?对方说,我就猜这个时间打电话的人只有你。我的睡眠越来越少,还总是凌晨就醒,我和朱莉妈妈每人一个房间,我们都神经太脆弱,经不起对方的一点声音,连呼吸声都不行,我就起来坐在床上。公公问,都干啥?对方说,只干坐着就很舒服,我要独自坐上两个小时,等到三点钟再睡一小会儿,不到五点钟就起床。我现在最贪恋那独坐的两小时。他们两个聊起彼此的过去,变得特别温和、慈祥。直到挂断电话,我看着公公盯着那个挂断的符号,就像完成了一桩大事。他竟然能听到对方那么轻微的说话声。

公公朝着我坐的沙发凑了凑,他告诉我,我感到我快走了,我就得像年轻的时候一样玩世不恭地对你婆婆,她才不会发现异常。刚才你都听到了,还有那么多人都说出了山海关去逃荒。可我不这么认为,你爸爸也不这么认为,其实,你婆婆也不这么认为。为了生活,到哪里

■ 再见，朱莉

都不丢人。我和你婆婆俩像是一次结婚旅行，三十年的结婚旅行。那里是我和你爸爸的梦想地。你想啊，那时候在银城，一个人只有一分地。到了黑龙江一年后，一个人几垧地，一垧地等于十五亩，你算算，朱莉，那是多广袤的天地。

他的身体在语速的起伏中开始发热，滚动着那一代人轰隆隆的生命热情，成团的热气扑过来，我看到公公就像个小伙子。我说，公公，我懂了，你怎么能抵抗那么喧嚣的生活，专注自我去做一件事情。我给他竖了一个大拇指。他晃动起脑袋，左左右右，还有一个内外兼之的小秘诀。他歪着耳朵，装作掏耳朵的动作。然后，他从睡衣兜里掏出两个小颗粒，皮肤色，在暗夜里就像两个小小的水滴。它们被揉得很紧致，毛线的绒毛已经脱尽，在白天的时候被藏进耳蜗。我几近笑出声来。我们都明白，那些小颗粒属于婆婆曾经摊在沙发上那一大片色彩斑斓的毛线团。我第一次注视到日常的盲区，每个人都无法沉静下来注视过彼此，这样的小秘密不会有人发现。公公有一对隐藏秘密的耳朵，像一对泡发后的东北特级木耳，耳廓向内，似乎为天然避开世间的嘈杂而生。

那一夜，重新回到床上，我几乎无梦，那可能是最轻松无忧的睡眠。一大早，我给姜南发了一个微信，告诉他，你必须回来，不然，你会丢失很多生命细节。我把"细节"重复打了一遍。姜南也许是睡醒了一觉才回答我，我一定会坚持整整一个月的夜班。

那一个月下班后,婆婆把戏曲声音放得比姜南在家时更大一点,她以为这些细小的松动,我不会发现。我和儿子吃完晚饭到附近的图书馆路散步,关门后特意听了听楼道里的声音,确认戏曲声不会影响到邻居。邻居是一对味精厂的老技术工,他们的生活跟默默搞技术研究一样,不太发出声响,显得很陌生。

紧靠图书馆要陆续建起体育馆和博物馆,三馆都建齐,才能支撑起银城变为百强县的一部分文化资本。我和儿子各自走着,显得疏远。因为婆婆对姜南的教育,我和姜南想给儿子点属于自己的空间。

银城的人晚饭后有两个去处,一个是金牛湖公园,一个是三馆。它们有些细节上的相似,宽阔的步道,两侧种的都是法桐。到了秋冬季,叶子落满步道。来不及扫,人走在上面如同踩在云上。那时候,到处都是沙沙的声音。儿子更喜欢秋季落叶的时候出来踩树叶。不过,现在还是夏末,叶子都油绿,开始缀满绿色的刺球,我常常把他们和栗子果混淆。

他跑到路前面,他的两条腿已经开始像鹤腿,和姜南的一样,在半截体育馆跑道上奔跑。跑了一圈儿回来,他说他遇到了好几个同学,他们都懒洋洋的。随后,他突然立在我面前,我想爸爸了。这好像是我第一次听到姜宁说起他爸爸。他除了上幼儿园,几乎每天都被攥在婆婆手里,然后在那些枪炮密集的玩具堆里寻找他想要的东西。我说,他的夜班快到期了。为什么奶奶一提到"白医生"会那么生气?他

◼ 再见，朱莉

和我爸爸有什么关系？我将来不会像爸爸那样每天都做烧炉子那一件事，我觉得他一定是很厌烦，才每晚躲到卧室里玩游戏，他对什么都不感兴趣。我突然发现儿子那些小小的忧伤，他一直藏着它们。

那天夜里，我如约来到客厅的时候，婆婆正坐在沙发上，她坐在我每夜都坐的位置。窗帘似乎是我拉开的，缝隙的宽窄如此准确。好像婆婆做了格外细致的准备，她一直等待着有这么个夜晚。我们不太与对方对视，在光线暗淡的时候更是如此。

我不知道发生了什么。我失眠心慌，觉得丢了什么东西，就出来找一找，发现什么都在这间屋子里。婆婆低着头看棋盘说，那是她最希望从这个家里消失的碍眼的东西。我说，姜南很快就会回来。婆婆还在生气，她辩解，这和他没关系。倒是对我说的，朱莉，我平时很强硬，但不是本心。她变得那么柔软，还携带着无力感。不知怎的，生活中的琐事开始让我心烦意乱，姜宁掉一粒米，你公公浪费一个土豆，折断了一根筷子，我自己下楼忘了带钥匙，每次都忘，我忍自己好久了。

她话音有些焦躁，能听出来那些心烦意乱的事情包围着她。我总是梦见姜南小时候，从他出生开始，虎头虎脑的，眼睛很晚才睁开。他在黑龙江的地垄沟里被我生出来，不到满月就被送到托儿所。我们那些妇女都是那样的命，都不到满月就离开自己的孩子，跑到很远的地里干活。上午十点钟，下午两点钟，再骑着车子飞回来。你公公每次都要跟我一块儿回到托儿所，亲眼看看姜南吃饱奶水。你公公在农场里很出名，人们都喊他"喂孩子的男人"。姜南小时候是那些晃晃荡荡的摇篮里最漂亮的孩子。

我们看了看彼此，其实，夜里谁也看不清谁的表情。她问我，你有没有个奇怪的想法，一个人明明在就在你身边，可是你却还是很想念？我发现婆婆哭了，她哭得特别隐忍，就像不敢示人。我说，我还没有，我还是在一个人离开之后才觉得想念，可能我还有很多事情不懂。

婆婆摸了一颗白色棋子放在手里揉搓。她继续说，姜南一直都在我身边，我却很想念自己的儿子。她把那颗棋子又放回原位。你和你公公那天晚上说的话我都听到了。婆婆停顿了一下，她感到自己又犯了偷听话的毛病。她羞涩地笑了笑，像个姑娘。她说，因为我每夜都会睡不好，我能听到你公公弱下来的呼吸声，让我觉得他好像已经死了。我说，那你为什么对公公分毫不让？她想了一下，说，不知道。老了之后我就新长了两个毛病：一个是喜欢听到更多家人的消息，哪怕是偷听；一个是凡事喜欢反着来。世界上，很多人事哪里分得清什么反正？

姜南在夜班结束的中午回来的时候，整个人肿胀一圈儿，身体乏重。但，他的眼神很轻松，有点凯旋的意思。夜班和白班交接的时候，需要打一个连班，可见，姜南一天一夜在炉火前炙烤。他认真地刷牙、洗脸，还洗了澡，像是远行归来的洗尘。口哨声太逍遥，从卫生间里传

■ 再见，朱莉

■ 194

到客厅和卧室，那是姜南的声音，他在这个家里销声匿迹了很久。

公公、婆婆听到异样的声音，发现自己的儿子这次是真回来了。他还带来了一个好消息，他把自己收拾干净，立在客厅的墙壁上说，过几天，小鬼到我们家来。

小鬼是谁？公公和婆婆异口同声。公公已经开始学习象棋，被困在一个空空的象棋棋盘上，他还无法一下子从密密麻麻的围棋棋局里走出来，手里抚摸着一枚硕大的"帅"字象棋子。

姜南没有在客厅里停留，新闻播报着哪里又战火纷飞。他转进卧室，不过没有关门。他说，我的助手，我的未来。婆婆和公公看了一眼在客厅里痴迷变形金刚的姜宁，他整个人都趴在地上，研究变形金刚的钢铁身体被什么卡住了，它无法再由一个人变成一辆车。他在车堆里叫了一声爸爸，姜南迅速"嗯"了一声。他们很快被新闻的嘈杂隔开。

姜南这次回来好像放下了什么心事。夜里，我们俩把门紧闭，挤在一起。鼻气喷到对方的鼻孔里，他的口气里也没有大蒜味儿。他说，我上夜班之前，我爸爸大白天的，总是说到黑龙江老胡羊的女儿，那个女孩儿跳连队的水库死了，那么详细的死亡过程他都说得很清楚，好像他替她又死了一回。可是，我怎么也想不清楚她的模样，小时候，我们怎么说也是在一个连队长大。

我说，我知道。我现在知道很多我们都不知道，但应该早早就知道的事情。姜南把鼻子尖抵在我的鼻子尖上。你妈说,你一直都在她身边,她却很想念你。而我们是另一种人,就是一个人明明在我们身边,我们却看不到。我把夜里和公公、婆婆的话都告诉了姜南。

姜南没说什么,他转移了话题,我们聊起了生活。我说,我有一天夜里竟然把对面的小高层看成抽屉盒。他说,这也没什么,所有人的生活不都是放在一个格子里?只是大小的问题。我发现他不像往日那么焦躁成一团,就像铝锭被熔炉化成铝水。我说,我觉得还是有区别,我希望我们都是在向死而生。姜南说,好的,向死而生。他的身体压过来,我们做了爱。

小鬼到家里来的那一天,正是那个冷暖无法交融的空白时间的尾声,暖气来临前的第三天。就是那一夜我又把对楼的小高层看成是抽屉后的第九天。婆婆在头一天早饭的时候说,来得不是时候,家里冷。她的态度那么温和,声音倍率适中,就像她的第二个儿子要回家。我说,他们炉工到哪里都不怕冷。婆婆笑了笑,像那天夜里那样羞涩。

姜南和小鬼上白班,傍晚才到家。冬季的夜色黑得越来越早。婆婆又包了包子,用了银城最傲人的白莲藕。还将一大把蒜剥好了皮,砸成蒜泥,倒入酱油醋,最后,淋上些银城白芝麻油。小鬼长得很黑,和姜南一样高。浑身肌肉块儿,走起路来像是跳跃。

公公把银城老酒天赞酿拿了出来。还有那老一套酒壶和耳朵酒盅。过去的银城人都用这待客,不起眼的小酒盅暗藏玄机,不知不觉

■ 再见,朱莉

就会让客人喝醉。小鬼有对一切来者不拒的气势。他带来了很多美食。给他师傅姜南带了几套围棋棋谱和象棋棋谱书,说是他师傅在一个熔炉和另一个熔炉间腾挪,总说到自己在下棋,那控制炉温方寸之间的精准绝活自己是甘拜下风。公公瞬间挤进来一句话,他真这么说的?小鬼又炫耀了一下,我师傅是整个厂子里唯一一个没有出废品的人。姜南制止了小鬼,他把书夺过来,临时塞进自己的卧室里。

儿子扒拉着那几本书,高喊,那是我爸。小鬼还给姜宁买了一架遥控飞行器的航模玩具,儿子又尖叫起来,小型无人机!这是我梦想中的东西,你知道我最想干什么?儿子一边忙着拆包装盒,一边问小鬼。从高处俯瞰整个世界,小鬼说。不,我想在地面就可以遥控整个天空。小鬼和儿子玩得很开心,他们的话很多,关乎宇宙、星系、外星人、人工智能的话题。今晚,电视关闭,世界的新闻都与我们的今天无关。公公和姜南一直在旁听。

那一晚,我们一桌人七七八八地聊天,有点像过春节吃年夜饭。小鬼说,我还是决定要到更远更大的城市去闯荡。我们都为他举杯。公公有心脏病,但他一下子干掉了一盅酒。婆婆一直沉默,给每个人夹菜添酒。那一晚,小鬼喝着喝着哭了起来,他给姜南敬了三杯酒,每一杯酒一句敬酒词。第一杯,敬我姜师傅,炉工这么枯燥还危险的活儿,还能日复一日做到精。第二杯,敬我姜哥,我妈去世早,就我一棵独苗,我学习不好,头脑拗,我爸厌弃我不争气,哥不嫌弃我。第三杯,敬我姜师傅家人,我走到哪,都知道银城还是家。他们三个男人喝光了一整瓶天赞酒。客厅里的灯一直亮到十二点二十分。窗帘被婆婆在十点钟拉上,她顺势留了缝隙,我们家灯火通明,灯光会照亮半边路面。也许,会和对楼的独盏灯光相互映照。

第一天来暖气的夜晚,家里温暖极了。我们都脱下了厚衣服,觉得浑身轻松。我已经不能轻易改掉夜里醒来到卧室里坐一坐的习惯。有一晚,我返回卧室的时候,发现姜南从床上坐起来。他跟我说,小鬼一走,我是不是夜里就不叫他了?我说,你每晚都叫他,只是不像以前那么大声喊,是真的梦话。

我们俩坐在卧室的床铺上,安安静静地坐了一会儿,屋子里一片昏暗。姜南说,朱莉,我自己也像出走了一样。我一直鄙视自己缺少勇气。但是,当小鬼辞职走出铝厂后,我反而不觉得每天重复升温、降温、停炉、拉铝棒有多无聊,无聊的事总得有人干。我说,就像我每天化验硅、镁几种同样的元素含量。小鬼过去总是问我,你甘心就这么平凡地过?我每次脑袋里都是我妈,以前,我觉得我就是被她裹足的女人。现在明白了,其实是自己。而且,哪一种都是生活。

我有一段日子没在姜南的梦话中醒来,也没有半夜再到客厅里独坐。直到下一个春天的惊蛰前,我们全家在一天夜里被骂声惊醒。儿子吓坏了,钻到奶奶和爷爷的床上,挤在两个人的缝隙里。谩骂声嘶力竭,就像一个人余下的生命里只剩了咒骂。能简单听到骂的是王

■ 再见,朱莉

姓。我们一家人都到了客厅里,看看时间已经夜里十一点半多。公公和婆婆心脏狂跳,准备到对门的邻居家看一看,声音从他家的门里穿透过来。

邻居王工程师先来了。原本在味精厂,公公婆婆都称他王工,他本名叫王强生。他一进门就道歉,弓着身子,眉头紧锁,被逼得要大哭出来。他请我们受受苦,挨过今晚,他一定马上想办法。原本老妈自己独居在银城南街一个小公寓楼里,她喜欢清静。这是第一天被接过来,突然得了阿尔茨海默病,是暴躁型的。他和两个姐妹已经被骂了整整一天。

我们一家人坐在客厅里,感到突如其来的事情实在太无奈,说什么都显得徒劳。王工几乎没有走的意思,他和公公婆婆年龄相仿,但显得过度衰老,就像猛然间被囚禁的人。门外的谩骂声调越来越高,凶猛无比,他努力在骂声中发出响亮的声音。不知道为什么,一夜间,妈已经不是当年的那个妈了。他自言自语,我妈年轻时很温柔,话少,轻声轻语,像个大家闺秀。我们听到隔壁又掺进另一个女人的喊声,她力气太弱,像绵软的细线在空中飘。那是王工的妻子姚工。

每天夜里,我们一家人被骂声骂醒。然后,我们一个一个陆续来到客厅里。一开始,都很局促。我们坐在各自的位置上,辨别老太太咒骂的内容。难以分辨,恐怕连她自己都不知道在控诉什么。夜里四处安静,让骂声显得更孤独。有时候,尖厉的咒骂声里携带着痛哭,骂累了，她会安静一小会儿。那一小会儿安静，反而让人坠入绝望。因为她不用半个小时会重新开始。还好，儿子姜宁只能坚持一会儿，就会被睡魔迷倒，他对声音有一种强大的屏蔽能力。

我们整齐地聚在客厅里。灯光刺眼，我们的心里也长满了刺。婆婆第一个把茶几底下的那副嘎拉哈取出来，问，谁还会欻嘎拉哈？我和婆婆欻起了嘎拉哈。没想到，隔了几十年，婆婆的嘎拉哈还能欻得这么好。她能在布沙包抛出后一次翻转四个嘎拉哈的面向，每一个都从真、轮、肚、背四个面轮一遍。公公在一边讲起了嘎拉哈的历史，他终于有机会在家人面前讲这些长在他心里的东西。即使姜南和我出生在黑龙江，小时候都没有听过。公公说，过去嘎拉哈可不是玩的，是打仗时排兵布阵的。知道为什么叫嘎拉哈吗？公公继续说，是满语和锡伯语的音译。为什么玩？因为代表"勇敢"。因为金兀术这个金朝的梁王，少年到金山打猎，就能取下四种最凶猛野兽的膝盖骨。

公公的话戛然而止，我们才发现，今天的骂声已经停止了。你那时候为什么不让我戴嘎拉哈？姜南这个问题等了三十年，他问婆婆。婆婆正在往半空里抛布沙包，她平稳地将四个嘎拉哈的"真儿"落地，又接住沙包。因为你从出生就足够强壮，你和他们不同，那些孩子才是虚弱。公公顺势把棋局摆了出来，第一次有了姜南这个对手。

每天早上，隔壁的王工都要到我们家里来专门道歉。一是为自己

■ 再见,朱莉

的母亲道歉;二是他实在在家里待不下去,说他自己掉进了漆黑的深渊里。婆婆感到很恐惧,那个夜里咒骂尖叫的老太太就像一面镜子,隔着两扇门照透了她。婆婆试探地问,你嫌弃你妈?王工说,那是以前的事了。那你恨你妈?婆婆又问。他说,我希望她死!我二妹妹已经因此心脏病复发住进了医院,我妻子姚丽,你们都认识,她一直体弱多病,她快被骂声骂走了,还有楼上楼下,还有你们,都得跟着承受打扰,我一个人担不起。昨天,我们三个兄妹躲到老家属院的大门外,商量了一件事情,怎样才能把老太太送走。怎么样?婆婆紧追不舍,好像他们在密谋的刺杀对象是她。婆婆及时想到了什么,问我,朱莉,你说的那个白医生怎么样?我和姜南摇了摇脑袋。我们想找到一种药,一种能送她走的药。王工两目赤红,熬夜让他变成一头困兽。婆婆的声音高出八度,太可怕了,你们比鬼都可怕。

　　婆婆看了看姜南,又看了看我。恐惧、悲伤和无解深陷她的眼窝里,岁月把她的眼皮磨得又薄又干,太松弛,偶尔会盖住四分之一的眼睛。我们好像一直潜藏着阴谋,突然被她戳穿。其实,我和姜南本想说说国外有个"安乐死"的办法,但是,那是一个只能说一说的办法,国际上几乎没有哪个国家敢真正实施这种办法。我们听到老头说,谁的心里都有这么个恶魔,一直都有。公公一直沉默,只是看着和自己同龄的王工安静了大半辈子,老年却深陷囚笼,他觉得无计可施。

　　有点内忧外患。婆婆因为过度疲劳,长期精神衰弱,又缺血性贫血，她晕倒在那些绚烂的毛线团中，想理清那些缠绕的毛线并不容易，她快成功了。医生对我和姜南质疑了两次，他说，你们每天都看不到老太太？一个人的血被耗尽了，要么休克，要么死亡。

那一阵子，我和姜南在医院和工厂之间穿梭，就像陷进一场噩梦里。噩梦中，公公每天早饭后，推着自行车送姜宁去幼儿园，他不能很顺利地托起他的孙子。几天工夫，家里已经没有了客厅和卧室的分界线，到处是灰尘、杂物。姜宁吃饭时把大米粒掉到了地上，不知不觉被我们每个人的脚掌带到各个角落。坦克、无人机随处轰炸，各种枪支从客厅一直流到姜宁的小卧室。第一次家里没有了婆婆，我们都像无头的苍蝇，每个人在乱撞中都抑制不住地露出獠牙。突然发现，很多东西在我们自己的家里无从寻到，不知道婆婆怎么把各种生活用品找到最合适的藏身地。

幸好，婆婆很顽强，只在医院里打了半个月的补血、增强体质、提高免疫力之类的药剂，就坚决要回家。她说她听到到处都是恐慌的声音，在医院里会死得更快。公公、婆婆一直很健康，姜南和我几乎不进医院。我们从医院大门到三楼病房，转了三层楼梯，每一层都挤满人，他们以争分夺秒的速度行走，经过身边的人都像一个旋风眼。人们戴着口罩，两只眼睛盯着那些排到几百号数字的电子显示屏，那上面把一个病人的姓名、编号、需要进行检验的科室排序，全部暴露。我和姜南每次都是小跑着钻进婆婆的病房，身后层层叠叠的电子播报声，人喊声,咨询护士寻找属于自己的检验室声,小孩子的哭声,大人吵架声,遇到急诊时,急救床四个奔跑的滑轮碾着地面,床发出咔嚓咔嚓的挤压声,急救医生的脚步声……我们在一场噩梦中又潜入了另一层噩梦的梦境。

那一场人间梦中,我知道了白医生说起的纳米级噪声污染。婆婆回到家不久,临近春节,窗外到处都是提前走亲串友的人脚和车轮。人们在互道祝福,都想在春节这几天里,把今后的日子想象得更好。家里很安静。公公不再看以车轮战术播报的《新闻联播》,他一边看小鬼拿来的棋谱,一边注意着卧室里婆婆的微妙变化。一旦婆婆咳嗽一声,他就会在客厅里问一问,需要喝水吗?婆婆只需翻个身,在枕头上摇摇头。

我和姜南下班后,到婆婆卧室里坐一坐,吃过晚饭就钻进卧室。我们躺在床上歇息一下。偶尔发出的响动,只有姜宁踩到了他的枪支。我患了结膜炎,不想再睁开眼睛看这个世界。我闭着眼睛听到很多微弱的声音如今变得特别响亮。我跟姜南说,姜南,我听到隔壁的王工在切南瓜和胡萝卜,可能他需要给他妈妈打流食。刀切在菜板上的声音真大。姜南,你的呼吸声太大,好像在我的胸腔里呼吸。姜南,好多声音都变形了。姜南,你不要再叫小鬼了。姜南什么也听不到,早已进入他的梦里去了。

惊蛰的时候,老胡羊死了。他儿子继军遵照父亲的遗言,一定要给公公寄来一副狍子的嘎拉哈，那是他很多年以前在山里放羊打到的猎物，他一颗一颗攒下来的。他还寄来了一张老胡羊在大架子上放羊的照片，大雪齐膝高，他站在半山腰看山下的羊群。公公和婆婆都觉得他不该死在自己前头。公公说，他壮得像头老公羊，没有一天不去大山上放羊，黑龙江的大雪大风大寒都拿他没办法。婆婆说，那我们回去一趟吧。

他们在四月回去，带上了他们的孙子。那里还未解冻，黑龙江要到五月才开动春耕。我和姜南兴奋了几天，感觉卸下了浑身的盔甲。狂欢了一整天，喝酒，听有助于心里放松的轻音乐，我们在客厅里跳了几曲交谊舞，然后，并不介意是白天还是黑夜，我们拉上窗帘，像一对新婚度蜜月的恋人，在广阔的客厅里做爱。整个家都是我们的。

我们去了银城新街刚开的小酒吧，刚好和白医生心理咨询门诊在一条街上。那是银城第一家酒吧。从门诊门前经过，我们看了看里面，有几个人在座位上等着，有一个人在白医生面前诉说着自己的苦楚。我们绕了过去。

酒吧规模很小，更像一个两层楼的家居别墅。有一个三人小乐队，每一个都是歌手，又是乐手。他们是银城一中刚毕业的高中生，说是考上了山东大学音乐学院，等待着去上学。他们一天都离不开音乐，就在这家酒吧里开始他们的人生舞台。

酒吧的名字叫"好吧"。这是个不错的名字，简单、朴素，没什么欲望。姜南特别喜欢"好吧",他说,你看,像不像原来我们大学附近那条街上的那个小酒吧?它叫"走吧"。还记得那个酒吧的老板吗?我想到那个老板瘦瘦的身板,个子不高,但浑身散落着艺术味儿。我说,他还说过你有唱歌的天赋呢,姜南,你说他还在那里吗?那个"走吧"酒吧还在那里吗?其实,我们去 K 歌每次都到"走吧",我一直疑惑,为什么不叫"来吧"?姜南说,其实是一样的。

"好吧"酒吧的老板也是一个自由歌手,他是银城人,从北京一个音乐制作团队回来。我要了一瓶法国凯旋 1664,姜南喜欢喝教士。我们差不多十年没有再坐在酒吧的吧台高椅上游荡着两条腿,一口一口地品酒,所有的事物都被放慢节奏,很多平时隐藏的记忆浮出来。

老板不到三十岁,或者更年轻。他赠了我们每人一瓶他正喝的啤酒。姜南说,这样的酒吧在银城怎么活?老板也倒了一杯啤酒,敬我们,选择到酒吧喝酒的人。酒吧里放着莱昂纳德·科恩的 *Famous Blue Raincoat*(《著名的蓝雨衣》),那是我和姜南都喜欢的。老板继续说,北京像我们这样的小乐队和银城铝厂工人的数量差不多。我要回来做银城第一家酒吧。我想,再大的城市也不过是有更多的酒吧,而再小的城市,也要有一家酒吧。

我们为他举杯。听到歌曲切换成了鲍勃·迪伦的歌。在演奏台的歌手来到我们中间。叫我 DL,他说,你们不爱鲍勃·迪伦?姜南说,民谣艺术家。不,他是诗人。DL 唱起来,我和姜南也跟着唱。姜南断断续续地插话,你们这些九零后,出生在城市里的孩子,哪里有乡村、民间的体验？DL说,那你不懂生命,不懂灵魂,不懂人。我们看着这个叫DL的孩子,他唱几句就停一停,告诉我们,人就是要生活,要爱,要歌唱,要忧伤。中国那个叫于坚的诗人说的,我赞同。DL把我们拉到演奏台上。老板说,你们唱一首喜欢的歌,现在,这个酒吧属于你们两个的,今天的第一批客人。我和姜南的心里突然很感动,很幸福,很安宁,我们突然不知道该唱什么,我们拥抱了彼此,并且泪流满面。

我还带着姜南去了金牛山上那片属于我的杉树林,那是我独自的世界。姜南的鼻子闻不到杉树和松树的味道儿,但,他能听到小鸟的叫声。我们躺在杉树间宽敞的缝隙,听了半天鸟叫。

一天清早,姜南起床后,把每一个卧室门打开,看看里面,没有人。客厅里也没有回声,突然间家里没有人,也没有人的声音、电视《新闻联播》的声音、儿子的枪炮声,连隔壁老太太的咒骂声也不知何时消失的。所有这些失去的事物,似乎是突然被意识到的。他跑回卧室钻到床上,朱莉,家里真空洞,你感觉到了吗？就像大地在下沉。

临近冬天,婆婆像往常一样自己腌制酸菜、辣白菜。她从黑龙江回到银城,从没有放弃过。我们坐到客厅里,不准备做早饭。自从他们去了黑龙江,我们每天都在外边随时遇到的小店吃一口。阳台上排了一排陶缸,封闭发酵的酸菜,曾经在冬季暖气来了的时候太热,婆婆又要姜南一个一个搬到一楼的草厦子里。现在,楼上只剩了两个空空的陶缸,但

■ 再见，朱莉

气味儿仍在，屋子里的每一个缝隙里都满是酸臭的酸菜味儿。姜南和我都喜欢这个味道。我们还喜欢冬天。因为冬天寒冷，让人头脑冷静。还有，寒冷可以冰冻，我们想念小时候在黑龙江的冰道上滑爬犁。冰面光滑透明，没有任何阻碍，可以自由飞翔。这么一想，姜南说，我们是拥有同一个童年的两个人。等我们老了，可以走进同一个记忆的世界里。我们多少有些慌张，尤其是看到公公的围棋和象棋都被藏了起来，儿子那半边地面的武器也都收进了他的卧室里。客厅里一片洁净。

我们每天给公公拨一个电话，姜宁在电话里号叫，他说，爸爸，妈妈，你们出生在这里真好。我也要重新被你们生到这里。爸爸，我看见制作嘎拉哈的整个过程了，那些小羊骨挂在墙上晒着，就像小羊复活了在墙上奔跑。姜南说，好，跟你奶奶说，给爸爸带回来一个穿红线的嘎拉哈。

后来，隔壁老太太的声音确实消失了，我们验证过，一整天，无论白天还是黑夜，都没有听到丝毫她的声音。这栋老楼里真正安静如初。我们都认为她死了。一个周末，我们一家想去安慰一下邻居。公公说，人太多不礼貌。我和姜南留在家里。隔壁的防盗门被打开，没有突如其来的咒骂声。一切都很安静。半个小时，公公、婆婆回来，他们坐在各自的沙发上不语。公公继续下他的围棋，他在棋谱上学了几套新的棋法。他终于决定吃掉留给白棋的最后一口气，他用自己的黑棋打，吃了自己的最后一颗白棋。他说，老太太活着呢，和死了一样活着。婆婆说，他们实在没办法，问过医生，只能每天给她吃些安眠和镇静的药。可是，她再疯再痴再骂,她只记得她儿子。婆婆为另一个陌生的老太太哭了一阵子。

隔壁王工的妻子姚工程师终于走出了家门,她来找我婆婆。她们都是喜欢守家的女人。这栋老楼里每层只有两户,这两扇相距两步之遥的门,经久地闭合,终于有人选择迈出一步。我第一眼看到她,觉得她就是个幽灵。只有长期生活在暗夜里的人才会有如此惨白的面容。不过,她的眼睛里有了眼神。她来约我婆婆每天早饭后出去晒太阳,晚上希望能到小区外面的门市前跳跳舞。她像一个奇迹一样说动了我婆婆。

她说,我现在心里很宁静了,我从年轻的时候就体弱多病,常年神经衰弱,失眠,我喜欢独自做件事情,像在味精厂里的时候,我特别喜欢那些结晶颗粒,喜欢看它们内部的长相。退休后,我喜欢在家里待着。可她一来——我们当然知道是那个彻夜尖叫的老太太——我的神经就彻底衰弱了。

她问我婆婆,你知道人的神经、血管里会长满虫子吗?就像很多很多虫子在咬。婆婆点头。她说,我以为老太太是专门来把我带走的。我希望如此,也不想每天都被虫子咬,生不如死。不知道为什么,她安静下来以后,那些跟了我一辈子的虫子都不见了。你说,这是怎么回事?婆婆看了看我,说,那是她帮你把虫子带走了。她不可理解地笑了笑,王强生他们家人人都恨她,没想到,只有我应该感谢她。

再见,朱莉

208

唯一监护人

一

我是个心高气傲又懦弱的人,在银城新建的枣香街上游荡。我经常这样,就像没有灵魂,如此大概有七年。相比之下,我并不知道七年之后的一刹那,一切都不期而至。

两年前,枣香街还没有诞生。整个银城就两条街,窄得恰到好处,刚刚可以对面错车,我觉得它有一种稳定的平衡,那就是排在后面的车永远别想快起来,生活慢腾腾的。所以,那五年里,我走得很慢。我下了班就骑着自行车,有时候步行,在中心街和商业街上拖鞋底。我不停地走路就是想留住或者找回我的灵魂,但,事与愿违,我的身体越来越沉,和周围的人群长得越来越像。

那五年里,我和我爸妈住在一起,就像永远没有长大的童子。后来,我强行离开了家,搬到铝厂的集体宿舍里再也没有回来。我就是强行离开我家的,那天我照常晚饭后到中心街上走路,银城夏夜干得像铁锅上的锅巴,人们不爱到街上行走,认为那只会徒增热度,还会把白天工作的力气浪费掉,但他们不知道走路可以让一个人安静下来,从而获得力量。那天是我行走五年中走得最长的一夜,已经过了十二点我才到家。我妈没有睡,但我认为是夏夜太热夺走了她的睡眠。她坐在客厅里,在路灯的微光下就像一尊菩萨,她在哀求我:"你就不能不走吗?白天做化验不累吗?你就永远让人说成是神经病吗?"我在面对那三个问号后都没有想哭的意愿,我的心里一直紧紧捉着我朋友朱莉的记忆,那是支撑我的最后一道屏障。

没有回应对我妈是最大的羞辱,她一直都这么认为。她起身了,就像一股热气流冲到我眼前,她的口气和鼻气炙烤着我:"有多少人能有你幸运?你骨子里就看不起我和你爸?你整天乱走,就是用来惩罚我们的?"

我爸妈都是铝厂工人,所以,我也是铝厂工人,我是啃老族中的一种,我开始浑身战栗,全身的血液冲击着头顶,我能感到我的耳朵在熊熊燃烧,就像不久后我接到那通陌生人的电话时一样激烈,我狂吼了一句:"要怪就怪这座城市没有灵魂!"我摔门而去,重新回到空无一人的中心街上奔跑,一直跑到晨曦初上,我压住除了身体之外人该有的一切意识,像个空心人一样大踏步地走进工厂大门。

现在,我已经不太在中心街和商业街上走路了,那两条老街上熟

■ 再见，朱莉

悉的人太多，又没有枣香街新鲜而宽阔，有点未来的味道。我从城北的恒信铝业公司一路走来，连晚饭都没有吃，穿过了三条东西路，一直向南走。我有个目标，我要走到枣香街的尽头，那样我就是这座城市的一根脊柱，从城北到城南，一直连接到南外环的309国道上。那里是动车和高铁经过的地方，我想我总有一天会走到那里，踏上这个小城的车站，乘着呼啸的动车和高铁离开这里，无论向东还是向西。是的，我就是我妈说的"顽固"派，两年又过去了，我还在走路。

一个陌生电话打来了，我走路的时候不喜欢被打扰，我的工友们都是知道的。我没接，甚至没有从衣兜里掏出手机，我拐进了路边的一家焖饼店。化验员小夏趴在一张桌子上吃焖饼，她对面有个男人，一看就是铝厂的人，在银城铝厂的人身上有着铝坚硬、刺鼻的特殊味道，有点像沼气和碱水的化合物，就像长到了骨髓里。我们打了个招呼，我在他们就近的餐桌前坐下来。"他是我男朋友。"小夏说完就贴到我身边，发现了我燃烧的耳朵，她摸了一下我的耳朵，顺便把烧出来的耳屎碎屑弄掉，"烫死我了，你的耳朵怎么突然就着火了？"

电话铃又响了，音乐是张惠妹的《后知后觉》，也许是因为那个男人回头盯着我，我接了，一个陌生人在电话里问："秦丽，你猜我是谁？"

一刹那，我全身的血液冲到了脑壳顶，我急速地回了句："无聊！"

小夏说："你在发抖，你发烧了吗？"我无法想到任何一个词语让自己镇静下来，因为我知道真相了。

"秦丽,你猜我是谁?"

"无聊!"

"秦丽,你真的猜不出来我是谁了吗?"

我终于哭出来了,在小夏和她男朋友的面前,还有一盘刚刚端上来的焖饼,散发着小麦和豆芽、蒜瓣儿的清香,那是银城人的智慧,把干饼丝和新鲜蔬菜混搭在一起,就像把干瘪的人生和偶然的幸运搅和在一起一样。陌生人和我有着一样的行为,我们在电话里把眼泪传递给对方,只有我们俩才能做到这样,我跟她说:"朱莉,我在吃焖饼。"

陌生人说:"我闻到焖饼味儿了。"

二

我说的灵魂就是朱莉这个样子,她身体里有种轻盈的东西,让你感觉到任何时候人生都可以飞起来。我在第二天就请了假,坐公交车来到她家西郊的别墅里。那别墅已经老了,有一面侧墙上有了裂纹,不知道是否会裂到屋子里。这不应该的,朱莉有个姐姐朱颜,有她在,什么事物都需要完美。

我见到朱莉就不由自主地开心,我们都长大了,现在我觉得有安全感。是的,可能每个人都会有这样的遭遇,你的一生中总有一个人会让你变得与众不同。

朱莉还是那么真诚,说话就像刀子在割肉:"是不是很自嘲?飞了

■ 再见，朱莉

一圈儿又飞回来了？"她哗啦啦地笑，比小时候的声音钝了些，但还是透明得要命。她正在摆弄她杂乱的书，从大学里寄回来的，都堆在沙发上，她一直都喜欢这样杂乱无章的样子，但，恰好是朱颜厌恶的方式，她习惯一切都有秩序。

我跟着傻笑，我好久没有这样毫无牵绊地笑了，因为你很难找到一个懂你的人。我说不出什么来，比如，我这七年里怪异的走路史，我还在单身，我也无心履行一个女人的责任，我和她家同在这个小城里，但我始终没有早早跑来搞到她的联系方式……似乎见了面，所有的那些累赘都失去价值。

朱颜没有在家，朱妈妈说她去照常上班了，但早早订了一个妹妹朱莉最爱的松茸蛋糕。我看到那个蛋糕盒上还挂着一串纸盘和小叉子，那是我们小时候最爱抢夺的东西，胜过蛋糕本身。朱颜还为我买了我最爱的全麦老式面包。朱妈妈还说朱颜订了中午聚餐的天晶大酒店，还是为了她妹妹。随后，她给我们准备了水果和肉干，问候了几句，就安静地到卧室里去了。朱妈妈还是我们银城西郊闻名的贤惠女人，善意让她周身发光。很早，朱爸爸就因为这光而悄悄离开了他们家，我们都知道他去了哪里，但我不打算说出来。门没有关紧，我看见一个男人的脚。

我们像小时候一样比赛爬上二层阁楼，怀里抱着一堆书，给它们找个归宿。二楼的书房是朱爸爸的，竟然上了锁。朱莉打开门，你就进入了另一个世界,这是朱爸爸的世界。我们把书堆在书架的地毯上,它们还需要逐一分类摆放,把一个女儿的东西放进父亲的物件里,成为一种生命的延续。

时间的味道在发霉,覆盖在空气里让时空倒转。朱爸爸活着的时候,就是这个样子,里面摆满了书,古典的、现代的、国外的,天文、地理、文学、政治、中国乡土、历史、宗教、心理学、人类学,我记得还有神秘外星人之类的书籍……这些都是朱莉最早告诉我的。小时候我其实什么也不懂,我们家里没有书房,我父母是铝厂的第一批工人,最早我们住的是铝厂里的职工宿舍。职工宿舍楼拥挤在工厂边上,就像一堆廉价的火柴盒,它们的身体外有裂痕,还有的歪斜,颜色总是被铝厂大烟囱里的灰尘铺成灰色,因为它们都长得一样,常常使我迷路。后来我们家也搬到了市区,而我现在又回到了集体宿舍里。

朱莉家很明显是个家的样子,我在一次周末的时候被朱莉叫去,和朱爸爸一起第一次进了书房,我们三个待了整整一天,连午饭都是朱爸爸叫的外卖炒面。他不太参与朱妈妈和朱颜的周末外出,比如逛街、爬金牛山,一次都没有参与过,他们甚至会刻意避开彼此,他就一个人在书房里读书。我们俩在书房里待着的时候,他也是那样独自坐在一张靠窗的椅子上看书,沉浸在他自己的世界里,或者我们俩和外界的一切无法进入他的世界。但,他会过一会儿看一看我们趴在地毯上把一堆小人书、动画书摆得乱糟糟,他会笑一笑,很享受的样子,然后继续看他的书……

现在这把椅子还在窗边,朱莉把窗帘拉开,看来这个窗帘一直遮挡着这个被封锁的空间,阳光瞬间就透进来了,朱莉坐上了那把椅子。那是一把"翘翘椅",我们总是那样称呼它带给人的前仰后合的力量,朱爸爸说那是竹制躺椅。朱莉让它前后翘动起来,还咯咯地笑,示意我也来试一试,我突然感到特别亲切,心里想:那不就是朱爸爸吗?

她望着窗外对我说:"还是回到家里好。"

"外边不好吗?"

"也好,也不好,根本就没什么好坏。"

我坐到她的躺椅椅背上,她就再也不能翘动了。窗外能收下整个银城西郊,银城西郊已经不再称为"郊区",它成了整座城市向西扩张的主体,变化总是弯曲地呈现,它渐渐和城南的金牛山混在一起,又连起了金牛湖,以及它旁边的精神病院。如果从事物隐含的内在关系来说,那个二十世纪的金牛湖和现在的精神病院其实早早就埋下了必然的祸根。

朱莉指着远处的一个建筑物问:"那远处是什么? 教堂?"

"精神病院。"

"银城有了独立的精神病院?"这也确实让人难以置信。朱莉笑了笑,她总是喜欢笑,开心、悲伤都要笑,就像所有的事物都跟她没有关系。"不过,它真的像一座教堂。"她把头高昂起来看着我,"你昨天的焖饼真好吃,在电话里我都闻到香气了,我都好几年没有吃银城的焖饼了。"

"改天请你吃。"

"好。再到金牛湖去看看,它变大了很多呢。"

我们突然就沉默了,坐在同一把椅子上,就么么坐着,和金牛湖面对面。金牛湖离朱莉的家有十分钟的路程,站在高处望就像她家的泳池。我们还是重新看到了朱爸爸的去向,那不只是过去西郊的一个谜,也种在我幼小的内心一种叫"爱情"的东西。那时候差不多整个银城都知道朱爸爸把自己扔进了那个人工湖——金牛湖,二十世纪的金牛湖只是一个挖掘机掏出的粗糙水坑,小但陡立,紧靠着泥土堆积的是金牛山,废弃物把它填塞成红、绿、白、黑、黄数不清的亮丽颜色。如果一个人想寻求安宁,一具尸体被巧妙地掩藏在湖水里面是一个好办法。

在一个暑热的下午,一个骑自行车去铝厂接班的工人经过那里,他本来不应该停下来,后来在对警察做笔录的时候他紧张兮兮地想当时为什么停下来,他那天中午在朋友家里喝了一顿大酒,他不停地对警察纠正他不是完全自愿喝酒的,是朋友实在太热情了,你见过拒绝热情的人吗?他所关注的正是对警察而言无关紧要的,警察要的是证据。后来我从我爸妈那里听来这些话,突然特别明白朱爸爸,也明白了一些真相,到现在我还会问自己,你见过因为被爱而用死去拒绝的

■ 再见, 朱莉

吗？那个工人被打断很多次,他才回归他的陈述。他当时喝醉酒不准备再折回城南的家,就溜着大路摇摇晃晃朝城北的铝厂慢行,他一直都认真记着下午四点接班,时间很富余,他就在金牛湖边停下来。"没人愿意在恶臭的湖边停下来,"他反复唠叨这一点,"只是时间还早,我想把酒气歇一歇,喝酒上班可是要罚钱的。"他扶着自行车盯着五彩斑斓的湖水,除了他自身的酒气什么都闻不到,"那个尸体就那么被我盯出来的,他被泡成个大胖子,我先看到半张脸,看起来又不太像人,可他真是一个人!"

这个工人的话很快就传遍了这座小城。我永远都忘不掉朱妈妈听到这个消息的时候满脸的平静,那已经是傍晚了,她被通知第二天去认尸。我和朱颜、朱莉放学后一起回到家,整个小学和初中时代我认定她们的家就是我的家,所有的作业都在她们家宽大明亮的客厅里完成。朱爸爸去世一年后,朱妈妈专门为我们腾出了朱爸爸那间大书房。那个傍晚阳光很强烈,把她们家那栋二层小楼全部笼罩在里面,我们仨齐刷刷地坐在客厅的沙发上等待着朱妈妈要告诉我们的事情。她坐在靠窗的那张沙发上,几束白光是斜着进来的,切割在她的脸、脖颈、腿和露出的脚趾上,她一动也不动,就像不锈钢塑像一样。那是我一生经历的唯一一次安静,我能听到细小的灰尘落到地面上被轻轻弹起来,苍蝇在窗外扇动翅膀,偶尔把单只脚落在玻璃窗上。我被朱颜和朱莉夹在中间,她们两个心脏跳动得异常响亮。

朱妈妈说:"你们的爸爸死了,明天我去认尸。"

朱妈妈松了一口气从椅子上起身,坐到我们的沙发上来,把那个铝厂工人的笔录仔细讲给我们。她一直保持平静的样子,把一只胳膊搭在朱莉的肩膀上。和她一样镇定的还有朱颜,她在我的右侧,不知不觉地用她的胳膊搂住了我的肩膀,把自己的肩膀挺得直直的,再挺也只是一个十三岁女孩子的薄骨架,但她的母性气质在那一刻几乎替代了她的全部。朱妈妈所有的力量都用在了紧闭的嘴唇上,不露出一点牙齿,眼睛盯着客厅中央枣红色的地毯。朱莉从听到第一句话的时候就开始呜咽。我觉得心口疼,之前,我从来没经历过自己的心脏会疼。我的脑袋里冒出很多朱爸爸活着的日子,他是银城西郊中学的语文老师,身高一米八,总是白衬衣和黑裤子,头发自来卷,一副黑边近视镜,声音低沉,但很少说话,除非在课堂上他才会复活。我自己暗想过,这是我长大后选择男性的标准,也是吸引我每天腻在她们家里的一个缘由,虽然那时候我小得可怜。

面对朱妈妈宣布的事情,我记不清是朱莉还是我先开始号啕大哭的,我们两个在比赛,比哭得痛心、哭得孤独和哭得歇斯底里,朱莉休克在沙发上,而我只剩下抽搐。

人们都说朱爸爸为寻求自由的人开了个头儿,从朱爸爸第一个把自己交待在湖里,金牛湖就不再是之前的金牛湖了,陆续有人会选择在金牛湖里自杀,它被改变了意义,它改变了银城的人,银城的人开始

■ 再见,朱莉

萌发了选择死亡的个人权利。那时候,人们只能认定那个醉酒工人对现场的描述,人们无从查起朱爸爸死去的根源,所以,一切无法做出定论的事情都被归结为个人的事。

朱爸爸没有获得一个正常的葬礼,银城有这样的传统,不是善终(自然死亡)的人都是偷偷地葬掉。他变形的身体不允许被火化,而是穿戴整洁地装进木棺材里,像睡着了。只有朱妈妈和远路赶来的公公、婆婆,几个不过五服的亲戚,在一个清晨把朱爸爸葬到了金牛山的山北墓地里,那里是银城死去的人的去处。

我们大概是在朱妈妈的喊声里才醒的,她的喊声依然温柔却穿透了弯曲的楼梯和半敞开的门,我们几乎是同时回应的。

朱莉重新把书房上了锁:"等午饭回来后,我们继续搬书。"

"没问题。"我们几步就能蹦跳到一楼的台阶,比小时候毫不逊色。

三

朱颜开着那辆像狮王的路虎,拉着我们一干人去了天晶大酒店,有点横冲直撞的感觉。这个酒店当年是和县招待所齐名的,从现代感和自由感来说更胜一筹。朱颜告诉我们这些。她缩在宽阔的车座上如一只精致的猫,这真是这个小县城天路般的中心街上的奇观,很多人都会猜测属于未来的无人驾驶汽车已经在这里实现。我们几乎没人说话,有两个陌生男人拥挤在旁边,朱莉坐在我身上。朱颜继承了朱妈妈的传统,在十三岁朱爸爸去世的时候就主动把姐姐和妈妈两个角色化在自己的身体里,我记得那时候我就看到她的肩膀比别的女孩子的宽出一个肩头,那半个肩头里永远裹着朱莉,在通向城西小学的路上横向蠕动。

我们在一个十人以上的大房间里坐下,而我们只有六个人,第七个陌生男人迟到了十分钟,他急匆匆赶到门口就被朱颜的眼神勾到了身边。我和朱莉对如何座位排序之类的事情情愿无知,那些论辈分或者论职位排座次都是银城耳熟能详的老规矩。朱妈妈把朱莉拉到她身边,另一边是在卧室里的那个男人,他沉默寡言,初看有些像朱爸爸,不过他不是中国人,个子不高,身体瘦硬却表情温和,他是韩国人,无法说出流利的中国话。朱颜把另两个陌生男人叫到身边左右各一,而我早已像朱莉的连体般蹭到朱妈妈身边。

这真是一个奇观,巨大的圆桌上,人们就像自然分成的两大派别一样,朱莉跟我说:"好像是谈判桌儿。"我知道她在调侃,但引来了朱颜。朱颜起身绕过一些空座位来到朱莉身边,我能感受到她们两姐妹的热情:"妹妹,四年,只有我和妈妈在一起,你回来了,还真有点不适,玩笑话,姐姐就有伴儿了,银城实在太小。"她在朱莉的额头上吻了一下,这是她们小时候就养成的习惯,然后又彼此拥抱。朱颜回身的眼神碰到了朱妈妈,朱妈妈年纪大了,眼神里更多的爱意张扬出来:"看我的两个宝贝女儿,她们多棒,朱莉有了朱颜,朱颜有了朱莉,我这个妈妈就放心了。"朱妈妈的眼角湿了,朱莉和朱颜都拥抱了她一下。

因为有陌生人,大家都很拘谨,安安静静地吃饭、喝酒。我和朱莉喜欢喝银城的原浆啤酒,我们故意把酒瓶子碰响,引诱朱妈妈说些话。

朱妈妈懂我们的小心思,她把朱莉介绍给她身边的两个人:"朱莉,我的小女儿,大学毕业回来了,回到我身边来了,盼了好几年,可她不一定想我。"

朱莉高喊:"当然想,世界上谁都不想也会想你的。"朱妈妈身边的韩国男人冲着朱莉竖了一个大拇指,朱莉和我就觉得他不那么陌生了,他还说了一句祝福的话,但我们听不懂。我们听到每个人都在祝福朱莉回来,仿佛回到家是一个人最绝佳的选择。

朱妈妈说:"这是金先生,在韩资服装厂退休了,韩国人,但祖籍是这里的。怎么说呢?我的'老朋友'吧。"朱妈妈停顿了一下,继续说,"他的家在中心街,是我的主意,把他拉到咱们家里住,反正我们都是一个人。"

朱颜和朱莉都相视一笑,她们竟然同时起身,敬朱妈妈和韩国男人喝酒,这意味着她们如此轻易地接受了朱妈妈的老年生活。朱妈妈把更多的爱意洒在两个女儿身上,她们太懂事了,总是能善解人意。

朱颜介绍了身边的其中一个男人是银城地税总局的李彦副局长,年轻有为,上午到他那里办事情,中午便一起来了。那个迟到的男人叫姜南,是她的男朋友。朱妈妈惊喜:"他就是你说起过的姜南?"姜南腼腆极了,脸色竟然红到耳根儿。朱莉大嚷着:"我姐夫?"我也大喊:"我姐夫?"

整顿午餐微妙极了,人们一下子就成了一家人。银城人就是这样,熟络起来就一分钟的事,所以,在银城的世界里到处是熟人。我们每个人都轻松起来,就像一个人独自安静地享受咀嚼食物的快感。我发誓从小时候第一次在她们家吃过一顿晚饭后,我就觉得这是人享受美食的一种完美标准,它超越了家常吃饭的意义。

直到最后大家吃果盘,朱颜才告诉我们:"妹妹,你下个周一就去税务总局报到,那里已经有了你的李彦朋友噢。"

李彦严格遵守着中午在职不喝酒的规定,他端了一杯水祝贺朱莉。这是朱莉没有想到的,应该是在场的人都没有想到的。她回敬了李彦,又跑到朱颜的跟前紧紧抱着她不放,我感觉到朱莉对朱颜的谢意,就像心绞痛一样。

我和朱莉没有重新回到家里的书房,其他人都被我们陆陆续续喝走了。他们都充满善意,留下我们俩喝得像头猪,我后来只记得朱莉揪了我的耳朵:"我们做王小波那只特立独行的猪!我爸以前跟咱们说过的。"我的耳朵一下子就烧着了,我说:"是朱爸爸说过的,还有,我接到你电话的时候,我的耳朵就这样着火,还有,我七年没有了灵魂,你回来了,我的灵魂就回来了,还有,你猜不到,我在银城行走了七年,还有……"她好长时间才有了动静,她说我是傻瓜。

■ 再见，朱莉

朱莉到税务局做了一个科员，工作清闲，但她刚到新单位要装作很忙的样子。我也重新回到铝厂做我的化验员，只是，我不再到大街上漫无目的地溜达了，不再像个鬼一样在深夜走路。我和朱莉每周见一次面，没有看出她有什么异样，但是，她在不到三个月的时间里就辞职了。这在小县城里就像做了伤风败俗的事情一样重大。我周末放假的时候赶到她家，朱妈妈的眼睛红了，那个韩国人也出来迎接我，但他们目送我爬上二楼的楼梯，把无助的眼睛盯在紧闭的门锁上。

"我知道是你，只有你爬楼梯要把楼梯踩塌，你是个女孩子，为什么走路那么重？"朱莉在门里开了锁，我回望了一眼楼下的两位老人，得到一种支持和责任，迅速闪进去，把门锁好。如果我不这么做，朱莉也会这么做的。她太像朱爸爸了，从不解释缘由，对自己、对外界都不需要解释，在他们那里，好像事情做了就是做了。

我们聊了很多往事，却一直没有碰触这个辞职的问题。我笑她还没长大，要么就是大学没有培养出她坚强柔韧的社会性格。我们俩躺在地毯上，两只脚掌蹬在书架的底部，她说："秦丽，1996年的时候，我们太单纯了，初中毕业非要继续上高中、考大学，不然，那时流行找关系我们就都可以进地税局上班了，我和今天有什么区别？你就不用在铝厂做什么化验了，闻那些化学药剂，将来你再不能生个儿女，我的责任可就大了。"

我开始自欺欺人："那不是高中生活压力太大了吗？我不就做了

逃兵吗？逃兵能在工厂做化验员的下场已经很好了，我知足。"

"那你七年天天暴走银城大街干什么？"

我知道我们谁都瞒不了谁，就像我已经知道了朱莉辞掉地税局工作的原因。她继续说："我上了大学，回到银城，银城仍然是需要找关系，而且又进的是地税局，这是不是很讽刺？好像那七年的时间被偷走了。"

"那不一样的。不过，你可是对不起朱颜了，我从小就羡慕你，你的生命里总会有一个人时时刻刻装着你，你这个人终生不会明白'孤独'的意味。"

"你真这么觉得？那你觉得那个叫李彦的怎么样？你觉得朱颜怎么样？你觉得我怎么样？你觉得我妈妈怎么样？你觉得死去的朱爸爸怎么样？你觉得你怎么样？"

我明白事情没有那么简单了。我坐了起来，听到朱莉从地毯上发出声音："我感到背后总是有人。"

"从我小时候认识你，你就跟我说过，你背后总是有人，当然一直有人，你姐姐，朱妈妈，当然，还有我。"

她也坐了起来："我感到背后总是有人。"

四

朱莉搬到了我的职工宿舍里。她家在城市的西南，而工厂都在东北，这样，从物理距离上她离家遥远，心理上有离开这座城市的错觉。没几天，朱颜就找到了朱莉。她不但没有责备朱莉，还给她带来了几套裙子、床单、枕套、拖鞋，几包真空肉干，东阿阿胶，几本朱爸爸书架上的书，每一本内页都有朱爸爸自己的收藏印章和时间、地点，连卫生巾都没有落掉。当时我们正在宿舍里吃午饭，食堂里都是每顿两菜一汤，我俩挤在床头的小桌子上吃白菜粉条豆腐，朱莉一点都没有嫌弃不好吃，她喜欢跟我一起挤在单人床上，就算是热得浑身大汗变成一条鱼。

朱颜第一眼看到妹妹趴在小桌子上吃白菜，眼泪就下来了，但她什么都不说，把带来的东西放到床上，坐在床边等我们吃完。

"你打算住到什么时候？妈妈很想你，这事跟妈妈没有关系，你在外边四年了，刚回来，又离开？"

朱莉挤到朱颜的身边，把脑袋搁在她的肩膀上。这个肩膀和别人的不一样，她是一个女人的肩膀，但它宽出半个肩膀来，用来放朱莉的脑袋。朱莉说："告诉妈妈，我很好，过几天就回去。姐，我对不起你，很多年都对不起你，在这个家里，我最对不起的就是你。"

"你是我妹妹，永远都是。"

朱颜拍了拍朱莉的脑袋，那颗脑袋就离开了肩膀，脑袋看着朱颜急匆匆出门，她需要赶回市里上班。宿舍里的小夏在朱莉居住的那几天里，羡慕到去苛刻她的男朋友。她把朱莉姐姐对待朱莉的行为改造了一下,变成一个男人对一个女人应该做的行为,她甚至心生了嫉妒,对朱莉感到不满。这些都是朱莉走了之后小夏在宿舍里对她男朋友做的现场还原,我又是现场见证人。

也就半年时间,国家对大型污染企业做了新的环境保护规定,铝业加工产业被列入头号污染项目,银城肯定是逃不掉的。我爸妈早早就找到我,虽然我们不在同一个铝厂,他们在那个庞大的铝业加工群最古老最中枢的老厂区,而我在新建的一个小型恒信铝业加工厂,我们为中枢系统输送着铝锭这种粗加工制品。爸妈来的那天,我正在做化验,他们没有到宿舍里坐一会儿,就站在化验室前的草坪空地上说了几句。

爸爸一直慢脾气,但他这天说起话来思路清晰,还携带着已窥探到命运终结的胜算之力:"丽丽,消息都看到了吗?"

"是的,爸,不用……"

"丽丽,铝厂肯定无法上得起整套的污水处理设备,将来可能会定期关停一小部分机组,那样一定会有大量工人被辞退。"

平时妈妈就嫌弃爸爸慢得像一只蜗牛,无论行为还是说话都像,所以,妈妈一直像风,她把话抢过来:"到时候银城出现大量下岗工人,无业游民多起来,社会治安一定会出问题。"

"你们今天来就是为了让我回家?"

我看到妈妈把眼帘低下去了,她在寻找着什么可以遮挡颜面的东西，炎夏的炽热是从每个人的骨子里钻出来的，爸爸一直看着我的眼睛，他什么时候变成古铜色了？就像已经逝去的人被雕出的铜像，他已经死了？我把眼睛移到妈妈身上，她也在热烈的阳光里被劈成两半，狭窄的房檐把阴影打在她的另一半身体上。我突然发现自己是个浑蛋，如此吝啬而卑鄙，还在记恨着过去的所有事物。

我听到妈妈在说话，但我不能像之前那样冷硬，人的心太脆了，太用力就会碎，我把脸朝向化验室的玻璃窗，故意踮起脚尖向里面望，甚至装出满脸焦急。

妈妈说："你那个发小朱莉回来了？找时间请人到家里玩玩，你从小总是去人家那。"

"好。"

不知道是谁代替我回答了他们，曾经的暴走和沉默是我最强大的处事武器，我曾以为那利器会永远坚不可摧。爸妈走了之后，很快，那消息像细菌一样传染到我们这个小公司里的每一个员工心里，公司经理还专门在筑炉车间开了全公司的安抚会。我们站在八卦炉一般的筑炉车间里，浑身的油和汗被烘烤出来，我们一旦走出车间就会迅速干瘪。

谁也想不到经理在三伏天的筑炉车间里开全厂大会，凉爽的仓库、车间背阴的户外才是好地方，也许他为了让人知道这次面临的难题是无解的。他竟然还裹着一件白衬衫，保守地把扣子和领带系到了喉结上,我盯着他的喉结在钻进钻出领口时艰难地爬动,他说:"刚从总厂开会回来,消息属实。"他紧皱眉头用尽了全力把领带扯歪了,"处理污染问题会马上实行,处理方法会有很多种,不要听信谣言,公司会以工人为本的。"我们每个人仰着脑袋看看对方,又看看那个神通广大的大炉子,它有一个弯曲向上的脖子,突突突冒着白气,弥漫了紧紧相连的一个温度测量表,黑色的指针在白色表盘上哆嗦,永远不离千摄氏度以上的刻度值,我们隔着玻璃罩都看得一清二楚。反正当时,我们突然就看到了这个小小公司的好,以前没有危机的时刻就像个瞎子,可人有个臭毛病,只有离开的时候才能从失明中复明。

我倒是没有惶惶不可终日,仿佛自己根本就不是那庞大的水泥色工作服家族中的成员,反倒感觉自己是被释放的囚徒,我浑身连灰尘都卸掉了,几乎是飞到朱莉家里的。

我提前十五分钟出厂,希望错过呼啸的水泥色大潮,每天早高峰和晚高峰都要在城北和城南之间汹涌一次,傍晚的银城丝毫不会减损热度,老人们都说整个地球中心就是个大火炉,银城本来地底下也是个大火炉,照这样说银城好像是地球的中心,它在鲁西内陆平原,大陆性气候都这样夏季干热、冬季干冷,性格凛冽得很。

我骑着一辆电动车横跨城市中枢,顺道捎了四份驴肉火烧和四份炒焖饼,到三分之二路程的地方有个中心转盘,长在市中心街地势最高的顶端,我需要把车子推上高坡。此刻我突然有了一个立刻要离开

■ 再见,朱莉

铝厂的念头,因为我感到我开始衰老,我26岁了,26岁的女孩儿在银城还没有变成男人的女人或者孩子的母亲就已经老了,这不重要,重要的是我还没有真正开始我的人生。

我在别墅的小径上隔着大门喊朱莉,朱莉出来接我,她身后跟着朱妈妈。她说:"你不能太男人了,这么粗哑的嗓门儿。"闻到驴肉和焖饼的香气,她突然就改口了,"这还像个女人的样子,内心细腻又温柔。"

一下午,朱莉和朱妈妈都在客厅里聊天,能感觉到屋子里有忧伤的味道,也许她们难免会聊到朱爸爸。我们仨在餐厅里吃晚餐,朱妈妈说:"我和金先生想着回村子里去生活。"她看了看朱莉和我,我回道:"那也很好呀,年老了到乡村生活的人也很多,节奏慢,有生活味儿。"

"妈妈,你回到姥爷家住,那里也没有什么亲人,就那么一栋破房子,而且,村子里的人会不会……?"

"没事的,朱莉,那里有妈妈小时候的伙伴儿,人活着活着就回到小时候去了,自然的事。"

"秦丽,你是朱莉最好的朋友,有件事要你帮忙。"朱妈妈看着朱莉把驴肉卷饼吃成手撕鸡腿儿的感觉,她说,"你要帮我盯着她,不要让她再看什么书了。"

我和朱莉都停下咀嚼,感到这件事情突兀得很难看。原本她们用了一个下午的时间聊朱妈妈和金先生的老年生活,朱莉还准备趁这阵子没有工作,帮忙整理乡村的老宅。

"这不可能啊。"朱莉很无辜。

"是啊,我也觉得不可能。"我认真地附和着。

我知道书对于朱莉有多重要,我甚至想"改邪归正",从她回来以后,我要跟着她多读些书,拯救自己。

朱妈妈整个人突然就坍塌了,她继续端正地把腰身和肩膀挺得笔直,两只胳膊撑在餐桌边沿,但,她的确是已经坍塌。她接下来的话就像从另一个世界里传出来,她说:"朱莉,这么多年,你不要成为你爸爸,你爸爸越读书离我越遥远,我们坐在一个客厅里,躺在一张床上,其实就在两个世界里。我做了很多努力,像一个俗不可耐的女人一样照管他的生活,他的方法只有一个,就是给你一本书让你读,但我并不想读,我不想变成他那样被书吃掉的人。你们知道章鱼的,他后来就把我变成了章鱼,我每时每刻都想把触角伸到他那里去,我不知道一个用一辈子的时间不停读书的人,活着的时候到底还在不在这个世界上,我知道他早晚会去死,没想到,他撑的时间那么短。"

"你根本就不懂爸爸。"朱莉继续吃起她四年没有吃过的焖饼,"妈妈,你们不是一个世界的人,我也不是。"

"你想再让我怎么做?就因为他比我先死?"

"你以为爸爸是因为读书而死的?"

朱妈妈哭泣起来,我才突然想起那个金先生不在场,他已经提前回朱妈妈老家整理房屋去了。之前我拎着好吃的奔进门口的时候,朱莉在我耳朵边已经告诉我了,我并没有听清楚。看到朱妈妈流下眼泪的时刻,我第一个想到的就是金先生,我不知道我为什么没有想到朱爸爸。如果金先生在,也许朱妈妈还不会把这些话说出来,情境不会有什么变化。朱妈妈性格温和,但她会把积压的东西做一次集体释放,而此时正合适。

我想朱莉是善意的,一个人已经死去,活着的人就该走出来了。下班的朱颜一回来,家里的话题戛然而止。她把金先生的那份晚餐吃掉了,娇小纤细的身材,竟然装下了那么多吃食,而且她说她饿得发慌,中午灌了一肚子酒,胃气是满的,胃是空的。

朱颜比朱莉矮四厘米,骨架也比朱莉狭窄,长大之后,朱莉更像是小时候那个肩膀宽阔的姐姐朱颜,只要她站起来,就可以把朱颜裹在身体里。我们三个坐在客厅的沙发上看着朱颜狼吞虎咽,她真是饿坏了,两根锁骨就像自动晾衣架的两根铁钩,在她吞咽食物的时候急速收张。她就那么一小撮,她在我的眼睛里是突然变小的,我顿生酸涩,很想哭出来,为她身上潜藏着坚忍不断的品质,长在她那两根撑起的硬锁骨里。我不知道自己是不是病了,我似乎从来没有看见过朱颜周身有丝毫脆弱的地方,她一半是姐姐,一半是妈妈,这是从小就在西郊众所周知的事情。

"妈,朱莉刚回来,你就等等再回老家住吧,我们一家人总是没机会待在一起,就让金先生回来住。"朱颜把一个驴肉卷饼和一份炒焖饼全部吃光,来到客厅的饮水机前接水喝,她是一个忙碌的人,工作忙,生活忙,身体忙,脑子忙,忙是她生命中的常量,也是朱妈妈嘴里的骄傲。

朱莉也这么说:"是啊,妈妈,不要搬去老家了。"

朱颜挤过来,挤在朱莉的身边,她把脑袋靠在朱莉的肩膀上。我在朱妈妈的另一边用力挤着,透过朱莉的身体,从朱妈妈身上传递过来朱颜的体温,一个纯粹的女儿对妈妈的溺爱和被溺爱。后来,我和朱莉说起过这个微妙的感受,朱莉在外上了整整四年大学,朱颜是唯一在朱妈妈身边的女儿,而朱妈妈身边也只有朱颜一个女儿。

因朱颜的一句话,朱妈妈和金先生暂时打消了回老家生活的念头,这么多年,这个家终于完整起来。我也成为其中的一员,就像回到了小时候。我在下班时间和朱莉到银城三街六路上骑行,寻找合适的门头,她爱吃蛋糕,她有个开一家蛋糕店的梦想。

在路边休息的时候,她神秘地告诉我:"我要开一家蛋糕店,名字就叫'Tous Les Jours',可以做加盟。"

"多乐之日?"

"嗯,我喜欢它的法语寓意,每天每日,就像生活哲学。"

"那金先生可就再也不回老家了,你把他韩国的品牌蛋糕都搬到

■ 再见，朱莉

银城了。"

那天下午我们骑行一直没有停下来，运动短衫汗透，就像一张地图背在身上。我们过于快乐了，一直向西骑行，就像宿命，我们骑到了精神病院那栋建筑物前。银城精神病院在城北二十多里处，之前我从没去过那里。那扇门上有镂空的欧式铁艺，医院主体楼却是最简单的一组长方形和三角形组合，通向主体楼的是一条漫长而曲折的石子路，石子路弯曲的三分之二处有一个水塘和一个长到水中央的六角亭，总有种东西方审美被混淆的错位感，充满了救世般的仁慈和田园牧歌的混搭。几栋粉白色楼体不知被哪个设计师横竖捏合在一起，太随意了，让人产生错觉，好像来这里不是为了医治人的精神错乱，而是召回一个个寻求安宁的灵魂。

五

靠近金牛湖的新商业街南首有一家新商铺出租，不仅朱莉去看了无数遍，朱妈妈和金先生也在每晚的散步时间里到房子面前审视了好久，他们都喜欢一排商铺的排头，视线开阔，比夹在中间的房间大出好几倍。我也很喜欢那里，但我们都没有发现店铺与朱莉家那扇大落地窗的特殊关系。

朱颜在一天傍晚回来很早，从朱莉回到银城，她就努力推掉晚上的应酬，和一家人围坐在餐桌上吃晚饭。那天朱莉和朱妈妈、金先生都没有在家,他们竟然一起去了省城济南店学习烘焙,每天开车来回穿梭。我又一次提前下班,因为我已经感觉到工厂裁员那把刀很快就会架到自己脖子上,一些平日里多出的清闲岗位,比如门卫、仓库、打扫卫生、叉车司机、文员等都已经下岗。

朱颜一个人在家里,那天在天晶酒店见过的她的男朋友姜南,再也没见他来到家里,不过,他们已经把婚礼定在了十月一日。朱颜坐在一楼落地窗前,平时那是朱妈妈坐的地方。我刚进院子她就隔着玻璃窗微笑,手指夹着什么。

她在吸烟,初见朱颜吸烟,发现她很美,就像一种人格的突破,你清晰看到了她无所畏惧的另一面。我也搬了张椅子过来,和她面对面坐着,屋子里很清爽,空调开的时间不算长,仍有外界的余热充斥在凉气里,进行了完美的中和。

她一直都在向窗外看,金牛湖上被荷叶覆盖了一角,那两条沿湖而建的商业街让金牛湖像是活了。我也朝着那里望过去,碧绿的金牛山一角就像被窗口切下的直角三角形,没有什么值得用太长的时间来相望,倒是将来的不久,朱莉的蛋糕店会在那里开张,让湖水都散发出奶香。

我都有些激动了,感觉自己创业就像盘古开天辟地一样。她递过来一支烟,被我拒绝,她眼睛仍然没有收回到我的身上,和朱颜在一起就是如此,你再努力也无法打开话题。

"你看那间多乐之日蛋糕店,从这里正好能看得到它的三分之一,像两个童话世界里的雪房子靠在一起形成的夹角。"朱颜吸完一支烟说,"那是童话。"

我重新把视线抛过去,才看到朱颜所看到的,在山、水和陆地、森林之间,那两排双层商业楼就像虚幻的,我想象着蛋糕店灰绿色的横竖门框,它们之间被大玻璃窗衔接,里面原木色的货架和展台全部透出来,它们都像是透明的。

我说:"真像呢。"

朱颜自顾自笑起来,你永远不知道她所笑的内容:"世界既不是用来征服的,也不是向它屈服的,人们需要的是它们之间的自由,对吧?"另一支香烟在这个时候挂在朱颜的嘴角,她不是吸烟,而是玩味,玩味这个世界,嘴里冒出青烟来,世界就会呈现一副模糊可爱的样子。

"我妹妹经常给你讲自由,是吧?"在烟雾中的朱颜会褪掉一层坚硬,眼神定在一个地方,忧郁便生长出来。

就一瞬间,我惊喜极了,某一点,她和朱莉达到了完全的重合,她露出她骨子里的东西,而我只有在朱莉的身上看到过。

她终于转向我:"你和朱莉是闺密?"

"这种关系真让人厌倦,人世间的情感缺失到何种地步,才需要这种概念来拯救?"她突然就变化了,变得很陌生。

我想:"估计是到了人毫无隐私的时候了。"

"没那个必要,把自己活成自己想要的样子,仅此而已,是吧?"

她似乎在古怪地陈述另一个人的话。她再也没看我一眼,我们就那么坐着,青烟冒了起来,她也没有多说一句话。她又变回了她的样子,看起来什么事情在她眼里都变成一根鸟羽。

朱莉和朱妈妈、金先生回到家已经晚上八点整,朱颜和我提前做了六道菜,我还显露了自己煮开水面的绝活。那晚饭做得很好吃,朱妈妈和金先生把热气腾腾的热情带回来,他们不停地和朱莉讨论今天学到的烘焙技术,连朱颜都兴奋得话多起来,她建议朱妈妈和金先生马上在家里开始实习,她做第一个品尝者。我把之前的朱颜忘记了,在温暖的家里多吃了半碗面条。

第二天,朱颜提出了推迟婚礼的时间,她说这阵子大家都太忙了,等妹妹的蛋糕店开业之后,还想跟妈妈多住上一段。这段时间她想做一件事,提前为朱妈妈和金先生把家里的老宅重新翻盖装修,将来说不定自己新婚也会回去玩一玩,她要一个与众不同的新婚。那段时间确实每个人都很忙,朱妈妈和金先生的所有精力都放在了蛋糕店上,那就像他们的第二春,尤其是朱妈妈一辈子做家庭主妇,她到了六十多岁才发现女人做点小事业仿若重活了一回。

在蛋糕店开业的前夕,朱莉到铝厂去看过我。我们在宿舍里单独聊了一个下午,她说她申请了青年创业项目贷款,是无息的,朱妈妈把别墅的房产证给了她,朱颜还付了一部分自有资金作为证明,算作一

■ 再见，朱莉

份股股。她还是像小时候那样说起话来没有波澜，所有的事物都是透明的，这让我丝毫感觉不到压力的存在。

她对我说："秦丽，我总觉得我身后有人，你相信我。"她的眼睛里有了乞求，我知道那一定是真的。她说："现在银城铝业基本都在裁员，肯定是必然要经历的过程，铝厂已经进入了环境污染治理的时期，在金钱和环境的角逐里，人们早晚会发现一种'代价'，从要金钱滑向要环境只是时间问题。"她觉得特别口渴，宿舍里有个嗡嗡叫的小电扇，就在我们俩趴着的桌子上，我把几个大杯子装满热水放在电扇底下乘凉，所以，我们一直被热风吹拂着。

朱莉喝光了第三杯温水。"这是西方工业革命已经走过的路。将来工厂肯定要循环每隔一定时间停掉部分加工车间组，降低粉尘排放量，银城会重新恢复明亮的太阳和蓝天。但是要付出的代价是大量工人下岗。"她盯着我，"你和我做蛋糕店吧？"

"好！"

我似乎一直等待着朱莉的到来，听她一番专业的分析，然后帮助我敲下最后一个暂停键。最近焦头烂额的土灰状态一下子明朗起来。我想过多次我的未来，辞职书在经理的筑炉车间会议的当晚就写好了，我只是犹豫着没有写下辞职的具体时间。

又是朱莉救了我，我也学着朱颜的样子，嘭的一声在她的额头上吻了一下。朱莉却惊恐得浑身一颤，除此还很极致地厌恶，仿佛抵达了她忍耐的极限,她从嗓子里切出来一句话:"再也不要这样做!"

我在第二天早上就辞职了,经理也似乎守株待兔很久了。所以,他签下批准辞职的时候,我看到他吐出了轻松的烟气,他这阵子火气也大,烟气里有很重的口臭。他对我说:"还是你看清了形势,祝你好运!"

一早上,小夏都在小心翼翼地帮我整理衣物。前一天夜里,我潜入家里,给爸妈留了一张写清我近期状况的纸条,把我从上初中到高中使用过的两个大小不一的行李箱取回来,看上去就像要远行,实际上我只是从银城的城北搬到城南金牛湖商业街。

小夏觉得自己实在插不上手,缩在床角盯着我的一举一动:"应该不会那么糟糕吧?"现在铝厂的每个人都心慌意乱,不知道哪天下一个通知,告诉自己是那个被第几批辞退的人。我安慰了一下小夏,故作轻松的样子,在我杂乱的物品间跳跃,不过,那一刻我实在是轻松无比:"不用忐忑了,我走了,你就是化验室的顶梁柱,你听说过有拆除顶梁柱的吗?"

小夏哭起来了:"你要是走了,谁和我对桌对床呀?谁取乐子呀?"

"你那个男朋友。"

"我们十月一日要结婚了。"

"真好!现在就口头祝福,结婚时一定到场。"

我回应着小夏,能看到小夏被爱情包裹着像一颗蜜枣。可我同时看到朱颜的身影,在家里没有人的时候,她独自坐在玻璃窗前的难解模样,我可能还自问了一句:"朱颜本来也要十月一日结婚的。"

小夏帮我拉着行李箱到厂大门口,她追在后面:"你说什么?"

"没什么。"

我提前就叫了银城的"4个4"出租车,它们就像银城的滴滴车,你就是在月球上它们也能开到你面前,把你送到你想去的地方。于是,我几乎没有逗留几秒钟时间,就离开了小夏和工厂那扇红漆大铁门。

六

多乐之日蛋糕店开业这天是个神奇的日子,仿佛一切都是安排好的,它的前一天和后一天都在下雨,中间就间隔出了一天晴朗的天气。早晨多少还有些阴沉,但十点开业剪彩时阴云便散去了,朱莉主持着整场开业典礼。也许,多乐之日是整条金牛湖商业街开业典礼最隆重的一个,大部分店铺都不会请来这么多各阶层的人。除了济南店的经理,我的爸妈、小夏、邻近的商铺老板们和收到开业传单的顾客们,我还在一次到老商业街采购时碰到了高中同学江平安,要说也只是高中两年的同学,高三我就逃学了。他竟然还记得我,他已经是银城公安局的一个新警察。我实在找不到可以撑撑门面的人,虽然我知道朱莉很厌恶这一套,但商业和她的书本完全是两个世界。朱莉没有拒绝任何人参与进来的意见,比如朱颜认为场面要轰轰烈烈,剩下的全部是朱颜请来的工商、税务、企业的各路神仙。

朱颜给各路神仙发了一把大剪刀,让我在现场专门增加了两个大红绸花和两把备用剪刀,不过,这一次朱颜对了。临时确定能来开业现场的又增加了两个人,其中一个就是地税总局的李彦,他异样的眼神一直盯在朱莉的身上,令人厌恶。

鞭炮炸响的时候,八把大剪刀同时大张大合,我妈妈在台下竟然流了眼泪,她终于可以看着自己的女儿有个像样的事做,她不用再日夜担心女儿被铝厂辞退后会重新把银城的各大街道走一个遍,爸爸也如释重负,盯着我身边的男同学总想打听点什么。

典礼一结束,整场品尝会将持续一个下午。我们备了各式糕点,切成迷你小方块,开业之日所有听到开业消息的顾客都可以来免费品尝。我把爸爸拽到一边:"爸,我身边那个是我高中同学江平安,现在是银城公安局的警察,你不用再询问人家,你女儿爬不上那么高的楼梯。"爸爸笑呵呵地瞄了我一眼,回到妈妈身边去了,妈妈正和朱妈妈、金先生聊天,他们品着糕点,喝着咖啡、奶茶等各色饮品,述说着这么多年未见的时光中各自的生活。

我准备离开我的同学去找朱莉,江平安递过来一块儿慕斯:"她们是姐妹俩?"我接过来慕斯点头,在人群里寻找着她们。朱莉正独自一人靠在书架旁用牙签插小甜点块儿,给新来的顾客分发,而在人脉圈儿中穿梭的是朱颜。

"那个是姐姐?"

我看见朱颜已经从一小撮人群中移到了另一小撮人群中,人就是这样,同行业的到了公共空间里还是习惯聚在一起,就像一群贴有同样标签的人。

"警察的有色眼镜真是厉害。"

"姐姐不是个简单的人。"

"我也看得出来。"

"银城这么小,就是个大网,银城有银城的人情网。"

他就像个老到的社会人,刚刚参加工作就像全身结了茧。我突然想到朱莉,问江平安:"你不认识朱莉?她也是银城一中的,是四班的。"

"有点印象,总是钻在书堆里,还总喜欢走路时也抱着一本书,是她吧?"他喝了杯咖啡说,"改天再和你们多聊,我先走了,有事打电话。"江平安冲着朱莉晃了晃手。送走江平安,我在门口站了一小会儿,脑袋里闪过"姐姐不简单"那句话,但我瞬间就忘掉了。

来店里的顾客越来越多,我去找朱莉增加一些试吃甜品。朱颜已经把四通八达的关系网先稳固了一圈儿,继续领着我们到每一个圈儿里打招呼。

李彦专门给朱莉接了一杯咖啡,朱莉没有去接的意思,她躲开他的视线给身边的顾客拿杯奶茶。我接过李彦的咖啡,他对我说:"有点意思,铁饭碗不要,自己开店当小老板。"

"我妹妹小时候就有这个梦想,她最爱吃蛋糕,自己开个蛋糕店,方便。以后李局长有需要的也方便。"不知道朱颜是怎么就立在了李彦的身边,朱颜跟李彦碰了一下咖啡杯,李彦说:"我倒是有个建议,以后店里上些高档红酒,西点怎么能不配红酒?"

我看着李彦这个中年男人的大肚腹在一杯咖啡进肚后急速膨胀,充满邪恶气息的样子横扫蛋糕店并不宽阔的旋转道。一定是朱莉辞掉地税局工作抹了他的脸面,他狭隘的心思一直装到现在。

我对他说:"好意见,李局,后续红酒会逐渐上货,都在计划中。"

"好,等着那一天。"

李彦说完就走了,朱颜把他送出店门,回来后继续和我们寒暄那些人,朱妈妈、金先生和我爸妈也帮着给进店的顾客们分甜品。奶香、慕斯和水果、咖啡混合的味道穿梭在人与人的缝隙中,这是唯一一天在我们身边晃动着如此多的人,我们需要寒暄一个下午不停歇。

我和朱颜、朱莉闻着糕点的香气,端着它们走来走去,觉得它们弥漫到了金牛湖和金牛山上。我们同时想到朱爸爸,但我们保持沉默,朱爸爸肯定很开心,要是他活着,可以到蛋糕店来读书。

朱莉在蛋糕店里特意安放了一小排书架,把朱爸爸的书搬来了一些。在临近傍晚人群散去的时候,我们坐在休闲椅上休息,我们仨围在一张桌子周围,像我们小时候趴在她们家一楼的大茶几上写作业。

投射进来的微弱阳光在我们的皮肤和桌椅上跳跃,我看到朱颜平和的眼神滑过朱莉,朱莉没有去碰触姐姐的眼睛,她巨大的爱意就像一张网,网住朱莉生活的任何角落。

朱颜说:"银城有银城的人情网络,有自己的一套社交规则,从一个家到一座城。妹妹,你还没有搞懂这个世界呢。"

朱莉和朱颜对视了一下,仿若两个世界的人,她们的眼神永远无法相交。然后,我们都朝着家的方向望过去,看到了共同居住的那栋别墅,在它周围陆续建起的别墅群中,它老了,它和它同龄的几栋别墅都老了,斜阳里的余红让它们发散出生命最极致的一跃,即便如此,在年轻楼群的包围中仍像需要拔掉的木楔。

第一个"多乐之日"的夜里,朱莉没有回家,朱颜回家陪朱妈妈和金先生,朱莉的兴奋和快乐情绪才表现出来。我从铝厂出来就搬到蛋糕店二楼的一间杂物间,有一个小窗户,我站在那里可以看到对面模糊的朱莉的家。朱莉和我都看过,觉得这样真好。

她和我挤在一张单人床上,就像我们在铝厂宿舍里一样。深夜里,我们俩又爬起来坐在店门口的台阶上,夜色纯黑,星星都被铝业烟尘覆盖,别墅群明亮起来,隔着金牛湖与这条商业街遥相呼应,原来有这么多同我们一样热爱深夜的人。

我们聊到凌晨,那是在多乐之日仅有的一次交流。朱莉说:"我觉得我几乎看到了自己的家。这样的画面,我每天都可以看到,我家一楼那扇大落地窗,我妈那个躺椅一直在那里,二楼我爸的那个躺椅也在窗口,他们俩其实每天几乎都坐在一起,只不过不在同空间的同一个位置。"

她冲着我笑了笑,我在暗地里能想到她纯然的笑,就像从朱爸爸脸上扒下来的。我也笑了笑,我知道朱莉也看到了我,我的笑是从心里冒出来的,我为自己打开一种新生活而笑,所以,我又感谢了朱莉。朱莉讽刺我虚伪,我说:"虚伪有时候比真实更真实。"她严肃起来:"我相信你说的,不过,谢谢你秦丽,一直陪着我,无论以后发生什么,我希望你能相信我。"我们就此一直坐到天亮,在太阳升起的时候为生活拉开另一个帷幕,我们就和深夜之中的我们不同了,我们换上糕点店的统一服装,早早整理昨日的残余。

朱妈妈和金先生每天都来店里帮忙,我们一起穿着咖啡色和白色相间的服装,戴着卫生帽,穿着小白鞋,像在儿童乐园里游乐。朱颜把她那些关系客户介绍来,他们大都是团购一些糕点,那些日子我们每天被那些白色团购清单催着走,甚至飞翔起来。金先生尤其对朱莉偏爱,说朱莉就像年轻的自己。朱莉白天做糕点,晚上回到家里趴在书房的桌子上读书,她读那些从未涉猎过的《会计法》《统计学》以及《食物美学》等书,她说理论先于实际,剩下的就是到这个小小蛋糕店里做实践。

朱颜从开业之后便不常来店里,她和姜南回到了三十里铺村子修

■ 再见，朱莉

建老宅。破土动工之后，一个摸不着边的亲戚来银城时寻找过朱妈妈，在蛋糕店里对着朱莉夸耀："这就是那个大女儿朱颜？既有能力又有孝心，村子里没人不说这孩子十全十美的。"

朱妈妈为亲戚准备了当日的蛋糕和蛋挞："这是小女儿朱莉，刚大学毕业回来，喜欢开个蛋糕店。"

亲戚把蛋糕的甜蜜都挤到脸上，慌忙改口："是吗？都大学毕业了？都是十全十美。"

亲戚一直憋到临走才说出真正的来意，她虚弱地问朱妈妈："你小女儿这里招工吗？"朱妈妈无法做出回答，银城太小，多乐之日就显得有些大，银城的人严肃地吃主食，蛋糕这种零食也只是偶尔的吃食补贴，不知道将来的生意能否做到需要雇用一个人。亲戚朝着工作间里望，奶香从那里涌出来："要是在这里上班，不吃东西也会胖，还会粉嫩嫩的。"

朱妈妈依然没有回答，她也朝着工作间里看了看，我和朱莉、金先生正在那里制作蛋糕，慕斯、戚风、草莓面包，都是店里必备的品类。我们忙完手中的活才出去和亲戚聊天。

那天亲戚走了之后，朱妈妈在晚上和朱莉重谈了一件事，朱妈妈说："将来这栋别墅是你们姐妹俩的，我们回到村子里的老房子住。"

朱莉态度坚决，她也许早已有自己的想法："朱颜为这个家付出了太多，应该给姐姐。"

朱妈妈开始绝望:"你和你爸爸一样,什么物质都不需要。对,他总是叫房子、车子,连他身上的衣服都叫物质,你们根本没活在这个世界上。"

七

十一月七日立冬,多乐之日蛋糕店刚好营业三个月。进入冬季过生日的人仿佛多起来,我们大部分时间都在根据时间表提前订制生日蛋糕。因为立冬,朱莉和我在傍晚关了店门,回到我家里吃饺子,以防冬天把耳朵冻掉,这是银城古老的习俗。我没有去朱妈妈那里,我认为我必须回到父母家去,和他们一起包一顿立冬饺子。朱莉为我爸妈备了一个10寸的寿喜蛋糕,还在上面做了一对儿巧克力人形伴侣,是中国传统唐装的塑形。

妈妈显然是为了遮掩尴尬,在切白菜、猪肉时显得更关心朱莉,一直询问着她的事情。妈妈问:"朱莉的姐姐怎么改结婚时间了?"

"说是事情太多了,等蛋糕店步入正轨了再说,而且,他们忙着修三十里铺的老宅子,朱妈妈过段时间想回去住。"我知道妈妈问话的用意,她在催促我,在银城这样小小的弹丸之地,二十多岁还不谈婚论嫁是很危险的事情。

爸爸也来一起包饺子,我们三个终于聚在厨房的白炽灯下,组成一家人,来迎接一个传统的节日。妈妈学会了欲言又止,她不再像过

■ 再见，朱莉

去那样唯我独尊地喋喋不休，她开始柔软下来，关注我微妙的变化。我跟朱莉学会了沉默，其实是为了让自己感知周围的真实。爸爸不说话，看得出来他很安心，在全城铝业缩减人员的情形下，他女儿提前一步给自己找了出路，他下岗了，可是，他已经到了退休的安全年龄。

立冬的夜里，我们一家品尝着多乐之日蛋糕，吃着预防寒冬里掉耳朵的饺子，我给他们讲述了多乐之日这个名字的由来——每天每日——像新生活一样新鲜。他们都喜欢"每天每日"，这是银城人秉承的生活本质。有几年没有一起过立冬了，我们三个从未这样客气过，我们给彼此夹饺子，三双筷子在歪曲的路线中碰撞起来。那一夜，我陪着父亲喝了几盅白酒，就着饺子，妈妈也喝了一盅酒，酒弥散着麦香，我重新感到家的温度。

次日早上，我错过六点的上班高峰期，更早些便赶回店里。多乐之日蛋糕店灰绿色门框被涂成鲜血红，大玻璃没有一块儿完整的，店里的原木装饰色吧台、柜台几乎裸露在外，蛋糕店突然就失去了一种屏障。大量展柜里的蛋糕被扔掷得到处都是，它们粉身碎骨。我站立在面目全非的店面前，瞬间想到同学江平安。

江平安到来的时候嘱咐我："我是以私人身份来的，这个片区的案子不是我负责，需要上面安排。"他站在店门前，从房子空荡的框架里望进去一览无余，一片狼藉，他说，"够狠的！"

我给朱莉打了电话，然后看到太阳升腾起来。铝业加工区已经实行了轮班制,这和一个工厂里轮班二十四小时不停歇生产刚好相反,一部分铝厂开工时,另一部分停产,所以,银城的太阳恢复了明亮,阳光从蓝色天空倾泻下来,每一个角落都为此振奋。多乐之日的英文字母和标志招牌在门庭上吊着,一部分垂到地面上,还有一部分碎裂在台阶上,都被照在阳光里,四处遗留着光线的跳跃感,似乎反照出作案人在打砸的快感中几乎飞跃的姿态。

我嘟囔着心口疼,江平安说:"王勇家电商行知道吗?前几天夜里也遭打砸,作案的人没偷走一台电视样机,全都砸烂。"

他问了一下:"你没事吧?"

我做了三次深呼吸:"你是说报复社会?你是说同一伙人干的?"

他说:"不能直接确定,他们在用暴力泄愤。"

随后,他告诉我:"先别让任何人进店,保护现场。"

我没来得及问清"他们"是谁,朱颜先赶到了,她的车还没有停稳,脑袋便从车窗里钻出来,她在火辣辣地咒骂:"肯定是那些下了岗的工人,突然成了无业游民,破坏欲最强,不是他们还能是谁?"

她下了车,空荡荡的商业街上立刻引来很多商户,他们好像是突然围过来的,聚在一起指指点点,立刻发出叽叽喳喳的鸟叫声,但依然显得空心一样。她瞬间关闭车门撼动着整个现场,案件的真相已经被她点破:"生活无望,愤怒向哪里发泄?盲目地找个经典的店铺砸一砸。"

■ 再见，朱莉

我从朱颜的身上移开视线后，才发现江平安已经走了，他发了条致歉的短信息，外加一句：这个现场和王勇家电商行的现场不一样，从里到外连门面都砸了，说明想彻底毁了什么。当然，这是我的推断，片区警察很快就会去。

朱莉、朱妈妈、金先生和警察同时到店，但，是朱颜报的警。显然，那个警察和她熟得很。警察的套路也一致，他嘴里说着调取附近监控录像的话，这是电影中最普通的作案人也会想到的。但是作案人先把街附近的监控全部破坏掉，可以更加肆无忌惮来增强愉悦性。他们甚至脚上还穿了塑料袋儿之类的东西做到无痕。

朱颜问警察："听说前两天夜里，王勇家电商行同样遭到打砸？"

警察警觉地摇摇头又点了点头，没有再说什么。警察在店里做着各种现场检查、采样，又是询问朱莉的人际关系，排查出有矛盾的怀疑人。朱颜又一次体现出了做姐姐的担当，她在所有人之间自如穿梭，为朱莉和朱妈妈挡下了突如其来的一切事情。我们几乎没有必要到警察局做简单的笔录。

进入冬季的银城是干冷的，任何事物都在被逐渐冻裂。朱妈妈每年的心血管病在冬季都会复发，她在看了一夜间莫名其妙就化为乌有的多乐之日蛋糕店后，晕倒在店门前拥挤的人群里。这些日子，我和朱莉只得陪在医院里。朱妈妈在一天傍晚朱颜来看望的时候又一次郑重其事地谈了一件事，我准备从屋子里逃离出去，被朱妈妈叫住了，她对我说:"秦丽,你们三个从小一起长大,你不用走。"

自从朱莉大学毕业回来,她发现自己一直难以真正进入这个家,这是她在后来的日子里反复跟我说起的。我看着朱妈妈身边坐着两个女儿,突然发现在这个小县城里有些事情其实是无路可走的。

朱妈妈半坐起来,一手捉着一个女儿:"我以前说过了,我们家那栋别墅是你爸爸留下的,等过了年我好了就到三十里铺老宅住,我喜欢那里。"她看着朱颜,"那栋别墅也旧了,你和你妹妹各一半。秦丽也在这里,算是见证的人。"朱妈妈喘了几口粗气,她施爱的能力在减弱,就像她弱下来的呼吸。

"妈妈,别说了,我已经说过我的决定,全部给姐姐。"朱莉并不想开始这种对话,她面向我,"我和秦丽会重新开始的。"

"你拿什么重新开始?你那些青年扶持资金都耗尽了。"朱颜的胸腔开始鼓动,"绝不是那些无业游民干的,我一定要查出来。"

"姐姐,别墅我不会要,这些年你付出得最多。"

"重新装修的钱我来出,可以用这栋别墅中属于你的那一部分做抵押。"

"好。"

朱妈妈说:"你是姐姐,你怎么可以在这个时候说这样的话?"

朱颜:"妈,那你想让我怎么样?"

我独坐在那里不知所措,我看到朱莉一无所有。

■ 再见,朱莉

■ 250

朱颜就像一座活火山,她透明的胸口里涌出岩浆,炽热而潮湿:"妈,我问你一句,你是否想过一件事,'嫁出去的女儿,泼出去的水',如果我出嫁,你会像银城所有父母那样把所有家当留给妹妹?"

朱妈妈的眼泪填满眼睛,迅速淹没她微弱跳动的心脏,她无法发出丝毫声音,被朱颜突兀的想法吓坏了。我跑去叫了医生,朱妈妈才及时被救活。我奔跑在医院走廊的那一刻突然特别想念我爸妈,似乎躺在病床上的不是朱妈妈,而是我的父母,我终于真正理解了爸妈和孩子的关系。我又一次对朱颜另眼相看,她娇小的身体里包裹着一颗强硬的心。看着朱妈妈紧闭的眼睛平和下来,我们在那一刻,都险些死于一种隐秘的利器。

蛋糕店被砸事件一时轰动全城,它和前后连续的两起打砸事件并称为"11·7",以第一起王勇家电商行被砸日命名,最后一起是一家自行车商行。媒体这样透露了它三连环的目的:铝业经济萧条带来的社会动荡,下岗让剩余劳动力过度释放到社会,小小社会骚乱被制止在萌芽期。11·7事件被判定为同一伙下岗无业游民所为。除了银城电视台新闻频道闪过一条结果,那则消息被灰溜溜地夹在一堆五花八门的小消息中,语言是纯正的报纸消息的简洁风格,带有毫无感情的胜利感。有一则消息在《银城晚报》一版各色小新闻和招工启事的小方框里,长方形黑线条,三言两语的结果。我把它剪了下来,塞在自己的皮夹里保存着。

那年的春节我和朱莉都很忙碌,我们重新补修了多乐之日蛋糕店的店面。我问过朱莉:"为什么你放着好好的地税局的工作不做,辞职自己开个小蛋糕店?毕竟已经不是八十年代下海大潮的时期了。"

我难以抵挡朱莉那种无所谓的劲头,她说:"你后悔了?"

"我后悔那天夜里回了家,我想看看那些砸店的坏蛋长什么样。"

我们俩通常一起坐在蛋糕店二楼我居住的那间小杂物间,那里是唯一没有被破坏到的,也许它仅仅是一间无足轻重的杂物间,被那些人轻而易举忽略掉。那张单人小铁床的床头依然靠着窗口,窗口紧闭,我们俩挤在窗口前,隔着玻璃向金牛湖对面望。即使冬季寒冷让玻璃上结霜,或者我们的呼气会遮盖住玻璃,但我们还是能看到对面家里那一整扇落地窗。除去铁门,它占据了一楼几乎一整面墙壁,它那么巨大,仿佛向所有来去的人宣示它巨大得不可侵犯,巨大的内里和外面都可以看到对方。所以,我和朱莉都看到了坐在别墅大玻璃前的朱颜,她一定也看到了我们。

八

朱妈妈没有等到回老宅的生活,她在正月十六那天离开了我们,急性心梗带走了她,这让朱莉无法承受。朱莉在随后一个月内到蛋糕店和我一起居住,而金先生就是一个匆匆的过客,重新独自返回他在银城中心街的家,那里一定是空荡荡的。空荡荡的还有朱妈妈留下的

■ 再见，朱莉

■ 252

这栋别墅，硕大的别墅里就只剩了朱颜一个人，那里的全部都是属于她的。

朱妈妈被埋在金牛山的北山墓区里，她和朱爸爸重新住在一起。朱妈妈老家的新宅院已经竣工，姜南几乎每天抽时间从银城跑来盯着工期，就像在准备他和朱颜的婚房，可以想象，它的崭新和阔大在窄小的村子里就像误入歧途的人。即使从房屋面积、房屋特点都是遵循三十里铺村子的集体规划，但，村子里的人一眼就看出了不同，他们把眼眯起一只，另一只用来窥探，发现朱家的新房比规定的要高出一根手指，宽出三根手指，这些被忽略的细微差异在村人眼里却是巨变，但他们都装在心里。从朱颜第一天开着发光的路虎驶进村口，停在朱妈妈家破旧的老宅前那一刻起，村里的人就决定任由这房子出些偏差。

我们在给朱妈妈过"五七"的时候顺便回了一趟老家，那栋新房和其他房子一样都是红瓦白墙，并不因为崭新就会与众不同。姜南和村人们在村口等候聊天，他比我们第一次见面时黑而结实，我常常有种错觉，似乎姜南就像朱颜阴影下的一丝光若隐若现，这是我见过的最为冷淡的爱情。我们在房子前转了转，朱莉没有进屋，她一直站在红色铁门外，看着朱颜和姜南走进院落和北屋，他们是这里的主人。

多乐之日蛋糕店重新开业，但朱莉拒绝朱颜的做法，她第一次拒绝朱颜。按照朱颜的意愿，开业要比第一次更加隆重，可能会有现场主持外加些歌手驻唱，姜南说要放些响亮的鞭炮和烟花去去晦气。

朱莉说："多乐之日的主人是我，属于我的那部分别墅足够还我欠你的债。"

所以，开业那天就像平常一样，似乎之前的打砸遭遇并不存在。朱莉还增加了提前订购、送货上门的服务项目，发在银城电视台新闻频道的滚动条上、《银城晚报》的消息栏里，把印好的传单放在各个小区门卫那里。我知道朱莉喜欢这种日常的感觉，她安安静静地制作慕斯、戚风和蛋挞，商业街上的人流在一大早就从店内外流动起来。

那天，我们一直忙到晚上九点，朱莉准备今天回到家里去拿些书本和换洗的衣物，以后就居住在店里。我做些收尾的工作，把店门锁好，重新躺在二楼小杂物间的单人床上，无法入睡，细数着这些日子发生的事情。银城下岗潮早已开始，你会感到整个城市内部慌乱不堪，失业的人顷刻间迷茫无度，在这个小小的城里，每个人背后背着一个或者更多的家庭，就像错综排列的多米诺骨牌，稍微一阵轻风就可以吹散一切。朱妈妈终于找到了朱爸爸，但她需要付出的代价是与两个女儿分离。我重新想了一下多乐之日蛋糕店被砸的事情，还是朱颜找到了负责案件的警察熟人，可是，结果那么草率、那么有力又轻描淡写，三个事件之间甚至是种古怪的矛盾。还有朱颜和朱莉，那座被新建起来的乡间宅院和陈旧的别墅，缺失了人的温度还会有什么意义？我从纷乱中进入梦乡。

不知道过了多长时间，是梦里还是现实，好像是敲门声，也许是电

■ 再见,朱莉

话铃声,我冲到一楼吧台里接起电话。朱颜慌张得语无伦次,我只听到"朱莉"和"精神病院"两个词,耳朵就被一片泪珠敲打在电话机底座的声音淹没。我说我马上就到,放下电话,我不记得自己是怎么从二楼抵达了一楼,我就势坐在吧台里的椅子上,回想"朱莉"和"精神病院"两个词的真实性,那的确是朱颜的声音,只是比任何时候都失去沉稳精干的味道,她竟然颤巍巍的。

这回是门被敲响了,我推上卷帘门。是的,自从被砸之后,我和朱莉在玻璃门外加固了一层铝合金卷帘门。我又打开玻璃门的锁,朱颜喘着粗气,我感到她浑身在跳动:"快,我们一起去精神病院看朱莉。"

她开着那辆路虎几乎是一脚油门便踩到了精神病院的大铁门前,我突然觉得来过这里,而且是和朱莉在一次骑行来到这里,那只是一次偶然。但,现在是为了朱莉。

我重新看到了这栋白色的建筑,因为起初那扇门上镂空的欧式铁艺最大限度地敞开着,所以,我忽略了以前看到的它。医院主体楼那简单的组装长方形和三角形,其中几栋粉白色楼体不知被哪个设计师横竖捏合在一起,真是太随意了,让人产生错觉,好像来这里医治的不是人的精神错乱,而是召回一个个寻求安宁的灵魂。对,这样的描述在曾经我和朱莉来到门前感受到的毫无差别,我和朱莉曾经在门前想到过"灵魂安放"的问题,可今天是真的以患者的身份走进了医院。

我不能再以过去的一幕作为参照,我紧紧跟在朱颜的身后,我们跟在医生的身后,匆匆绕过通向主体楼那条漫长而曲折的石子路,我连半路上的水塘和水中央的六角亭都没有看见,我一直想象着朱莉惊恐的模样。

朱莉在大喊:"我没有病,我不是精神病!"

在一条灰暗悠长的走廊里,左右各是一排间隔均匀的白色小门,我又一次想到多米诺骨牌,其中一张骨牌在不停地抗拒和尖叫,其他都寂静无声。我们被领到尽头的一间白色房子里,朱莉被捆在床上,医生们立在一边,欺骗着朱莉,如果再狂躁不安,医生就准备给病人打镇静剂。

"别打,别打镇静剂,我是她姐姐,她只是现在很害怕。"朱颜跑到床边抱着朱莉,朱莉把脑袋搁在朱颜的肩膀上。我已经很多年没有看到朱莉哭泣,她的眼睛和脸上布满了水,她哀求着朱颜:"姐姐,带我走,我没有病。"

我抱住她们两个,我们三个像又回到了小时候,我们遇到朱妈妈和朱爸爸争吵或者冷战时,遇到朱爸爸突然死去时,就这样紧紧地抱在一起。朱莉哭得过度疲倦,她逐渐安静下来,身体偶尔会痉挛般抽动一下,她开始做起深呼吸,在她深入的喘息声里,我想朱莉一定是做了一个天大的噩梦。当一个人清晨醒来时,眼前的事物陌生不已,她不知道自己身在何处,当她知道自己一夜间变成了一个病人被装进医院,她会被荒芜击垮的。

◼ 再见，朱莉

◼ 256

朱莉的深呼吸突然停下来，两个鼻孔大张大合，她仿佛从朱颜的身上闻到了一种致命的气味儿。她静止不动，眼睛僵直地盯住一个医生，然后，她使出最后的力气从我们的怀抱里挣脱。她又惊恐起来，把自己缩成团儿滚到病床的角落里，她不想再看到我们任何人，把脑袋埋在臂弯里。我的心口瞬间绞痛，我的内心开始坍塌。

看来朱颜比较熟悉其中的一个主治医生，朱颜直奔医生而去。按照他的诊断，朱莉需要在这里住院治疗。他的诊断书上记录得特别翔实，而且据理力争，他铺排了一堆专业知识，好像牢不可破，他说："病人在当下连续遭遇事业受挫、亲人离世等急性变故，加之隐性的童年心理创伤，入院时精神恍惚、错乱、过度暴虐，要马上住院。"

"不可能的，朱莉是个很平和的人，她从小就善良单纯，很多事情在她那里根本就不会在意。"我想把朱莉直接带走，"我要把她直接带回家。"

医生看着我，他周身细长，细长的身材、大腿、眼睛，所有的细长结合在一起就充满了撕裂感。他想用眼睛把我撕裂，他像一只狮子守护着他的权威："你是谁？你知道所有的病症都潜藏在人的潜意识里吗？你看到的表象往往是病人的伪装。"

"她是谁？"医生转向了朱颜，"如果不是亲属，请她出去。"

朱颜和医生走出病房后，我也被护士劝离了病房，惶惶不可终日的恐惧感终于袭上心来。我回忆着昨晚朱莉结束一天的工作，准备回家取些书本和衣物,她没有任何异常的举动,临走时她是微笑的,嘱托我夜里把两层门锁好,自己住的小房间也要在里面插好,清早她会早些回来,而且带茶叶蛋、豆腐脑和油条来,一起吃早餐。我回忆着我昨夜临睡前的胡思乱想,回忆着自己的梦,梦里没有什么可预示的梦境。

我站在精神病院的大厅门前等着朱颜,重新看到这栋东西方审美混淆的大楼,它高挑的门廊是罗马繁复的科林斯柱,院子里却是极简的中式石子路、水塘和六角亭,我极力地用这些景物辨认着真实,朱莉真的病了?这里真的是救世般的仁慈和田园牧歌的混搭?是谁把她送进来的?

我感到分裂和恐惧,我没有等待朱颜就逃回到多乐之日蛋糕店里,我想在这个熟悉的环境里等待着朱颜带回来的消息。近中午朱颜才回到这里,她疲倦不堪,黑眼圈散出灰暗的色泽,她喝了一杯咖啡,还是看着浑身极其软弱,我觉得很心疼,但我努力等待着。

她询问了我昨晚朱莉离开店铺时的情形,然后向前回忆每一件事情发生后朱莉的变化。她最后得出结论:"我妹妹承受得太多了,太累了,她什么都藏在心里。"

"那你的意思是她真的病了?"

"医生也检查过了。"

"我不相信他们。"

朱颜看着我:"那你是不相信我?清早医院打来电话,我才知道朱莉晚上没有在店里,她在金牛湖边的长椅上待着,她发作的时候把过路的人打了,被过路的人送进医院。等我们去了,过路的人已经走了。别人救了她。"

我们都需要一个人好好安静一下,朱颜要走了,她要赶去地税局上班。临走,她环顾了整个蛋糕店,我们都明白这里是朱莉的一切,这一切必须好好经营下去。她出了门又折回来:"以后我们每周去看朱莉,凡是去医院,我们都一起。"我看到恐惧在紧缩着她的瞳孔,痛苦以集结的形式压在她宽宽的肩膀上,她一直都用肩膀护着朱莉,有时都像一把紧扣的铁钳。

从那天开始,我独自制作蛋糕,品类和数量绝不减少,就像朱莉在这里一样。无论我在店铺里忙碌,还是到就近商业街的食品店里买些饭菜和水果,或者骑着电动车去市中心给顾客送定制蛋糕,我都感到我的背后有人跟着,就像朱莉曾经跟我说过的。

九

我又去银城精神病院看朱莉,一个多月的时间,她在那里成了一个传奇。我觉得很不适,我和朱莉独处的时间被侵犯,每一次她姐姐朱颜都会一起来。

我们在车上什么话也不说,接连发生了很多事情,似乎只有朱颜能迅速恢复到泰然自若的状态,她身上的光柔和却充满绵延的吸纳力，面对那种深水的柔和你根本不知说什么。时间有点难熬，我回身伸长胳膊，翻动后车座上的一包衣物，朱颜带着上一周为朱莉洗净的病人服和内衣，她把灰绿色的它们熨烫得笔挺挺的，如一副崭新的样子，还用朱莉最喜欢的茉莉型洗衣液，车厢里开满了茉莉花。在朱颜的世界里没有难事，世间的一切似乎都不值得浓墨重彩。所以，只有朱莉的病人服可以被带回家由亲人洗净再送回来，就像从一个家带到另一个家，这既让人激动又让人恐惧，如果朱莉辨别不清楚，她就永远以为待在自己的家里。

路上总要经过商业街南首属于我和朱莉的多乐之日蛋糕店。沿途快速经过它，我的脑子里闪过去年春天它被莫名其妙的人在深夜击碎，和它一起被毁的还有朱莉。这一次，我给朱莉带了她喜爱的粗粮奶酪。我们在店门前停了一会儿，我在店铺的正面和侧面各个角度拍了照片，带到医院里翻给朱莉看，奢求她在两个世界里能生活同步。三月银城的干渴劲儿已经来临，渗透在晨光里，把四处滚动得一片踟蹰。

在右侧那个半截粉白色、斑驳的大建筑物里，朱莉完全变了一个人，她新增了聪明机巧，眼睛里流动着的水总想冲刷眼前的一切，还勇敢地学会成为这些病人的心理依赖。"他们都被她迷住了。"医生和护士都这么说。他们惊异，在病院，唯一一个病人创造了奇迹，她只以"自己没病"疯狂抗争了三个月，就认同自己的病人身份，而且混迹在

■ 再见，朱莉

病友之间，为他们晨读《巴黎圣母院》《老人与海》和《野草》《情人》。每天给尽可能多的女病人打理苍老和喜怒无常的容颜（她常让我给她带些化妆品），让她们相信自己活在人世间可以像自己的脸一样美。还在周末改善伙食时做上一道小甜点——她竟然把在多乐之日的绝活施展在了这个精神错乱的世界里。

  医护人员甚至有时候会混淆治愈与被治愈的界限，因为他们也喜欢听朱莉的晨读，对她的妙手小甜点心服口服。但我并不愿意听到这样的话，好像朱莉只有在这里才能变成她自己。每次她都会向我提出些小要求，比如她请求我，"可以下次来帮我带一管口红吗"，她的长头发总是遮着她的半张脸，她祈求我告诉医生不要把它剪掉。她用一双无辜的空空的眼睛盯着你，敏感脆弱到把自我尽力缩进她的躯体里，察觉到你不喜欢或者为难的一丝一毫迹象，她就迅速放弃这个要求而提出另一个要求——或者一瓶指甲油、一个弹弓，算了，这里应该不会允许用弹弓，会被怀疑有攻击性，那一个桃木的小梳子也可以……

  以前朱莉不是一个爱这些自然面孔之外附加物的人，微笑在她脸上和内心就像世间循环的永恒。她就是一个大自然的宠儿，至少我认识她二十六年来她从不粉饰自己，素颜，连眉毛都是自然长成的弯度，虽然右眉角有点耷。我曾经常开她的玩笑，耷眼眉，小心眼，她就会笑成一团，用力把眉毛向下拉。医生给了非常科学的回应，一个病人变成另一个人，正是她隐藏的那一部分性格得到凸显的机会，因为压抑变形,看世界的眼光和正常人就有了明显的区别。我听到这样的解释时心里很难过,那就是说我在朱莉的眼里再也不是我了。这些都不可以再回想了,当我听到她对我提出那些小要求时,我几乎要立刻逃掉,那一时刻让人太清醒,原来我们真的轻而易举就被隔在了两个不同的世界。

朱颜把清香的衣服放进衣物格子里,把成团儿需要再次洗净的病人服装进袋子里。朱莉正在晨读,这次她在读《情人》,在院子里靠墙的一小片广场上,病人们围坐一圈儿,歪歪斜斜地在原地踏小碎步。可以看得出来,精神持久涣散令每个人都沉浸在自己的世界里,没有什么能让一群受过不同创伤的人真正在精神上统一起来,文字意义大部分都被他们忽略,只有朱莉陶醉的声音把他们系在一起。整个广场上安静得像世纪初创,晨光把他们的身体打透,院外和院内的梧桐、木槿、冬青上,白头翁的清脆鸣声在树枝上轮番叫响。

我和朱颜立在人群的最外边,尽力保持着客观,但我心里总是密布着忧伤。我们每周必定要来一次,我常把这种感受描述给江平安。江平安每次回答都一样,可能你的感受是对的,有时候在嘈杂的人群中行走,搞不清楚哪里是正常的,哪里又不是正常的。

朱颜每次来都在朱莉的额头上吻一下,离开的时候还要重复,就像完成一个严谨的程序,几乎没有落下过一回。那吻让朱莉从幼年时就被反复灼烫,剩下的是惊恐。银城盛产铝,就像千度的铝溶液滴穿

■ 再见，朱莉

了她的颅骨，她的身体跟着剧烈震颤一下，医生解释说这正是病人精神脆弱和异常的现象，这同样证明朱莉真的病了。

朱莉看到我的时候，把朱颜扔在人堆儿里，端着书跑到我跟前，打开那些粗粮奶酪，朝她的病友们打招呼，一边继续重提她那些层出不穷的小要求。她突然吻了一下我的脸借机紧紧贴近我的耳朵，一个小小纸折的绿豆粒瞬间从她的嘴里滚进我的耳蜗。我们俩目视了一下，我就明确其意需要避开些什么，这时候朱莉传递给我的那颗小绿豆已经在我的一只手心里，我顺势摸了摸朱莉粉饰过的脸，然后捧着它，突然感到心碎，难道朱莉的病情又反复了？今天异常古怪，我更是装作平静地离开了朱莉，让眼前什么都没发生。

朱颜已经拨开那群病人朝我们走来，她继续吻了一下朱莉，眼看着朱莉浑身颤抖后，我就跟在朱颜的身后走出医院的大门。我要去开多乐之日蛋糕店的门，无论节假日，这扇门都要如期敞开，这是朱莉在的时候一直坚持的。我亲眼看着朱颜的车消失在下一个红绿灯路口，才躲进店厅的吧台里，蹲下来，打开这枚绿豆粒，那张小纸上挤着两个急匆匆的字，用口红涂抹出来的——救我。

当我收到朱莉暗地里传给我的救命纸条时，我就处于过去与当下的混乱中了。我多情地为多年前朱爸爸的死补充了些想象和困惑，可能，他在选择一个人跳进金牛湖之前，也曾经想尽一切办法向他身边的每一个人呼喊过，没人听得懂。同时，恐惧从我的汗毛孔里钻出来。

我在内心问了一下朱莉:"你在对抗什么?"

十

当天傍晚我找了江平安,我们在蛋糕店里把朱莉传出的那张纸条反复铺平。江平安背对着窗口,把纸条举高,让夕阳的光线穿透它,那是一张医院单据的一角,还有微弱的消毒水味儿,模糊的黑色药物名称排列的最后一两个字,被磨得毛糙糙的。

我专门坐在面向窗口的椅子上,警觉得像只老鼠。我要紧紧盯住窗外任何一个走过的人,辨认他们会不会突然间变成朱颜。也许有些紧张,我重新发现人强大的伪装本领,仿佛每一个经过的人都有可能是朱颜或者和她有隐秘关系的跟踪者。我不知道自己为什么如此直接地指向朱颜。

"江平安,我觉得我后面总有人跟着。朱莉很早就跟我说过多次。"我看了一眼江平安,迅速把视线移到窗口。银城春季暖得早,四月天已经露出干热的气息,傍晚黑得早,远处金牛湖的水面已经开始泛光,路灯把湖水照成一片米黄色。

我说:"江平安,我要报警,我一定要把朱莉救出来。你没有看到朱莉那么淡然,她竟然把那里的病人和医护人员都俘获了,她成了精神病院的朗读者,这和她刚进去的时候天壤之别。"我抓住江平安的一只胳膊,开始下意识地摇晃它,"江平安,你说,朱莉是怎么活过来的?

■ 再见，朱莉

■ 264

朱莉已经没有亲人了。"

江平安捉着那张小纸条，他衡量着报案的最佳时机："只有'救我'这两个字，只有这张从精神病院里的病人传出来的纸条，报案的可信度没有多大，每天民事案、刑事案都很多。"我又抓住他的另一只胳膊，他说，"也许，朱莉明白了一个道理，她在精神病院里才是最安全的。"

"那她为什么现在才给我消息？难道她觉得对方已经看清她明白自己的处境，她接受这样的命运？那她今天给我消息，说明时机成熟了？"

"我担心即使报案也可能被当成一个精神病人的错误举动，而对方势力完全可以操控这一切。"

我们沉默了一阵子，金牛湖商业街的夜晚带着水汽的湿润，一些美食小吃开始散出各种香气。大部分年轻人都喜欢在夜色里吃晚餐，享受和白天截然不同的境遇。爱在暮色和水汽中仿佛轻而易举就升腾起来，把诸多的现实都覆盖得严严实实。

我和江平安也选了附近一家辣鸭脖小吃店，人们都在热辣中谈恋爱，我把那张"救我"的小纸条紧紧塞在牛仔裤深陷的裤兜里，那是一条人命。被辣得流口水的时候，我会瞬间摸一摸裤兜。我和江平安谈了些上学时的日子，我们在一个中学里是前后桌，他说他看着我的后背整整三年，我从长头发变成短头发，他都可以触手可及，但他都没有去碰触。半夜回到蛋糕店的小杂物间里，我特别憎恨自己，当我们回忆过去的时候,我们已经遗忘了当下。

我在第二天早晨就报了警,然后,在蛋糕店继续做我的蛋糕,等待着警察登门。越来越多的客人口口相传来到店里买新鲜的面包,订制各种祝福高考、升迁、金婚、新婚、福禄寿的蛋糕。不出江平安所料,白天没有警察来,我等到了朱颜,她没有什么异样,平静得像所有事情都已经顺理成章。

她说:"我这几天把别墅做了过户,那是早晚的事情,妈妈去世了,我是妹妹唯一的监护人,户主是我。你最知道我们家,我不仅仅是姐姐,我还是妈妈,从十三岁开始就注定了。一切都那么自然发生,没有什么可引起辩解的必要。"

我没有出工作间,只是把玻璃窗打开,能清楚听到她坐在吧台前的旋转椅上自说自话。当然,她也没有别人可说了,她来这里说给我听,我听到她叹了口气,仿佛一系列紧紧相连的事情突然都成功了,没有太大的障碍,反而带来一种遗憾,那个带有征服希望的东西却顷刻间失去了意义。

我说:"挺好的。"

她说:"你报警了?"

我说:"嗯。"

她说:"那又能怎么样?"

我说:"你打算什么时候结婚?"

■ 再见，朱莉

她说："很快。"

朱颜走了，临走嘱咐我："周六一起去看朱莉，别忘了给她带一个草莓面包。"

我从周二一直打电话直到周三早上，没有等到一个警察来。可能如江平安所说的，人们不会相信一个患有精神病的人发出的求救，就像一个患有精神病的杀人犯可以逃脱罪行一样。还好，周四早晨一个警察来到店里，他把报警人和受害人仔细询问了一遍，全部认真地记录在笔录本上，朱莉的小纸条作为证据被装进袋子里封好。他没有停留片刻，而是留下了他的电话号码，约定会尽快去精神病院核实受害人详情。警察一走，我却慌乱不堪，我一个人无法确定事物的真正走向。

在周四的深夜，江平安打来电话，他告诉我税务总局的李彦被查出贪污受贿的罪行，已经被捕调查了，牵出很多人，会有朱颜和她的男朋友姜南。

那一夜我彻底失眠，人生中第一次感到悲喜交加，我为朱莉喜悦，她可以离开精神病院获得自由，我为朱颜悲哀，她将被剥夺自由，她们俩都是我一生的朋友。

我无法再等到周六去医院看朱莉，周五清早我骑着自行车，带上四盒草莓面包，脱离朱颜，拨开清晨的水雾和阳光，我似乎又一次开始七年前的独自徒步。枣香街几乎没有变化，它始终是银城最宽阔的街道,银城的人们都说将来要建八车道,超越枣香街。

那是将来的事情,现在,我终于一个人去见朱莉。越临近医院越发觉白色大楼像座教堂,人的痛苦、丑陋、孤独、无助都被装在里面,每天每日进行着理解。朱莉的声音比原来响亮多了,可能是早晨的寂静,离这座城又遥远些,从大门外的路上就能听到她在给病友们朗读。这一次她在读上一次给她带去的雷蒙德·钱德勒的小说《漫长的告别》:"……但是睡不着。凌晨三点,我在屋里踱来踱去……下回我要是看见一个彬彬有礼的醉汉在劳斯莱斯银色魅影里,我肯定会能往哪儿跑就往哪儿跑……"病友们簇拥在朱莉的身边,叽叽嘎嘎笑作一团,他们中间反复传递着那句话——"能往哪儿跑就往哪儿跑",夹杂在笑声里。朱莉继续朗读着,这是她来到这里每天早晨养成的新习惯:"世上最致命的陷阱莫过于你为自己设下的……下边到了第13节……"

在阳光下的病友们都看到了我,他们一直盯着我从大门穿过小路来到面前,我打破了他们周六会客的规范时间,他们的目光特别陌生。

我喊了一声:"朱莉。"没有人回应我。朱莉紧紧捉着手里的书本,甚至紧张失色。

"朱莉,我给你们带了草莓面包。"病友们离开他们的小板凳,把草莓面包抢了过去,他们每个人分一口。朱莉坐在座位上没有动,她嗅到了什么变化。

我说:"还有一个好消息。"

■ 再见，朱莉

■ 268

　　我们回到她的病房里，白色墙面和淡绿色墙围让这里和正常的世界截然分开，这种搭配就像医院的专属。朱莉和我紧紧靠在床边坐下，她反身向着窗口望出去，病房的窗户外加固了三角铁柱的防护窗棂。朱莉没有看到什么危险的东西，然后，她附耳到我的嘴边等待着。

　　我把好消息轻轻吹进她的耳朵，就像那次她把那个"救命"的小纸球吹进我的耳蜗："朱颜被抓了，还有姜南，因为那个李彦。"

　　朱莉愣怔了一瞬，把脸埋在《漫长的告别》里大哭起来。我也学着朱颜的样子，努力把自己的肩膀扩到最大，把朱莉罩在臂弯里。一直以来，我都期盼着她能如此痛快地大哭一场，而不是朗读和做哑巴。

　　她把身上的力气都哭尽了。我把藏在休闲包里的一个草莓面包掏出来，熟悉的香气让我们此时仿佛置身在多乐之日蛋糕店里。我们坐在窗前的咖啡桌前，可以一眼看到侧面的金牛湖，现在的湖水开始转暖，湖边的法桐、冬青、银杏树都想着泛出新绿。

　　朱莉吞噬着面包上的草莓，鲜红色沾满了嘴，我给她擦了擦嘴角，她把速度放缓，听我说："朱莉，我终于知道你为什么辞掉地税局的工作了，你还是原来的样子，你从来都不想还没开始就掉进深渊。"

　　朱莉可以伪装精神病人喜怒无常的样子，她一边手撕着面包吃，一边哭泣不止："秦丽，其实蛋糕店第一次被砸我就想到是朱颜，但她是我姐姐，我无法相信是我姐姐。

　　"我欠朱颜的，从小就欠她的，欠到无能为力。

"绑架我的也是朱颜。你和朱颜第一天来到医院,我们三个抱在一起,她身上一股淡淡的香味儿,和那天绑架我的人中一个男人身上的香味儿一样,很淡,但是我熟悉的香味儿,我想那是姜南。"回想起那天夜里,朱莉依然失魂落魄,她浑身瑟瑟发抖,漫长的一口气从胸腔深处呼出来,"秦丽,你不知道同根生又相煎的厉害,她什么都有,却又什么都没有,她是我姐姐。"

"朱莉,一切都结束了,我们一起离开这里,我去找医生。"

这是个奇妙的世界,朱颜是朱莉的唯一监护人,我无法直接把朱莉带走,一堆需要证明病人痊愈和监护人的证明信件,当然,还有藏匿在精神病患背后的绑架案需要等待着警察们的到来。似乎更多难缠的事情和荒唐的故事才真正开始。

江平安终于从一名警察新人走进了专案组,他为我带来了新的消息,朱颜、姜南被审收押,罪名和李彦相同,他们因同一宗贪污案被查处,但朱颜和姜南还涉嫌一起绑架案,朱颜写了另一份自白书。我把自白书复印件带给朱莉,朱莉没有勇气逐字逐句读出来。我打开折叠的纸片,是朱颜秀气的字迹,她从小就写一手纤细的钢笔字,像她本人的样貌一样:

"一开始我就知道会有这一天,这个'开始'从我十三岁算起。我有四年的时间是一个真正的女儿,就是我妹妹上大学的四年里,剩下的所有时间我必须是一个妈妈,必须是一个姐姐,必须没有自己。我

■ 再见，朱莉

妹妹大学毕业回到银城，一切都变了，我重新成为那个'必须'的人，一部分属于母亲，一部分属于妹妹。我需要成为'唯一'，我爱朱莉，我砸毁了朱莉的蛋糕店，我绑架了她，把她送进精神病院，让她永远待在那里，我永远是她唯一的监护人，一辈子都是。我希望她是我的一个强大对手，那样，也许我可以因为失败而停下来。人活着没有对手是没力气活好的，但她的确是强大的，她的退让让人发疯。"

那份自白书我读了很多遍，甚至能倒背如流。那些字里行间可以填进去无尽的内容，我从中推测到朱爸爸真正的死因确定无疑是自杀，充斥着救赎的意味。他必须离开这个家，朱妈妈当年那超常的热情与善意才能得以控制。

再见,朱莉

我表姐朱莉跟我描绘了一下南郊镇医院,那所医院就像监狱。我说我还真没仔细看过它。我看着她,还如二十几岁那年的样子,只是又高了一些,瘦得均匀,像标准的 S 形长柄汤勺。我们同在银城一中上学,回家的路上、课间休息、厕所里、睡觉前、饭桌上、睡梦里都在一起。是的,当初她住在我们家,我大爷大妈也就是她爸她妈还在黑龙江种地。她总是说银城好像四处都不透风,令她憋闷,那年她考去济南上大学,没有出过山东,也很久没有回到银城。

我以为她对眼下这份工作很失望。我告诉她,你什么关系都没有,活到这样已经很好了。这样关于活着的话题我很少提,尤其是当着幼小的儿子和丈夫于健的面时。因为这样会挫败男人于健的自尊心,为了能多挣些钱,他跑到广西的铝厂分厂去做炉工。儿子虽然幼小,但不幼稚,他会追问我,妈妈,你说什么是活着?偶尔,他也会给我答案,难道像我爸爸那样离家出走?我真的很害怕我儿子八岁的年纪

再见，朱莉

就开始思考活着的问题。

我接着告诉她，我刚从网上看到一篇盘点北京各行业一脉相承的家族史的文章，大城市、小城市都一样。她在我家的小阳台上低着头喝咖啡，很平静，像是用最大的力气反驳我，我觉得靠自己也是有可能的。咖啡是猫屎咖啡，于健从广西寄来的，那种麝香猫喜欢吃咖啡豆，吃进去，初步消化，又排泄出来，就风靡了。她抬起头来对我说，那里有个叫李虎的人很有意思。

然后，一下午我们没有再谈那个医院，而是很突兀地说起李强，他是刚发生的一场自杀命案中的死者。朱莉对李强一无所知，其实，她对现在的银城一无所知。她说，我还没来得及看是怎么回事，况且，我回来也只有你一个人的微信。他死得很惨，跳进了金牛湖里，为了让自己永远待在水底，他还给自己的身上绑了绳子，系了一块很重的石头。他就那么决绝，他有几百万的身价，是银城生意最好的三合板厂的老板，何以至此？我问朱莉。朱莉面前的咖啡杯里凝固了几个深褐色的斑点，咖啡残渣被抽干水分后就像血块儿。她捋了一下长头发，把它们甩到身后，很沉，声音都往下坠。她说，你确定是自杀？如果他想永远不浮出水面，那就是在宣誓他要保有自尊。而且，他在告诉他妻子，或者说告诉所有人，他自杀背后的缘由。

她还是那么认真，一旦动了脑袋，就总是扎到更深的一层，也许，她的脑丘壑更深些。我又泡了红茶，给朱莉倒上，她闭着眼睛闻茶香。

我倒是有点恐惧,恐惧很多事物表象下那些隐藏的东西。我告诉她,李强的事件是我同事告诉我的,他死后被打捞上来不到一分钟,银城大街小巷有网络覆盖的地方,到处是李强。现场照片离得远一些,在警戒线之外,横的、竖的、歪歪斜斜的各色照片在网上流传。没有人能拍到真人。报警的是三个准备去铝厂换班的工人,中午喝了一点酒,都吓醒了,怕惹上麻烦,跑到金牛湖岸边的长椅上挤着。

不过,他们确实看到了李强,面目全非,肥胖,像白豆腐。另一个说,像糊着泥巴的白莲藕。第三个什么也不说,把整张脸躲在两只胳膊肘里,脸憋得紫红,直到哭出来的时候才说出一句话,含混不清:"那根本都不是人。"我说着说着把手里的咖啡杯旋转起来,它朝着朱莉的方向旋转而去。我看到她紧紧抓着咖啡杯,杯子外壁是一圈儿镏金的抽象唐草,她在不知不觉中准备把它们一朵一朵抠下来。但,她盯着我的眼神很柔和,她问我,你不是说他沉在水底?我愣了一下,那你说谁会一定要把他捞上来?

我想我该掉转方向了,我说,这种咖啡我都是自己偷着喝,于健只负责邮寄,但从来不喝,我想他可能和别人一样无法理解"猫屎"的概念。现在,你回来了,只有你来的时候我们才喝。我真的很珍惜我们在一起的时光。她笑话我,这么年轻就开始抒情。我回击她,你上学的时候就开始抒情,你藏在被窝里写些什么死亡、依靠、灵魂、倾诉、孤独,结果你却跑得没有踪影,只剩了我自己。我们看了一会儿彼此,夏

■ 再见，朱莉

季的阳光很干燥，铝加工的烟尘已经细腻稀薄多了，时常能看到蓝天。银城的支柱产业铝业集团对自己下了狠手，上了高昂的污染物处理设备，用了十年的时间恢复环境的十分之一。可是很要命，庞大的机组实行半月轮歇制，大量铝厂工人在下岗。

我们也分开了十年，相隔了很多的东西，再次坐在一起，既想滔滔不绝倾尽所有把自己扒给对方，又无从下手，令人难过。她问我，是不是很滑稽，拼命跑到外面去，转了一大圈儿还是回到了原点？我这才重新注意到她本人，她穿成了一个懒散的艺术家。我说，第一天上班你就穿成这样。她索性站起来，在阳台上转了一个圈儿，那种代表脱离这个世俗的棉麻质地的大长裙把阳台都裹住了。酒红色，就像被装在一个细高挑的红酒瓶里，她还是姑娘身材。她说，这个小城真新鲜。我知道她不承认银城是她的故乡，她会告诉你这是她爷爷、她爸爸的故乡，但不是她的，青岛、烟台、威海、黑龙江也不是她的故乡，她说她到哪里都是陌生的，她的故乡只是她自己。

朱莉刚从威海回到银城，第一个来见我。我从小就嫉妒朱莉，但也止于羡慕的份儿。连带关系很复杂，我们的父辈们一起从山东去了黑龙江，把青春留在那里，把老年带回银城，我们也是一起在黑龙江降生，把童年留在那里，把青春带回银城，后来朱莉又去了胶东半岛。内陆人们惧怕离开陆地到漫无边际的大海求生活，很多人都会不断地问起她，比如我父母、我们共同的亲戚，还有她的同学于健，现在是我丈夫。我始终如一用一个比喻,像威海生长在海中的裙带菜,他们听了就会转问起裙带菜,满脸想象,那是银城人对外面世界的态度。我是因为朱莉才认识那种长在海里的东西,在她发给我的照片上看到它的样子,翠绿、油亮,再暴虐的海水都不会打湿它。

一走下医院台阶,朱莉就明白了,可她总是忘记问王慧也许其间还会存在的理由,一个男人盯着一个女人的一举一动,除了男女间那点事情,似乎其他想象都是匮乏的。她想让王慧给李虎捎个口信,告诉他,她对爱情之类的事情不感兴趣,也可以更决绝一些,告诉他,她会选择独身。但朱莉始终没有问王慧,毕竟从到医院的第一天起,朱莉就知道,王慧和他的关系更加密切,王慧叫他表哥。

其实,朱莉早就知道每次傍晚下班走下医院台阶的时候,斜上方三楼财务科的玻璃窗里就会站着一个叫李虎的人。他是财务科科长,又像整个医院都是他的,下了班也不情愿脱掉白大褂。他习惯在下班后再到财务科里待一会儿,算作每天巡查业务而做的例行公事。还有一种可能,李虎是为了一次又一次目送朱莉离开医院的大铁门。

一天傍晚,朱莉走了两级台阶就停了脚,望着银城东北方向的市区,对华灯初上就已沉入深夜的黑色天空感到陌生。她都忘记了银城的黑夜比威海来得要早很多,同时,她却记起了一段对仗押韵的人生思辨:银城冬天的傍晚黑得太早了,对某些人是幸运,相反,对某些人

■ 再见，朱莉

是噩梦；对某段时间是接近幸运，同样相反，对某段时间是坠入噩梦。这是她在威海生活的时候给自己的忠告，为了在遇上失意和困难的时候学会拐弯，现在，她只是临时把"威海"换作了"银城"。

来到这个医院有半年的时间，在这半年的时间里她是幸运的，在此间找到一种迷人的安全感。这是一套生活的模板，她下班了，像往常一样离开医院，开着自己的 QQ 车，途经银城一路拥挤的风景，回到家里和爸妈待在一起，吃上一顿美味晚餐。天不太冷，和爸妈在小区周围的大路上散步。次日一早，早餐是备好的，饭后重新开着 QQ 车抵达南郊镇医院。坐到财务室里，与对面的出纳王慧共度一天的时间。偶尔，李科长也会到财务科里站上一会儿，背对着她们，什么话都不说。

此前，朱莉从济南到胶东半岛兜了一大圈儿，用去四年的时间。她做过科技公司的信息管理员，投资咨询公司的业务代表，一家韩资服装厂的工资核算员，一家医疗器械厂的质检员，还被莫名其妙派去做了三个月的公关，最后败给了昼夜连续的酒局。她在公司公寓楼的连体铁床上连续趴了一周的时间，五天前她在宴请韩国公司那个大客户的晚宴上被白炽灯照得失明，白炽灯又照在那间小小公寓里。大部分时候，朱莉把那种光认为是希望，后来她才真正看明白什么是自己想要的。烟酒气在房间和朱莉的胸腔里来回穿梭，最后盘桓在三十岁的大脑里。她头痛欲裂，幻觉中，总是听到一个人趴在摇摇晃晃的马桶上发出呕吐声,还可怜兮兮地哭泣,让她厌倦不堪。早上醒来,朱莉想明白了一件事,世界就在眼前,理想生活就在每分每秒里。她把墙上的中国地图摘下来,地图上插着几个小红旗,是她已经到过的济南、青岛、烟台、威海几座海边城市。她把它们扔进了垃圾桶,高铁只行驶了不足四个小时,脚掌一落地,就踩在老家银城的土地上。

虽然她现在过的是自己曾经最厌倦的生活方式,可是一旦发觉有点喜欢当下处境的意味,朱莉就会猛然间内心疼痛,就像把人的身体由上下到内外不间断地进行撕扯。

为了缓解自身矛盾,每天下班后,她故意错过同事们离开的高峰期,独自一人从医院门厅前高耸的台阶上走下去,白天人群生死相交的熙攘在此刻恢复宁静,站在寂静里能听到另外一个人心脏的跳动,它有吞掉一切的力量。李虎在朱莉报到的第一天就令朱莉感到有趣。那天清早,朱莉开着妈妈的QQ车来到医院,她把脑袋昂起来,视线推出车窗,从远处望过去,她努力把家乡的医院想象成近邻一般亲切。她把视线调高到白色楼体上就看到了李虎,他早早把自己摆放在代表热情迎接的绝佳位置。那时是盛夏,白大褂披在他身上就像一对天使的翅膀,早晨细长的光线射在三楼走廊的玻璃窗上,他如同飞在半空里。

朱莉第一天竟然还背着一个灰蓝色调的休闲背包,从肩部一直长到大腿弯,葡萄酒红棉裙配灰色短衣,连职业女性的尖头高跟鞋都没有穿,而是一双黑色圆头的休闲凉鞋,青春的雌性荷尔蒙在一起一落的背包带上肆意跳跃,其实她已经三十岁了。

朱莉走进大院,除了李虎在隔着玻璃窗微笑,其他人,无论是医生、在院子里散步的病人,还是做勤务的,连食堂里的大厨李晨光都把油罐打翻了,他们分明看到一个明亮的威胁体在逼近。

王慧那天也早早就趴在三楼的楼道栏杆旁迎接朱莉,她们俩将共处一室。王慧在一周前第一时间听表哥李虎说起朱莉,紧接着她就到银城华联商厦买了一套凛冽的女性职业西装。西装锋利的尖形领子在顶端突然就变圆了,锐气瞬间减弱,这不是她心里想要的模样。商场里的女售货员不是很懂事,说那样的剑形领的西装早就过时了,现在都是这样的圆形休闲小西装。王慧被那个"休闲"和"过时"侮辱,她觉得售货员分明在说她落后、古板、土气、假正经。看到休闲风格的朱莉,王慧把手举起了好几次,而朱莉只挥了一次手,阳光把她的手和脸照得像嫩藕段儿。真是傲得无知,王慧在心里说。

朱莉给王慧带了海边盛产的烤鱿鱼丝、墨鱼片,一串海贝壳风铃。王慧当场把风铃系在了电扇正中的支架上,一边一下一下碰触着风铃,听它的响声,一边嚼着漫长的鱿鱼丝,瞬间就觉得这个新同事平和多了。朱莉又把背包从三楼财务室背到四楼李虎的科长室、五楼郭院长的院长室,重新回到财务室的时候背包就空了。不到中午,满院的其他科室,从一楼中医科的老中医、厨房里的大厨李晨光,到几个配菜、面案的伙计，门卫，这个"人情网络"世界的人，无一遗漏都对朱莉另眼相看。

来报到之前，朱莉就听爸妈说这里的郭院长深居简出，在退离社会身份之前的漫长时间里，早早像个不闻世事的修行中人，轻易无缘得见。笼罩在医院之上无处不在的财务科科长李虎就像尊贵的镇物。果然，他的办公室和他的外貌一样简洁明净。朱莉作为见面礼带的威海即食海产品，他除了谢谢，再没有看一眼。那堆蓝色大海和白色鱼儿相间的包装物安全地隔离着桌子两边的人。桌子上有个空烟灰缸，一尘不染，一张桌子，两把椅子，一个饮水机，一台电脑和一个打印机，一个瘦小的档案橱，这些东西和李虎一样浑身上下都干净。他胡须刮得像一面平镜，周身的气息都是白亮色的。当然，他穿着白大褂，整个医院里的工作人员都穿白大褂，就像在过度标识医生和生命的紧张关系。只不过李虎太过高大了，一米八五，粗壮和高大损害了他的一点斯文，他的声音溢满了接近中年男性稳定的荷尔蒙。他转动了一下他的高背椅，朱莉听见一个族长的声音绕过那些包装物传过来：你刚来，有些环境不熟悉，有些事情不明白，可以问你的同事王慧，也可以问我，随时欢迎，一切便利都是为了工作。

朱莉觉得眼前这个人很不协调，他还没有老到锈迹斑斑，但他发出的腔调和姿态已经锈迹斑斑。朱莉一只眼睛盯着李虎的眼睛，另一只被蓝白物体遮蔽：好的，李科长，我……

■ 再见,朱莉

■ 280

还有,他的手里已经抓起了一支碳素笔,连碳素笔都充满了思索,这是个集体,不要太注意自己,眼睛要长在别处。他把声音压低,提醒着朱莉,你是第一个考进来的员工,你是第一个研究生。朱莉感觉到考试进入医院本身就携带着罪恶,人们会早早给她的全身贴上"优越性",就像毒蛇让人眩晕的花纹。朱莉回忆着临出家门的时候,朱爸爸追到小区的大门外,重复嘱托朱莉到了新环境里要学会低头。两个男人的行为如此相似。

朱莉警觉地看了看自己,并不觉得有什么出格。她回首看到李虎蓬松的头发,根根扎着柔软的控制力。

朱莉很想问一下此时的问题,比如,南郊镇医院的台阶竟然这么高,她怀疑这些堆积的台阶对病人不是什么好事情,但她被李虎的宅心仁厚唬住了。她看到李虎嚅动的嘴唇,在夏日炎炎中,被沸腾的唾液浸泡得肿胀起来。变形的时间很短暂,就像汉堡包两片巨大面包片包裹的香肠。他压低嗓音,这只是一家南郊的医院,也就是一个镇医院。而且原来这里的确是离银城最近的镇子,银城成为工业铝城后强大起来,它被划入银城区之内,但它仍然是个镇子。

朱莉明白了,所有的不堪都可以被偏僻和狭小抹去,很多事物都缺乏匹配,这就是有些事情根本不必质疑的理由。她还看到,李科长说完话眼神突然黯淡下去,他走出财务室的后背驼了,无能为力从每一个汗毛孔里钻出来。短暂的一瞬间,朱莉理解了那个驼背,理解"无能为力",因为这让她想起独自一人在威海繁华的大路上游荡时的鬼模样。

朱莉听得很舒服,并且当场吃下了逐字逐句。临出门的时候她还是忘记了爸爸嘱托的应该低下自己的脑袋,却仰着脸审视着李虎的全身:李科长,问一下,我们财务科也都要穿白大褂?

朱莉可能是所有来上岗的员工中问题最多的一个。

李虎微笑了一下,必须穿。

天已经全黑下来了,远处市中心的灯光和医院住院部的灯光更加明亮。朱莉把自己的休闲挎包荡到后背,接着一级一级走下台阶。她不间断地回想自己漂泊在外的生活,和目前的生活进行比对。她还想起一句很凛冽的话,考过了研究生,就看破了红尘。她已经不再为此所累了。她故意把走下楼梯的时间拉长,让三楼那个人的心脏承受更多的重量,然后随着每一级台阶而同频地跳动下去。如果说有什么企图的话,朱莉觉得没有任何企图。

她走到医院停车场时还用了模特步,没有人能看到她独自开心的夸张样子。在那几步之间,她说,朱莉你就是个水陆两栖动物,到水世界中去过,现在重返陆地,希望你不要活成自己最厌恶的人。

朱莉大概见过院长两次面。一次是在刚来医院的第一天,朱莉称呼了他,并且把带来的即食海产品放在茶几上,院长才转过身来。他

■ 再见,朱莉

背对着院长室门,面向办公桌后的墙壁,墙壁上有一幅黄山山水画,黄山山势陡峭,氤氲的雾气带来柔和,迎客松从雾气弥漫中挣脱出来,歪向旁边的溪流,就像从树枝上流出的水流。这幅画应该是进行了艺术处理,隐藏了实际的景象,而实际上,或许树木距离溪流之上很遥远,或者水流隐藏于树木山石深处。这是后来朱莉能想到的一个人对一些事物的投入渴望,反过来是对现实的无可奈何。院长对朱莉很和善,除了一句"你好"再没有其他话,好像不语是一种信任。朱莉迅速退出办公室的时候,侧目窥视了一下这个安静的院长,发现他早已恢复进门时的姿态。

第二次是不久前的八一建军节前,医院里人满为患,院长很繁忙,在三楼楼梯拐角处,朱莉看到他像个小伙子一样从四楼奔跑下来,他已经把她给忘记了。跑到二楼拐角处他才停下来,对着朱莉张了张嘴,他想说什么,又什么都没说就不见了踪影。朱莉也张了张嘴,她想跟院长说一说她看到的每天下班后李虎和王慧在三楼财务科的举动,还有,王慧一直没有把属于会计的工作转给她,只是给她些零零散散的工作,她和王慧在一起,倒像是主仆的附属关系。这么一说,属于她的那台电脑里无论发生什么变化都和她没有关系。她还看到过一件过分的事情,那个一身素衣的王慧,坐在她的桌子对面,李晨光在下班前的五分钟钻进财务科,他是医院医生们的大厨兼采购员,他把一个糊满油渍的条形文件夹塞给王慧:慧妹子,报销,报销,不然明天开不了伙了。王慧已经整装待发,一个黑色坤包堵在肚子前,办公桌上光秃秃的,她对着桌子说,下班了。朱莉正在穿外套,立在墙角。李晨光变成一个女人,他细着嗓子,蹭到王慧的椅背上,撞着王慧。王慧说,那老规矩。李晨光伸了伸脖子,他的喉结力挺起来,就像堵在脖颈中央的一块锋利的石头,等他转身到了王慧的对面,半个屁股坐在办公桌上,他的喉结便软下去了。他的笑堆满额头和眼缝,好,老规矩就老规矩。王慧从保险箱里取出钱,李晨光从报销的钱里又找出五张崭新的百元钞,塞进王慧肚子前的坤包里。

　　王慧和李晨光都没有在意墙角的朱莉,而那一刻,朱莉最想见到的是郭院长。事件属于常态,李晨光瞬间闪出了财务科,就像事情没有发生。王慧还是喜欢职业装,灰色小西服严谨地扫过背后风扇上的海贝壳风铃,铃声一响,她才警觉屋子里还有个朱莉。半年的时间,她们已经很熟识,熟识了之后很多事情便自然而然裸露出来。王慧扎着马尾辫,头发很黑,很像二十世纪八十年代的清纯女孩儿,她对朱莉解释了一下,李晨光总是这样。她一笑,右边脸上现一个小酒窝,朱莉看到那个酒窝把那一片脸舒展开来,放松极了,不像是骗子,便及时把自己愤怒的念头卡住。她对自己说,总要找个合适的时机和郭院长见个面。王慧在下楼梯的过程中嘱咐朱莉,不要告诉我表哥。王慧在此刻提起她表哥,朱莉瞬间想起在下班后的很多个傍晚,李虎和王慧在财务科里做着什么隐秘的事情。如果按照她在银城之外的性格,她必定

■ 再见,朱莉

要早早问清事情的缘由。现在,她只是在银城的边缘,在这个镇医院的边缘。

　　来到医院第二个月的一天傍晚,朱莉第一次看到李虎和王慧在财务科里说着什么,和争执很相像。那天下班,朱莉坐上 QQ 车,又一次朝着三楼那间小小办公室的窗口望了一眼,李虎已经离开窗口,他基本上在朱莉的身影拐进停车场后就从窗口消失,很有效率。她把车打着,办公室里面亮着灯,灯光和逐层病房的灯光汇在一起,在医院门诊楼前照出黄白的亮色。大院最东头的停车场倒是昏暗极了,这里更偏僻,一辆车子都没有,只有黄色长条线画出的一个又一个停车位,永远在那里虚位以待。黑暗笼罩下来就生成安静,朱莉在安静里坐了一会儿,她想重新回到办公室去。

　　走到停车场拐角时,她看到刚刚进办公室门的那个穿白大褂的是李虎,在王慧打开的电脑前讨论什么。又是李虎,白天他差不多长在财务科里。他有几次撞到王慧挂在身后立式风扇上的那串海贝壳风铃,那些贝类的单片碰在一起尖锐无比,就像每一个单片都是一把封喉的利器。

　　停车场周围太安静了,所有有关人生死病痛的喧嚣都被闷在长方形的住院部里。银城冬天干冷,寒冷让万事万物都自动沉入安静的底部,朱莉几乎能听到海贝壳风铃的几下响声,被李虎捉住制止了。她继续看到李虎的白大褂从王慧的桌子旁飘到自己的桌前,看到李虎穿着白大褂,朱莉就有混乱感,这个疑惑在初来之时直到现在都很醒目。李虎是财务总管,在一个医院里,财务人员也像医生一样穿着白大褂,混淆在救命的医生群体里,这也没什么错。朱莉看到李虎走到王慧的对面,打开自己的电脑,密码在他这个财务总管那里就是透明的。朱莉感到自己被侵犯,或者跟信任有关,她被激起重新走回去的欲望,但,还是停顿了一小会儿,毕竟自己已过了横冲直撞和刚愎自用的年龄。她躲在墙壁的边沿,像一只冻僵的壁虎,内心翻江倒海,盯着玻璃窗,里面再没有出现什么动静。李虎很快就关掉了电脑,王慧不知道哪一分钟里把挎包背在肩上,灯灭了。最终,朱莉重新回到停车场,把车子再次打着,驶离了医院。

回到家,闻到红烧带鱼的香气,她就把刚才看到的一切努力忘掉,每一次都是如此。红烧带鱼是她童年里的大餐,她爱到鱼骨的骨髓里。感动袭来,她顿觉鼻子有点酸,跑到厨房里在妈妈的额头上亲了一下。她三十岁竟然还能享受如此待遇。在外飘荡的所有日子她都蔑视那些从小到大在父母身边促膝的儿女,他们太缺失远大的理想。回到银城后半年中她才恍然大悟,她犯了不可饶恕的错误,如果每一天可以不用风餐露宿,如果每一餐可以和父母相伴,这个理想又和渺小有什么瓜葛?

李晨光在第二天午饭几近结束的顷刻间飘到朱莉的餐桌对面,他走到哪里都是一缕晨光,他爱笑。不过,他的确做得一手好菜。朱莉

■ 再见，朱莉

■ 286

一个人吃午饭，她有时候吃得很慢，在财务科之外的空间里多消磨些时间，她开始感到那个财务科里储存着虚无。王慧从夏日到冬日都没有午睡的习惯，她从朱莉这里掏空了威海在她脑子里的所有记忆。现在，她开始重复打捞那些朱莉充满激情讲给她的威海故事，朱莉甚至开始编造故事，比如海鸥孵化，西伯利亚的天鹅因为孤独才到威海越冬，威海对于天鹅就是家，动物和人一样，都趋向爱和温暖。

李晨光盯着朱莉那个巨大的勺子，相比起来，那个勺子能遮住朱莉的整张嘴。他左顾右盼，见食堂里的人走得差不多了，才问了一下王慧怎么没有来吃午饭。朱莉说，王慧肚子不太好。

她终于拉肚子了。李晨光笑成一团，像肚子疼。他笑得气喘吁吁，说，王慧一肚子坏水，需要好好排泄排泄。

朱莉不太想说话，回到银城之后，她不想说话的欲望越来越强。李晨光端起她的餐盘朝出餐口走过去，他准备给朱莉添点牛肉土豆块。朱莉叫了一声李晨光，李晨光钉在餐厅的中央，这个名字很陌生，除了上学的时候有人叫他李晨光，这个名字基本没人再叫起。有人叫他李大厨。在银城酒店做配菜的时候，后厨里的大师傅们叫他李仔。他妈叫他晨光。他谈了四个月的女朋友叫他 Miss 李。听到朱莉叫自己的名字，李晨光差点被一个陌生人骗到。他端着餐盘走回来，重新坐在朱莉的对面，他反复审视着自己的名字，变得深沉起来。

朱莉说，我实在吃不下了，会浪费。

李晨光看着朱莉继续吃剩下的饭菜,他沉默了好一会儿,说,朱莉,昨天你在财务室看到的报销的事情就当没看见。朱莉想问问李晨光那件事情,李晨光截住了那个话题。朱莉说,我确实不知道为什么会那样,我还没有接手一个会计该做的工作。李晨光说,朱莉,你今后还会有很多事情需要看不见,如果你需要帮助,我算是一个。朱莉脑袋里清晰地闪过财务电子台账的一系列数字,她仔细检查过她的电脑,里面她接手的原本账目没有什么变化,她真的没有看到什么。李晨光走了,他穿着厨师的白大褂,很白,没有明显的油渍,他身上也没有呛人的油烟味儿,只是有点香烟的味儿。

我表姐朱莉在中秋节后来到我家,她还是不喜欢凑热闹,一到全部人都要为一件事忙碌的时候,比如春节、中秋、元宵、清明等等,你就不会看到朱莉。她现在还是原来的样子,中秋节不知道她去了哪里,我打电话问过大爷大妈,他们说可能出门去找同学了。直到今天,朱莉重新坐在我家的阳台上喝着猫屎咖啡,事情才有了结果。我说,朱莉——在她面前要叫她朱莉,她觉得"表姐"让人承受一种负担,不如做个朋友——中秋节我们也没能聚一聚。于健刚好也从广西回来探亲。他故意攒足了平时节假日的时间,可以长住一段儿,一般十天。他带着儿子去了街道对面的华联超市,买些蔬菜瓜果,和朱莉再过一次中秋。

■ 再见,朱莉

■ 288

朱莉在吃葡萄,并且把喝空的咖啡杯洗干净放在自己面前,她等待着红茶:我在金牛湖花园的长椅上待了三天,看完了钱德勒的《漫长的告别》。那是什么？我问,小说？电影？从离开学校,我再没有碰过书。她僵硬地看着我,僵硬了一会儿,她的情绪突然就柔软下去,好似一个人经历了和别人一样的事情,她就能够在某些地方和自己重合。她转到客厅里去了,看遍了我和于健一家三口的照片,一幅法国不知名油画家的蓝色球花仿品。她笑着看那幅油画,二分之一的 A4 纸那么大,油画布表面布满细小的疙瘩,就像电子屏幕上颗粒状的帧。

小时候你可没有这么老实,朱莉寻找着我。我在客厅的茶柜里翻找白茶,想让她换个口味品一品。我还是因为你刷牙挤太多的牙膏受到启发,朱莉继续说,我们一起画画,把一面墙铺上白纸,从墙的对面冲向白纸,就像冲刺,把油画颜料挤到白纸上去,我们连笔都没用。我说,那是我们没有笔,我们发明了一种不用笔画的油画。那时候还起了一个名字,叫挤牙膏油画技法。太有趣了,这是二十多年前的事情了。我是有些埋怨朱莉的,从她回到银城来差不多四个月,我们这才是第二次见面,银城小得就像人的指甲盖儿。

你刚才说的《漫长的告别》讲了什么？我问。讲了一个非常漫长的告别的故事,是个侦探长篇,一个私家侦探马洛和一个富有真诚的酒鬼特里的告别。他们一定经历了很多波折和反转,还有埋伏和意想不到、突如其来之类的。朱莉看着我,她说,我觉得我可能是那个特里。特里？我们坐回到阳台上，我期盼着于健和儿子快点回来，一起听听这个有趣的特里。儿子从小就喜欢听故事，但是，我丝毫没有讲故事的天赋。所以，儿子觉得自己的妈妈很贫乏。

朱莉说，嗯，特里在初见侦探马洛的时候是个酒鬼，富有的、上流的、绅士的酒鬼，特里死后，马洛为这个朋友特里寻找死因，特里竟然是曾经的战俘，和平年代里与黑帮交往，最后，两个人重新见面时，特里是复活的马奥拉诺斯。秦丽，这是一个人的多重身份和性格，我们在某个阶段都会对应上其中的一个特里。

于健和儿子回来了，他们买的东西太多，根本无法一次搬上来。再次下去前的空当，于健跟朱莉打了个招呼，他们曾经差一点就成为恋人，于健从初中就开始追求朱莉，追到了高中毕业朱莉才有了喘息的时机，她考上济南的大学走出了银城。于是，我和于健结婚了。

那天中午，我们吃了一顿相隔十多年的午餐，是中秋团圆的午饭，中午当然没有月亮。儿子喜欢朱莉，把自己的小身体紧紧靠在朱莉的身边，还给朱莉夹了一块红烧带鱼。我们当时都愣住了，他怎么知道朱莉最喜欢红烧带鱼？在这个饭桌上，这个秘密只有我和于健知道。儿子从不吃鱼，怕鱼身体里的腥味和随时都在圆睁的眼睛。可能这就是世界最准确的巧合。我期盼着朱莉能说说她回到银城的生活，还有她上次提起的那个像监狱的镇医院。

于健主动和朱莉互换手机号、添加微信，随后，朱莉往我儿子的菜

■ 再见,朱莉

盘里添了一块红烧肉,他立刻就塞进嘴里,做出吃得投入的样子。我们小时候在一起玩就不是很热烈,我们三个都不是很热烈的那种人,我爸爸说过这三个小孩子很寡淡,好像我们都是还没有成长就已经成熟了。我们有点厌倦疯狂。

朱莉问于健,广西那边风景好?于健说,那边工资高。他们还是先前的样子,思维不在一条线上。我忍不住了,朱莉,在医院里工作适应了?她笑了笑,我还没有完全进入呢。她把红酒杯举过来,跟于健和我碰了碰杯子,我只接了一部分财务的工作,很奇怪,上岗会这么漫长。她转口问我,你呢?我说,我高中毕业进了地税局,你又不是不知道,十多年了,闭着眼睛都能干完那点活。朱莉说,那也挺好的,现在觉得轻松自然是一种生活态度,"目标—努力"的奋斗模式挺机械的。我向朱莉兜售在机关单位的秘诀,你要么把手脚捆起来,要么把眼睛和耳朵遮起来,选择应该听到和看到的东西,选择时机,其他的都和你无关。朱莉说,我喜欢契约精神。

于健突然问,是谁阻挠工作交接?朱莉和我都摇了摇头,她说,可能是我爸说的人情社会,我们医院里人不多,我办公室有我和一个小姑娘王慧,一个等着退休的郭院长,一个大厨李晨光很真诚,几个中医大夫,和其他科室不太熟悉,门卫也很尽责,一个财务科总管李虎很有意思……不过,秦丽会最明白机关和企业的区别。我终于感觉到自己有用武之地,以我多年的经验,我认为机关像一辆绿皮车,企业像一辆

再见，朱莉

高铁。

　　朱莉莫名想起了那个自杀的李强，她想知道他究竟受到了什么侮辱。她问我，你上次说的那个李强事件有结果了？自杀就是结果呀，我没觉得那件事有持续关注的必要。我看了看儿子，他已经靠在朱莉的椅背上睡着了。他有午睡的习惯，一点钟一到，谁都阻挡不了。

　　于健把儿子抱到卧室里去，好一会儿没出来。我说，银城好多事情都是一发生就有了结果，何况和藏獒扯上关系。一只可以让人自杀的狗？朱莉露出探险的好奇心。不是，是外号，银城很多凶恶的事情都和他有点关系，只要和他有关系，事情都会没有结果。藏獒会是一个什么样的人？朱莉在追问。我笑话了一次朱莉，你以为是一本侦探小说？她特别平和，认真劲儿更足了，说实话，我小时候就特喜欢朱莉认真甚至较真的劲儿，那是我缺乏的性格。我告诉她，如果你看到或者听到叫藏獒的人，离他远远的，藏獒在过去叫恶霸，在现在应该叫黑社会头目吧。后来听我同事说，他借给李强很多钱，可惜李强没有还上，也可能李强选择了自杀。朱莉开始分析这个藏獒和李强，我听到她说，看来是钱带给人侮辱，藏獒没有杀李强，但，李强确是他杀的，藏獒是李强最大的侮辱。

　　中秋之后，李虎在一天清早来到财务科，他又像一个老族长那样严肃地站在朱莉身边，对王慧说：今天，最后一天，把医院所有会计工

■ 再见，朱莉

■ 292

作交接给朱莉，把你出纳的活干好。王慧受到当头棒喝，和朱莉一起锈在座位上。王慧为自己辩护了一句，郭院长又没催。李虎走了，一整天都没有再来，连傍晚下班都没有站在三楼财务科窗口望朱莉。王慧抹了一天的眼泪，她好不容易在上一个会计走了之后，把整个财务的工作扛在肩上，起初，她知道那是替补，慢慢她成了那个会计。

　　王慧把整个财务系统推给朱莉，她极不情愿地回到自己的座位上，发觉自己有点失重，她因为突然失去那些工作而变得空荡荡的，大哭了一场。朱莉给她递了块儿手绢，她摸索着接过来：朱莉，我不是不愿意把工作交给你，我只是干习惯了，我想再干一阵儿，干到二十周岁的生日。朱莉过去抱了抱王慧，她的大方格呢大衣有点硬，领子立起来遮了她的半张脸。朱莉说，我以前也会这样，觉得那些工作是我的，我占有它们让自己觉得是有用的人。王慧的上眼皮鼓了起来，带着绯红的颜色，仰着脑袋对着朱莉眨眼睛，她觉得被朱莉理解了，又放肆地大哭了一把。她的鼻音很重，她问，那后来呢，朱莉？朱莉站在王慧背后，拨动着那串海贝壳风铃，风铃很清脆，整个屋子好像都处在学生时代。朱莉说，你还像个学生似的，学生时代都喜欢证明自己。王慧特别喜欢有人说她像学生，她不化妆，愿意保持一种单纯的相貌，甚至还扎起马尾辫。不过，她确实只有二十岁，中专毕业后，她被李虎调进了镇医院，她还是临时工。朱莉觉得自己一直以来没有看错，王慧还是个大孩子，只是想让会计的身份在自己的身上多待一阵。她一下子轻松了许多,觉得这漫长的等待不存在什么背后的东西,她知道,今天,她才真正进入镇医院上岗。她对王慧说,王慧,很多工作我们一起配合,你和我相辅相成。王慧轻松地吐了口气,她和朱莉从来没有这么近过。她觉得有点累,最后把保险柜的钥匙从坤包里掏了出来,递给朱莉。

第二天傍晚,李虎就约了朱莉,在银城天晶大酒店一个迷你包间里。朱莉进门的时候,屋里坐着两个人,一个是李虎,一个是陌生人,比李虎大一圈儿,让李虎显得很秀气。他的粗鼻孔里呼出风一样大的一团二氧化碳,可吸进氧气时却像游丝。李虎介绍了他和她,他叫孙小力,她叫朱莉,他们点了个头。孙小力的鼻气瞬间扑到朱莉的手背上,就像碾压而来的一团大气压。可以看出来,他浑身像被什么捆缚着,扎着两只随时会挥舞出去的长胳膊,他克制它们。

孙小力的电话响个不停,他就不停地接电话。接起电话来,他操着纯正的银城口音,出口很重,尾音上却又轻轻拐了回来。李虎在孙小力嘈杂的声音里问,朱莉,你一点银城话都不会说?朱莉喊着,我小时在黑龙江农场长大,东北话一直变不回来。李虎说,你的口音里也没有东北味儿,你算是标准的普通话,王慧特别喜欢你说话,背地里还在学。朱莉和李虎说这话时,她的注意力无法抵挡地被分散到孙小力的身上。朱莉觉得这个人很面熟,但找不到来路。

快上晚餐的时刻,孙小力却起身要走。他结束一通又一通张牙舞

■ 再见，朱莉

爪的电话，强壮的大手捉着一个苹果手机，显得就像把玩一个儿童玩具。他起身，他的身体庞大而有力，大量的热量和力气随时向外溢出，在身体周围形成一个大气圈儿。他竟然把嘴附到李虎的耳朵旁，小声说，李哥，都安排好了。他的声音很粗壮，根本没必要贴到耳朵根去说话，但是这种行为代表一种臣服的姿态，能够说明身份。李虎穿着一身西装没有动，他显得更斯文，说话声音适中，他点了一下头，说，我先出去一下，回来你再走。

孙小力在座位上等待着。他把手机在五根手指间翻滚，这让朱莉想起上学的时候用手指耍铅笔。他耷着眼皮，眼睛却透过缝隙盯着朱莉。朱莉毫不回避，她正面打量着孙小力，我可能见过你。孙小力从鼻腔里笑出来，谁都说见过我。不知道什么时候，一副方形黑框眼镜架在他的鼻梁上，没有玻璃片，眼睛从空玻璃框底部瞥出来，瞥到朱莉的身上，故意让朱莉感到危险。他反问，你就是那个研究生？你自己考公务员进的镇医院？稀罕，李虎总是说起你。

李虎回来了，孙小力硕大的躯壳面对李虎的时候却像是空的，他起身就走了。朱莉扫着孙小力的后背，她假设了一下，这么宽的后背，如果加上黑棕色的毛，那就是一头棕熊，她一下子闻到了动物的体腥儿。

有点像烛光晚宴。李虎比朱莉大七岁，明显质地厚实。他让服务员上第三道菜品的时候，把屋子里的其他灯打亮。他说，我实在不习惯昏暗。他突然有了人的那一面，在医院里，他就是一件疯狂工作的白大褂。他说起了王慧，那孩子小性子，从小父母去世早，没人管，让朱莉时常迁就这个表妹。朱莉说，我和王慧相处很好。李虎端起酒杯和朱莉碰了一下，如释重负，那就好了，这个表妹没少惹祸，胆子大，克扣别人报销的钱，她说觉得很好玩，她说别人也都不在乎，就当犒劳她给他们服务。

服务？朱莉说，我见过一次。她根本不知道那是犯法。

李虎又把杯子举了过来，嗯，服务，给他们整理单据，贴票据，做凭证，就像酒吧服务员，要给小费。李虎笑起来显得很年轻，在离开医院的环境里，他像另一个人。

他说，朱莉，自从你来了，你让我醒了，想起想象中的自己。我原本想象自己考上大学，考上研究生、博士生，走到外面世界去。不过，我没有上大学，选了个自己也不懂的财会中专，就一直待在镇医院？

朱莉说，我不是也转到了镇医院里，还是你的手下兵？

李虎的脸有点红，他的眼睛腼腆，不太直视朱莉，只看着被逐渐喝掉的红酒，玻璃杯一点点被还原成透明。朱莉一下子明白了李虎每天盯着她下班离开的缘由。

李虎说，约你出来没什么别的，以后财务科很多工作都靠你了，小地方医院事务杂乱，没有那么规矩，合作愉快。朱莉说，合作愉快，会计的操守我还是有的。李虎显出一种很古怪的情绪，就像有难言之

■ 再见，朱莉

■ 296

隐。他犹豫着说，医院自有一套属于医院的财务规则和系统，既然同为财务科的一分子，希望你能遵守。朱莉并没有理会李虎，事实上她挺想说说自己。从回到银城，她之前的那些生活理念在这里完全失效。在威海公司的宿舍里整理行李，她想象着家乡银城的阳光是亮白色，常常很刺眼却很温暖，空气干燥不会返潮，从城北的铝厂集团到城南新建的三馆也不过是一条短暂的线段，她考入的那家镇医院很小却很清静，她希望病人很少，每天简单到两点一线。她说，我这个人喜欢独自生活，对爱情、婚姻什么没有太大的喜好。朱莉听到李虎激动起来，我原来也想过，很自由，不过，后来没有坚持，银城都是传统的传宗接代的普通人的日子，你很难坚持到底，有这种想法都很危险。

朱莉说，我会坚持的。她知道自己不必说很多话了，他们有着共同的观念。但她始终在回想着那个像熊一样的孙小力，这是她的后遗症，一个是回到银城后重新开始阅读侦探小说，一个是自从在威海一家医疗器械公司工作后，她学会了思考一个接骨螺钉如何植入人体，把碎裂的骨骼固定，这种植入与拆解的持续想象很顽固，形成人的一种思维逻辑。一天深夜噩梦中惊醒后，爬起来去卫生间照镜子，她看着自己的脸，竟然想到了究竟是在哪里见过孙小力——是中秋节时在秦丽家里说起一个外号叫藏獒的人，他在当时她的想象里出现过。

临近春节，医院里出了很多事情，冬季一来，会带走久病的患者。

月底和年底各种账目结算期,万物都在等待着新开始。朱莉在一天清早打开电脑后,发现一笔几十万的收入账目成为空账,她问对桌的王慧。王慧在贴各种单据的凭证,她伸着潮红的舌头尖,习惯性地舔一舔,熟稔一个传统会计严密的手工技能,她手里却握着胶水。她头也不抬,自从她得知李虎约过朱莉,她就用有色眼镜看着朱莉。

她说,你知道那个李强是怎么死的吗?

之前她们两个独处一室,谈论过银城很多事情,甚至自己的私生活。这个满腔热血的王慧要嫁给一个白马王子,她在财务科里走来走去,她已经走进了王子骑着白马漫步的丛林,那里郁郁葱葱,花香四溢,山湖掩映。有时,李虎刚好推门而入,她朝着朱莉挤挤眼睛,白马王子在人世间的投影就像李虎。她还会继续明目张胆地向报销人索要"小费",会一周换一套衣服,很浪费,被遮挡在白大褂里。

眼下的朱莉没有回应王慧,却想到了与李强死亡有关的藏獒,那是秦丽曾经提到过的。平日里,王慧这个扎着马尾辫的女孩儿大脑和心都是空的,但她瞬间就成熟了,就像时机已到,瓜熟蒂落,她端坐的姿态开始渗透着控制欲,两个肩膀呈九十度角,垂直让人变得坚硬和高傲。

她把脖子伸长,向着朱莉,你知道藏獒吗?你知道李虎吗?我劝你还是装作看不见为好,而且,你只有两条路可以选:一条是变成我们,一条是离开。朱莉停在电脑前,在繁密的红、黑数字间,那一行空白数据行里填满了浅灰色,就像断崖。她笑了起来,我两条路都不选呢?她起身走到王慧身后空置的立式风扇前,现在是寒冬,它没什么用处,只是一个挂着风铃的铁质支架。她拨动起海贝壳风铃,声音一响,整个房间就有了喘息的空间。

王慧不准备把脑袋转过来面对朱莉,到了这个时候,她已经不需要伪装成半年前的王慧。她继续仔细地贴凭证,就像一个尽职的出纳员。她说,那你可能就得做李强。那个已经死去半年的李强,却仿佛在任何时候都能活过来,作为现实的证明。整个财务科在李强的控制中陷入沉寂。

这一天傍晚下班后,朱莉可以不用躲在停车场的墙角猜测财务科里发生的故事。她已经成为故事里的三个主角之一。冬季的银城不到六点就已经深陷漆黑,靠墙的四组暖气片散发出热气,水银色表面有被岁月剥离的斑驳处,有点铁锈,告诉你这个镇医院已经活得很老了。李虎进门把房顶的四组侧灯全部打亮后,屋子里充满家的意味。朱莉和王慧纷纷舒了口气,她们冷战了一整天,神经和筋骨僵硬不堪。李虎坐下来,两张寒冷相对的女人脸,一张温暖的男人脸,在两张相靠的办公桌前形成稳固的三角形,好像他们是默契多年的老搭档。

李虎没有等待朱莉询问,他做了反向追问,瞬间便占了上风,朱莉,有笔账成了空账?朱莉倒抽了一口冷气,我正要问李科长,我的电脑会自动吞赃?王慧闯入其中,朱莉感到她在用对待报销人的蛮横对待自己,她尖锐地划向朱莉,什么叫吞赃？事情一到了你那里就变得丑陋。李虎喝住了王慧,他只需要一个暖洋洋的眼神。他穿着白大褂,从高大中直立起来一种柔和,我们都是自己人,不必你争我抢的。

朱莉厌倦这种随意自称"我们"和"自己人"的人,她回绝李虎,我不是"我们",更不是"自己人",我是银城南郊镇医院的一名会计。李虎盯着朱莉,那认真劲儿讨人喜欢,他甚至把眼神黏在朱莉的脸上发了一会儿呆,然后瞬间清醒。清醒的李虎说,我以前也这样认真,认真不会有出路。我记得跟你说过医院有一套医院的财务规则和系统,我们谁都逃不了。朱莉说,我记得我也跟你说过,会计的操守我还是有的。王慧笑出声来,操守,表哥,她在说操守。李虎回击了王慧,闭嘴。

屋子里安静下来,也许是傍晚,这个在银城南部角落里的小医院,小得就像个大门诊,却被装入这么一大片空旷里。朱莉想着自己在外生活时总会掉入这样空旷的情境里,没什么依托,没想到落入家乡的一片空旷里。李虎走到阳台前,点燃了一支烟,并不吸它,只是看着它燃烧,它蠕动的红色火星映在玻璃窗上,从燃尽之处继续生长出火星儿。他看着大门厅前高耸的台阶,大厅顶部有一盏灯,极亮,每天傍晚,朱莉会一级一级地走下去,而且他知道她明白他在一直看着她。香烟自行熄灭后,李虎转过身来,他平静地告诉朱莉,你只能遵守,不然会很麻烦,除了你自己,还有你父母,还会有你的名誉,你知道,一个人在世界上的名誉,和你说的操守很接近,但是有正反之分,你好好想

■ 再见,朱莉

■ 300

一想。李虎满身惆怅地离开财务科。那天傍晚和之后的每一个傍晚,朱莉离开医院的时刻,依然会有一个叫李虎的人站在财务科的玻璃窗前看着她,有时候大雪会让医院更明亮,整个暴露在白色之中,但似乎没有影子。

朱莉陷入了阴影里。她极力把自己调整成正常的样子,上班及时,所有轨迹按部就班。朱莉迎着在银城第一个圆满的春节,提前给爸妈买了新衣服,给家里添置了两台加湿器,帮助妈妈抵御咽炎和鼻炎,她在干燥的冬季总是干咳,甚至呼吸不畅,湿润可以给她安慰。给爸爸订了新一年的《老年报》,爸爸说那是老年人最好的福利,他和妈妈从黑龙江回到银城,在味精厂工作了十多年,到退休的前一天,他仍然是工厂里唯一订阅《老年报》的工人。

朱莉甚至表现出过度真实的热情,她在家里的阳台上摆满了鲜花,红色和黄色两种长寿花搭在一起,杜鹃花开满酒红色的花朵,小株粉玫瑰和月季花混淆彼此,香客来在错误的角度上越看越像蝴蝶兰。她在办公室的阳台上也添了一盆大红色的虎刺梅,很多人都不认识它,只是觉得财务科那扇玻璃窗里有火焰燃烧的热情。连李晨光在午饭的时候都凑到朱莉的餐桌上,以问花为由,反复问她是不是恋爱了,自己还有没有机会。朱莉明目张胆地告诉李晨光,我恋爱了,我爱我自己,我一生都爱我自己。李晨光笑到肠子疼,他说谁不爱自己?那还得女人爱男人,男人爱女人,缺一不可。他被朱莉的话卡住了,朱莉说，我选择独身。在那之后，李晨光在厨房的玻璃窗里往三楼的财务室里望，更加频繁。

　　李虎和王慧对朱莉态度缓和了一些，他们觉得那盆火红的虎刺梅是好兆头，朱莉终究会成为自己人。朱莉下班后回到家，把自己关在卧室里，她能听到爸妈在门口试探的脚步声，朱莉就会隔着门咳嗽几声，把书页翻得哗啦啦响。朱莉用了一周的深夜查询了大量有关李强自杀的信息，除了最初案发现场那些已经流出的照片，那个惨白的李强，还有一条占据银城新闻几秒钟的资讯，案件没有下文。力量从朱莉的每个骨缝间重新生长出来。她有了新的目标，一个和李虎、王慧较量，一个跟踪李强自杀案。她的脑子里始终闪着一个人，即使他们只见过一面，在李虎约她的天晶大酒店包间里，那个像棕熊一样的孙小力，也许就是秦丽提起的藏獒。

　　这段时间，父母忍让了半年，他们借着女儿情绪好的时刻，有时在餐桌收拾干净后，有时在爸爸整理他的花草时，总会提起朱莉婚姻的问题。这是之前朱莉从不妥协的事情。但是，此时再也没有坚决坚持自己或者回避什么的意愿。她处在婚姻主动的位置上，告诉他们，她可能会用心考虑的。所以，爸妈极度开心，他们每天都表演着压抑的快乐和温和，战战兢兢。为此，爸爸给女儿让开一个独立的空间，他相信自己的女儿从小就是个独立的孩子。

　　朱莉把更多的时间留给爸妈，她和爸妈坐在客厅里看国际新闻，

■ 再见，朱莉

■ 302

或者一同到就近的枣乡街上散步，到城西的金牛湖边看看冰冻的湖面。爸妈会异常激动，他们怀念黑龙江冬天里四处冰冻，水库冻成整个的冰库，冰挂在屋檐下垂向地面，爸爸说，那就像一把把剑，我们把剑敲下来，剑遇到地面就会碎，我们就把剑分吃掉。朱莉听爸妈反复说起吃剑的故事，她就会想起李虎说的那些麻烦的事情，你只能遵守，不然会很麻烦，除了你自己，还有你父母，还会有你的名誉，你知道，一个人在世界上的名誉，和你说的操守很接近……这些年气候变暖，湖面已经不会全部冻硬，单薄的冰面会陷下去渗出湖水来，又和另一片冻实的冰面连接起来，它们相互渗透，不分彼此。朱莉每次都会朝着湖中央望一会儿，不知道李强的跳水能力怎样，他载着石头能否跳到湖的中央，那里更洁净些，他也许会一心努力接近湖中心。如果是别人帮助了他，他连这些麻烦事都无须考虑。靠近东岸边的草坪已经灰黄，断断续续的雪块儿遮盖了很多痕迹，李强丑陋的尸体曾在这片草坪上被放置，被隔离圈保护，被警察现场取样。除了寒风很冷，青松很绿，湖面晶莹剔透，现在这里很平静。有时和妈妈一起听爸爸读《老年报》的周末时光，她会突然就柔软下来，在柔软侵蚀人的时候，恐惧消磨了她要坚持的东西。

朱莉度过了很漫长的一段纠缠生活，其实，那不足一个星期，她开始在每天深夜里失眠，抉择如何选择那两条路，或者真的要开始那两个新目标。

郭院长终于出现了,他老了不少,头发全白,原来也许是黑色染发素的作用,让人看起来他的确不适合再做一院之长了。他开了一个年终会,很简单,就在他的办公室里,各个科室的代表围圈开来,前前后后参差不齐,谁都对彼此闪开一段距离,就像金牛湖广场上散落的各色姿态的人物雕塑。郭院长坐在椅子上低头摆弄一支碳素笔,咔嗒咔嗒按着,让笔尖不停地在笔身里进进出出。屋子里静了好一阵子,大家都在等那个忙碌的李虎。

李虎一来,几句话就把医院一年的各色事情通说了一遍。郭院长起身说了一句话,好,散会,祝大家新年新气象。代表们夺门而出,那扇门只有在此时才有了最大的价值,它全力以赴地频繁开合。朱莉想成为最后一个离开的人,她和每个出门的人寒暄后,发现李虎在郭院长对面的沙发上坐下来,他腿太长,二郎腿跷起的弯度很扭捏,整个人就像栽倒在沙发上。她听到郭院长已经和李虎谈起了其他的事情,便离开了院长室。

朱莉在腊月二十六傍晚去了郭院长家,算作节前问候。她没有上楼,把李虎做假账的事情告诉了院长,无论怎样,他依然是一院之长。郭院长没有听完全部就表现出愤怒,他因为愤怒整张脸都变得皮肤紧致,泛出明亮的光泽。路灯有点暗,白头发在一股寒风里直立起来,他说,春节后要查清这个事情,一定要李虎有个说法。然后,他带着仇恨走进小区大门。

■ 再见，朱莉

每年春节，我和于健都在腊月二十七上午去看望大爷、大妈。今年，我们去得格外早。先把儿子送给爸妈，他们需要孙子在忙乱的节日里添乱。我们想和朱莉好好玩上半天。她家在城东的味精厂老家属院里，当年朱爸爸坚持不离开老家属院，他说朱莉喜欢这里，但，那时候朱莉已经在济南上大学。我爸妈和于健爸妈早早搬到城南的新小区。朱妈妈在厨房里洗碗，朱爸爸出门去拿《老年报》，他也常不确定地去附近的小商店看一看。那里每天都有一群下象棋的高手，每天都有输赢，朱爸爸看不出棋势的输赢，但他能看得出那个棋手脸上的输赢。我们每次来访，朱爸爸都会说起那些下棋高手的故事。

朱莉刚刚吃了早饭，蓬松着头发在阳台的椅子上坐着，什么也没有做，什么也没看，比如她痴迷的侦探小说，那个她跟我讲述过的钱德勒。她被半包围在花丛间，盯着自己的脚趾。

我们一进屋，她眼神恍惚地从我们身上和礼物盒子上晃过，然后似乎看到是真实的我们，才疾走到门口迎接，我想也许她沉浸在某些事情里，她小时候也有这个毛病。朱妈妈给我们每个人备了一杯蜂蜜水，像小时候在我家里时的样子。那时候，我爸妈就记住了朱莉爱喝蜂蜜水，最好每天一杯。我们三个在我家客厅的茶几上趴着写作业，每人会得到一杯蜂蜜水的奖励。那时候我很坏，常常挑逗朱莉应该是一只蜜蜂，于健就会把自己的那一杯让给朱莉。朱莉平时不喝，一听到我的挑逗,她就会大大方方地把于健的蜂蜜水喝光。

我们可能同时想起了过去的事情。我们仨都端起温热的蜂蜜水,在阳台上一个圆形的玻璃桌子周围坐着看窗外,却不知道应该说些什么。老家属院是味精厂给工人们提供的第一批住房,楼因为矮显得很臃肿,六层,混凝土没有丝毫露在外面,表层一次次被加固,曾经一层泡沫式的保温层,一层粘网,又一层水泥石灰,可以起到冬暖夏凉的作用。到了秋季,又开始了新一轮的旧小区改造,它们的表面被刮得很混乱,重新喷了黑色油漆,贴上红色贴条,让整个墙面呈红砖块排列,然后再次喷砖红色油漆,揭下红色贴条,就成了现在这副崭新的样子,黑色暗条框出每一块红色砖块,你再也看不到它们衰老、陈旧甚至暗藏危险的内核。

你还记得我们在这些胡同里捉迷藏吗？于健问我们俩。是啊,我们上初中了还在玩捉迷藏游戏。我的老毛病又犯了,讽刺了一下我们的智商。朱莉笑起来还是很干净。这次朱莉不是很有精神,她去小卧室里拿出一些糖果,朱妈妈又取了水果和银城糕点,然后,朱妈妈就去忙午饭了。

我感到朱莉有话要说。她递给我们两块糕点,自己连着吃了两块糕点。银城糕点是传统老字号的蜜饯,并没有改良成低糖的,它保留的高甜度和蜂蜜香,也许是和现代糕点不可调和的分界线,那种老味道不可撼动。朱莉喝光了一杯蜂蜜水,把糕点全部送进肚子。她说,

■ 再见，朱莉

秦丽，你还记得我上次给你讲的《漫长的告别》吗？于健被糕点齁得嗓门嘶哑，你还要走呀？我说，当然记得，你一推荐，我还准备在网上买一本，我特别想亲眼看看你说的那个变幻莫测的酒鬼特里。不过，我还没有买到手。朱莉，你知道吗？成年之后，完整地读一本书对我很艰难。

于健很焦急，谁是特里？漫长的告别有多长？小时候他就容易在未知面前显得焦急，我和朱莉会故意闭嘴不言。找些可以交换的条件，比如帮助我抄朱莉的作业，给朱莉洗校服。为了给于健解决那些很无聊的未知，有时候是我们谎编的莫须有的故事。朱莉给于健重新讲了一遍《漫长的告别》的故事。随后，她问于健，你说，我是不是该做那个侦探马洛？他贴近我们现实的选择，他是唯一一个默默承受宿命，坚持正义，却从不停止用他个人方式来抵抗的人。

我和于健同时问向朱莉一致的问题，被她堵住了。告别了朱妈妈，我们三个准备到老家属院里那些窄小的老胡同走一走。每条胡同我们都熟悉，地面是黑色泥土的老砖块儿，还有点滑，表面累积了太多人的脚印。我们从一条穿向另一条胡同，听着朱莉讲述了以上她回到银城所经历的一切。讲完之后，她被掏空了，眼圈儿很黑，仿佛气息都从眼部最脆弱之处遗失掉，那里因褪掉了光泽而黯淡下来。我们看到朱莉站在我们的对面，她太瘦，但并不弱，有点刀锋凛冽的味道。接近胡同口会有阳光射进来，闪闪烁烁照在朱莉的身上。那是我第一次看到迷茫的朱莉。

于健想起了一件事,我们这一届有个初中同学在派出所,不过,同学聚会他从来不参加,平时几乎不联系,人很独,很怪。我说,那个初三才转来的哈尔滨人,又瘦又黑,像一根铁棍儿,我记得叫冯俊。那个人几乎不说话,眼睛很清澈,有时候好像有水,朱莉也想起了冯俊。我们围绕着老家属院转了整整一圈儿,阳光到了最中正的位置,它直射着我们的头顶。但是,银城冬天太干冷,连光线都像刀子扎下来。我们下意识地往家里走,我们要一起提前吃一顿新年团圆饭,脚底下开始有些沉。

走到单元楼门口,于健立到我和朱莉的对面。他那么高,显得有点飘。他告诉朱莉,如果你们院长出面解决这件事情,我们就选择不报警,如果一旦有变化,就一定要报警。我在节前先去找冯俊,打听点李强自杀案进展的消息,也许还可以了解李虎这个人。朱莉,其实你根本没的选。不过,你别忘了,我和秦丽随时在你身边。那一刻,我心中的于健回来了,我突然有了一种新鲜感。我们从小就在一个味精厂家属院里生活,我们太熟悉了,早早就成了彼此的亲人,要说有那么一点点爱情滋味的话,就是于健这个样子。

年后上班的第三天早晨,返回的医生和工作人员稀少,小镇医院里很安静。人们都在忙着走亲串友,要走到过了正月十五。财务科里

■ 再见，朱莉

只有朱莉一个人，王慧回老家三十里铺过年，要腻到正月十六来上班。朱莉坐在座位上正视对面空落的办公桌椅，几个杂物被王慧当成摆件散在电脑旁，一小盆拳头大的绿植，胖得不像样子，盆土干裂得狰狞。几颗王慧大衣上的纽扣，很长时间她都不记得把它们重新钉上去，敞怀的大衣走起路来带风。一颗深黄色的小葫芦，光泽黯淡，很久没有被主人把玩。一个绿色树叶发卡，断了叶子背后的夹子，失去它的作用。朱莉特别喜欢凌乱打碎了屋子里的刻板，她突然回忆起这么多和王慧有关的记忆，感到她很可爱。她觉得自己挺荒唐的，起身给玻璃窗上的虎刺梅浇了水，它还是那么红艳，花瓣像两只耳朵交织在一起，花蕊很黄，洗练的对比色显得干净。朱莉想不起来自己当时为何选它，她知道它有毒，浑身尖刺，卖花人在它身上贴了卡片，写着它的别名铁海棠花语：倔强而又坚贞，温柔又忠诚，勇猛又不失儒雅。可能正因为如此，在被李虎和王慧威胁的那个时刻，这是她的态度。

永远都能从三楼的玻璃窗上看到大厅门廊前的台阶，有点恍惚，只过了一个春节，却发觉时间很久，仿佛之前发生的所有事情都是假的。阳光洒到整个阳台和屋子里的地面，她看了一会儿暖阳，发现这间屋子很温暖，原来诸多阴冷的事情并不牢固，人们很容易忘记一些罪恶和痛苦，让自己活得卑微、快乐。她重新回到自己的座位上坐着。银城初春气温骤升，比起威海寒冷漫长的春天要舒适得多，但是它太干燥了。朱莉重新盯着自己的电脑，这个电脑里发生的事情是真实的，李虎是真实的，王慧是真实的，郭院长是真实的，那个并不相干的李强是真实的。她突然听到有人下楼梯，走到财务科门口，停了一下，没有敲门又急匆匆离开。

院子里有人在寒暄。朱莉站到玻璃窗前，一辆陌生的黑色轿车停在中央，它体形宽阔，趴卧的姿态显得低调，在这个几乎能查清车辆数和车型的小镇医院从未见过。李虎和郭院长一起走下台阶，他们乌黑发亮的头发显得急匆匆的，两人配合得特别好，几乎同时坐进黑色车子，驶出医院。他们两个人很少同时坐同一辆车出行。朱莉感到紧张，决定明天一早就去找郭院长，解决节前这台电脑里的事情。

傍晚，朱莉还没有离开财务科，李虎来了，他穿着白大褂，一脸愉悦。在银城过春节总比在外边好吧？李虎问，他没有坐下的意思。他径直走到窗前，向空旷的大院里张望，除了黑暗罩住的微弱的路灯没有其他活跃的事物。他背对着朱莉，郭院长都跟我说了，他从你那里知道了账目的问题。朱莉说，是。不只是李虎回了一下头，连朱莉都被自己惊了一下，她语速之快和重力完全是回击。

两个人沉默了一会儿。李虎叹出一口气，很重，朱莉听到一颗心脏因过度失重而沉入深渊的轻飘声。她打了一个哆嗦。李虎转过身来，把后背倚在阳台上。他抖着手从裤兜里掏出一支烟，点燃，他从不吸烟，仍是看着它自燃。他说，朱莉，我明白你做出了选择，那我们是敌人了。你今天看到那辆黑色轿车了，我和郭院长是一起出去的，我

■ 再见，朱莉

们去拜访县领导。朱莉，你应该有点同情心，郭院长在这个镇医院待了一辈子，还有一年多退休，你会让他很不安全，被提前撤职也说不准，你知道让一个人离开这里理由很小，也可以没有理由。

朱莉看了看表，站起来开始收拾回家的东西。她说，李虎，是你让他不安全，是你让我不安全，是你让王慧不安全，是你让这里不安全，你这是犯罪，你不仅仅自己犯罪，还拉拢别人犯罪。李虎笑起来，他羞涩地抿着嘴，又迅速把一切收敛起来。犯罪？哪个人身上没有罪？不犯罪，我能走到今天？他扔掉了烟，几步跨到办公桌前，把朱莉抓在手里，朱莉发现自己被顶到墙上，对面是高大的李虎喷出紧促的鼻气，他离她很近，盯着她，几乎戳透一个人的身体。他用很细微的声音说，聘你你就是个员工，不聘你随时可以离开。过了一会儿，他放弃了朱莉。

那天，朱莉确实感到了李虎的威胁，回想时恐惧才一点点浮出来。她在第二天早上直接奔上院长室，门紧紧锁了一天。傍晚下班后，朱莉去了我家，于健出奇地约到了从不露面的冯俊。

很多年没见，冯俊和之前的形象判若两人，他应该是同学中为数不多变化极大的，大部分同学还是初中时的模样。冯俊穿着便衣，早早在客厅里和于健喝茶、聊天。上学的时候，冯俊对他们三个印象很深，像三人帮。尤其是朱莉，学习成绩总是很好。他说他曾经被朱莉拒绝过，他在下课的时候找朱莉抄作业，朱莉的眼神很犀利。冯俊现在还记得，他说就像一道劈下来的雷电。朱莉什么都不记得了，她反问自己最后是否给他抄作业了,冯俊做了甩飞镖的手势,你后来把作业本甩了过来。我准备了很多水果,自豪极了,我那时候随时可以抄朱莉的作业,我不自己抄,那是于健的功劳。冯俊说,然后你们就抄成了一家人。

我们四个坐在客厅里回忆了一场青春。于健带着一种失落打碎了过去,把我们重新打回现实。他对我们说,朱莉,你再遇到问题就找冯俊和秦丽,我过了十五就得去广西。朱莉笑了笑,她又露出那种熟悉的柔和。是的,朱莉有时候像水,有时候像火,有时候像刀剑,有时候又像寒冰。没事,我又没遇到什么大事,我想我自己能够解决。她扭头问起了冯俊怎么不和同学联系,冯俊说没有什么理由。我看着朱莉和冯俊聊着些无关痛痒的事情,猜测她又遇到了些麻烦。可是,我没有刻意追问她,不然,如果我们早早知道李虎对她的再次威胁,也许不会引起后来发生的一切。

冯俊跟朱莉说,你一个人面对的不是一个李虎,如果你报警,会失控的。控制权在李虎的手里。这跟孙小力有什么关系?就是外号藏獒的孙小力。朱莉说,我见过藏獒,他和李虎很熟。和藏獒熟悉的人很多,方方面面的人都很熟。冯俊继续说,你想挖到藏獒杀害李强与李虎有关,这是对付李虎的一个筹码?我只是感觉到他们有联系。朱莉望了望每个人,我不清楚李虎接下来会做什么。

朱莉,也可能你会面对孙小力,但你不值得为他们花费太大的精力。你们知道他为什么叫藏獒吗？藏獒可以追赶着一群羊行走的方向，他恐吓并保护羊们，不至于让羊群误入歧途。而他总有个更聪明的主人，在远处草坡上握着鞭子睡大觉。不过，李强他老婆一直在控告孙小力放高利贷的事情。这个官司会打得很辛苦、很漫长。就算藏獒被抓进来，也不会被关很久，他进监狱也不是一次两次了。

冯俊说完，我感觉到朱莉生活里的一大片雾霾。但，我们似乎什么都做不了。我是那种不问世事只敷衍工作的小职员，所以，我很安全。

朱莉再次去找了郭院长，这次，他的办公室门敞开着。郭院长又一次面对着那幅山水画，好像所有的事物需要面对着墙壁咽下，需要到另一个想象的世界里去稀释和缓解。郭院长曾经脸上愤怒的痕迹荡然无存，他现在很谦和，过了一个春节，他的精神重新抖擞起来。他说，我会尽快解决财务科那件事。

郭院长在正月十七的早上开了新年会，只有一个议题，他终于作为一院之长主持了会议。他说新年之后一定要有新气象，医院很多设施陈旧，财务科的旧电脑全部换新，升级整套财务软件。这里要表扬朱莉，及时向我提出财务出现空账的问题。当然，不是财务科的人出了问题，而是及时查出旧版财务软件出了漏洞，财务这套更新工作由李虎科长主办。整个医院的人都很开心，他们在各自的岗位上承受太久陈旧带来的不便,他们期盼着从财务科开始变得崭新。

朱莉僵在热情沸腾的人群里,盯着郭院长义正词严时翻动的嘴。一切都猝不及防,那一刻,内心曾经某种坚持轰然倒塌,堵住了她的嘴和腿脚。她只知道自己的脑袋被撞得浑浊,她好像应该冲到院长面前,把对院长说过的真相说给所有人。但是,她始终站在原地,看着所有人都在散去,她独自从散去的人群里走向财务科。她听着他们从楼梯间互道春节问候,想着那天早上看到李虎和郭院长一起出行,想着李虎已经知道自己找过郭院长的事情,想着自己心里其实早早有了对结果的预期,但她仍然很无力。熙熙攘攘的人声变得很抽象,他们开始变形,样貌令人崩溃。王慧已经回到财务科,把她桌子上那些小杂物全部倒进垃圾桶,连那棵活着的绿植也没留下。

她莫名地发起火来。你听着,朱莉,要不是你,财务科怎么会惹这么大的麻烦?全部换新,我们一直用得很好,什么都好好的,现在,全要重新开始。朱莉把会议记录本摔到桌子上,那是因为你们会很麻烦。

从你刚来的时候我就该告诉你,没有什么公平可言。我是初中毕业,你这个研究生每天坐在我对面,就像竖着一座大山。你刚来就是事业编,我干了两年还是临时工。你根本不懂一个小镇医院里一个临时工的处境。你来以后,我过得更辛苦,你完全可以和我们一起。你不识时务,人总要给别人留一条生路。朱莉几乎没有看清王慧的动

■ 再见,朱莉

作,海贝壳风铃已经被摔碎在瓷砖地面上,阳光把它们继续撕裂,地面莹亮亮一片。

那天之后,朱莉感到每天早上去往南郊的路上寸步难行,她甚至想这条向南的路永远不要有尽头。医院的那扇大铁门就像两个世界的分界线,进入那里,她会感到周围长满锋利的刺。把自己放进财务科的办公椅里,如坐针毡。王慧不放过任何一个窥探污秽朱莉的时机,一次午饭打餐,朱莉在王慧前相隔五人之间,不经意打碎了一个米粥碗。大厨李晨光高喊着,"碎碎"平安,啊,"碎碎"平安。王慧洪亮的声音在餐厅里回响,看看,饭碗都端不住了,别端不住自己的饭碗。周围人群里发出呜噜呜噜的附和声,放大厨房里风机的噪音。

大厨李晨光一直等到餐厅里的人几乎走尽时才找到朱莉,他偷偷骂了一顿王慧,吞了他多少报销的钱。朱莉说,那你为什么不说出来?李晨光耳朵特别白,他故意把耳朵罩起来,告诉朱莉,这里很多人都是李虎的亲戚。他问朱莉,他们都在说你诬陷李科长贪污那笔空账。朱莉惊讶极了,那是事实。李晨光盯着朱莉,不过,我相信你,重要的是,这种消息怎么流出来的?朱莉迅速离开餐厅,她很想去找李虎,但她转到停车场,开车去了金牛湖。

银城是鲁西的一个内陆县城,除了金牛湖公园似乎没什么去处。剩下都是旺盛的铝业加工集团,这里大面积种植速生杨,替代了之前的垂柳,为那些三合板厂提供原料。还有装着三分之一银城人的热电厂、味精厂和化肥厂,让银城工业意味特别浓重,干燥、坚硬。春天的金牛湖已经解冻,水面送来些湿润,让这个世界不至于干透。朱莉在一棵垂柳旁的长椅上坐下来,看着那些在湖边散步的老人和玩耍的孩子。只一会儿,很多人都散尽了,他们都回家吃午饭去了,午饭后会小睡一刻,保持一下午精神充足。朱莉想念爸妈,这是她从没有过的奇怪感受,她每天都在爸妈的身边,却依然很想念他们。他们就是这样每天有规律地生活,睡醒后,爸爸会坐在阳台上给妈妈读《老年报》,朱莉在周末的时候也坐在阳台上听,《老年报》里那些老年人记述着自己和别人的老年故事,他们很孤寂,也会很快乐,很积极,也会很迷茫,爸爸读着读着就会加上一句评语:这就是人的命。

爸爸还给朱莉讲过银城金牛湖的传说,所有的银城人都相信那头混淆在牛群里的金牛会保佑银城人世代平安。那个美丽的传说,爸爸讲得很投入,他说那个勤劳的财主每天在金牛山上放牛,九十九头牛到了金牛湖喝水就会变成一百头,但没有人要占有它。爸爸会把"勤劳"两个字提出来,还会把"占有"也提出来。那天,朱莉发现这里是一个很好的去处。虽然,李强曾经把自己交给了金牛湖。每天,朱莉除了上班时间,中午午休都会离开医院,到金牛湖边坐一坐。她逐渐想通了一些事情。

朱莉以身体不好为缘由请了一个月的病假,她在一天清早追随在郭院长的身后进了院长室,郭院长在假条上签了字。回到办公室时,

■ 再见，朱莉

朱莉把假条留给了王慧，然后她几乎飞出了财务科那扇加固的防盗铁门。

朱爸爸一定是像每天上午一样，到家属院门卫室取《老年报》，然后不急于回家，到临街的小商店前看棋友下棋。朱妈妈在打扫卫生，她一生都洁净，到了老年更变本加厉，看到女儿不到九点又返回家中，钻进自己的卧室，坐在写字桌上读书，显然没有再去上班的样子。她坐到女儿身边，用紧靠的身体询问朱莉，朱莉抱着妈妈的腰，这里很柔软，隐秘的感知从这里传递，让人有安全感。我请了一个月的假陪你们，医院里在重新更新电脑和财务系统，没什么事做。一个月？妈妈紧张地起身，打量着朱莉，她想继续说，但转身走出卧室，朱莉听到妈妈很微弱的声音，希望你不是骗我们。

朱莉没有理会，她感到久违的轻松，甚至有着一种虚假的自由感。她并不知道这种方法对自己是否有利，但，至少对李虎是正面的冷战，没有人能扛得住持久的冷战，她想到李虎说过她需要维护的荣誉，反过来，这对李虎更重要。

每天，朱莉坐在爸爸常待的阳台上读书，有时在早饭后无所事事，给妈妈读过去的《老年报》。妈妈需要花半上午的时间打理每一个房间，细微的角落都会照顾到。所以，即使这是第一批最老的家属楼，一进了朱莉家里，就会难以分辨新旧。妈妈说，你给我读 2013 年 6 月第一期吧。朱莉从一个收纳箱里翻找，报纸按照时间顺序排列，爸爸还对每一年和每个月做了标识，很准确就能找到。妈妈没上过学，没有系统地学过识字，但善于学习，她不但识得大部分数字，连生活中常用的进出、上下、内外、高低、家庭、爱人等都认得。

爸爸下楼取了《老年报》就回来，不再去看下棋，他在朱莉回来的第二天开始就无法在棋桌前做到从容静观。朱莉在读一篇《吾爱》的小文，文章署名是故事中的男主人公宋浩，他是妈妈一直最赞扬的人，他照顾植物人妻子十三年，每一篇小文都是他和妻子相处的故事，里面有他长年积累观察病人的喜好，发明创造的陪护妙方，如何做细腻营养的流食，病人房间除异味，他推荐其中最重要的心灵交流是放轻音乐，为妻子每天阅读《老年报》。妈妈说，你看，他们多厉害，他们坚持了十三年，我想，他们就是因为《老年报》里那么多陌生老人的人生故事，才活得不枯燥。朱莉在椅子上停歇，她想着那漫长的十三年，觉得人活着太拥挤。她说，妈，我不觉得一个人非要嵌到另一个人的生命里，人就是么回事，独自生，独自死。朱妈妈开始侍弄那些花草，她们都明白彼此在暗示什么。

朱爸爸回来了，家里多出一个朱莉整日进进出出，就像每一个房间塞满了人，不到十天的休假时间，三个人都感到拥挤。能做的事情很少，但，终于有一件事可以坐下来认真谈一谈，每一天都有时间可以谈一谈。

■ 再见,朱莉

大概十全十美是很危险的事情,所以,到了第十一天,也就是今天,似乎每个人都藏不住伪装了。朱爸爸把新一期的《老年报》放在阳台的玻璃茶桌上,它那赫然放大的"老年"报头,刚好在朱莉的平行视线内。它太耀眼,又像一种暗示,暗示朱莉终归要衰老。难道你这一辈子真要一个人过?朱爸爸说,你不是说单位更新财务系统不忙?可你就是单位里的会计。朱爸爸一直感到被女儿欺骗和敷衍,只是他的性格里布满了保守的成分,他更愿意尊重自己的女儿。

朱爸爸坐在客厅的沙发上却显得拘谨,他低着脑袋,两条腿紧紧并拢。朱妈妈把花盆里的每一片枯叶都拣出来,她想制造点声音。朱莉把《老年报》翻过去,把报头压在桌面上。她看着爸爸的头顶,那里头发稀疏,比别处更白。我只是选择了一种生活方式,那仅仅是另一种生活方式。朱莉为这种生活方式辩解了无数遍,它简单到只限于区别婚姻生活的另一种选择。爸爸和妈妈几乎一致的声音,他们问朱莉,那你为什么不选择正常的婚姻生活?朱妈妈很愤怒,她从花丛间猛然站起来,带来一阵眩晕。朱莉扶住妈妈,我们不说这些了,我们已经说了太久了,毫无意义。

妈妈被扶到爸爸身边,难道我和你爸对你也是毫无意义?他们一起坐在北墙的沙发上,朱莉不在家的时候,他们就一起坐在这里,反复琢磨自己的女儿究竟是怎么回事。

朱莉泡了一壶金银花茶,给爸妈各倒一杯,时间好像凝固的铁块儿,能听到餐厅墙壁上电子挂钟均匀的脚步声,它从生到死都是这一个步调。金银花苦涩的气息飘散出来,朱莉说,爸,妈,我想这样活着。

妈妈再也不想这样遮遮掩掩,她隐形的疲倦顷刻间全部裸露出来,所有的器官都在重力向下,分秒便拖垮一个人。妈妈说,朱莉,你不是一个人活着,我们每天都活在老家属院,活在亲朋之间,活在银城里,知道我为什么从不出门吗?知道你爸爸只看棋不下棋吗?知道你爸爸为什么整天读《老年报》吗?知道你回来我们活得谨小慎微吗?都是因为我们家很奇怪。爸爸想制止妈妈,他从小就尊重朱莉,但为时已晚。你从小就独立,但,不是独断专行。妈妈可能是从《老年报》上学到了这个词,她有些虚弱,脸颊泛红,心跳加快,能听到胸腔里焦虑的跳跃声。你三十岁了,刚刚上班,可你不珍惜这份工作,你以自我为中心,你玩什么独身?你觉得你很特别,不婚嫁,不生子,现在,你不工作、不生活,你不回银城,你不回家,死了之后你去哪里?你究竟想干什么?!

妈妈无法正常呼吸,朱莉愣怔在对面的小板凳上,她像一副行尸走肉,没法一瞬间吞下这些命运,她失去了应对的能力。爸爸为妈妈抚着激烈膨胀的胸口,朱莉端过去一杯水,被爸爸示意拒绝,爸爸从妈妈的衣兜里掏出速效救心丸,喂妈妈服下,朱莉跑到妈妈身边,帮着舒展拥堵的心口,憎恨自己这堆废弃物在哪里都无法派上用场。爸爸能准确找到妈妈逐渐恢复正常的时机,把妈妈扶到卧室休息。

■ 再见,朱莉

■ 320

朱莉独自坐在客厅里,到处是妈妈那些无解的疑问。她无法呼吸,但她并不想出门,门外到处都是拥堵的银城人。她逃到阳台上的花丛间,紫红色的海棠,小玫瑰粉出一片来,吊兰翠绿,马蹄红有粗壮的根茎,小米星的叶尖火红,阳光把这一切都笼罩在里面,朱莉躲在暖煦里,第一次在家里哭泣。

爸爸轻手轻脚走出卧室,把门关紧。朱莉迅速跑过来,她有点失魂落魄。她跑到餐厅的酒柜里摸出了一瓶红酒,爸爸只喝白酒,春节吃年夜饭的时候,他们俩还对饮了一杯,那时候全是幸福。餐桌上空荡荡的,妈妈在餐桌中心摆了一小盆肉肉,不知道植物名,圆滚滚的叶瓣上披了白霜。朱莉把一杯红酒喝光,又倒了一杯。爸爸给自己倒了一小盅白酒,他已经过了一口干杯的年龄,他朝着朱莉举了举,喝了一小口,父女俩不说话,只是喝酒。他们父女之间从小就养成的谈心习惯,长大了,这种习惯已经消失。

下棋最基本的规则是保将帅,我不懂棋,但我知道要是放到一个人身上,就是要保护自己,才能应万变。爸爸说的是家属院门口那家小商店前下棋的故事。他独自喝了一小口,继续说,高手走险棋,但不走绝棋,高手总是让一步。朱莉把第三杯红酒一口气喝干,爸爸,我明白,但是,你忽略了一个最重要的东西,那就是走每一步棋的厮杀过程,总要有人直面每一步,总要有人做棋子,总要有人逆行。爸爸看了一眼朱莉,把一盅白酒喝掉,对自己说,失败。

再见，朱莉

一个月的病假期变成一年，时间就像无限期裂变，每一分钟都在重复咬合朱莉的神经。她在父母身边很紧张，大部分时候在自己的卧室里读书。一个周末午后，朱莉几乎把床单拧破，她想念威海，想念自己那面插着小红旗的地图，想念自己一个人在外的疲倦和不堪，想念海和天的混沌，那里什么都装得下。朱莉感到自己有点恍惚，她甚至惧怕卧室门的轻微震动，她惧怕迈出这扇门去那个医院，又惧怕独自留在门内。她不知不觉竟然打电话约了冯俊和我，她听到我高喊着，我们马上到金牛湖公园，随后是电话里轰隆隆的车声和人声，尖锐、刺耳。

我们三个到金牛湖边坐了一下午。朱莉说她很恐惧，但不知道真正恐惧什么。她告诉冯俊和我，我爸说了两个字：失败，我发现我完了。冯俊说，我和妻子想过丁克生活，但，我们不能再坚持，妻子到了高龄产妇期，在银城，无法传宗接代好像让我们欠了所有人的债，我现在明白了，负罪，朱莉，负罪会压垮你。我挤在朱莉和冯俊中间，我是三个人中人生最正常的一个。

春季风多，干燥，像铁片一样削着水面，水一层一层的薄面被推到对岸。冯俊问，朱莉，你已经走出银城，何必又回来？朱莉努力想了一下，翻云覆雨的密集事情一件一件混乱不堪，她几乎看不到回来时的自己。她的身体和内心结了一层层硬痂，她说，我无法回答，可能我懦弱，我觉得城内和城外其实都一样。那天夜里，朱莉搬到我那里，于健

■ 再见，朱莉

不在家，她和我再次住在一起，像小时候那样睡在一个被窝里。

朱莉重新回到医院上班，发现全院的人异常古怪。门卫不再从玻璃窗里探出头来打招呼，他隔着门卫室盯着朱莉，就像盯着一个新来的陌生人。然后，他很不屑，用手指尖点了一下自动启动杆按钮，就把脸转向别处。上楼的时候，很多科室的人都尽量离她远一些，他们甚至流露出恐惧和厌弃的眼神。王慧去县里办事，中午才返回。一上午，朱莉去了院长室报到，院长独自坐在办公椅上，和她简单说了些医院的事情，甚至包括财务科的新电脑和财务系统已经安装好。朱莉回到财务科，独自坐在椅子上，两台崭新的台式电脑，外貌上让这间陈旧的办公室明亮一些，她没有打开电脑，突然觉得无所事事。所有的事物都无所事事。午饭时，朱莉最后一个走进餐厅，王慧已经坐在她们之前常坐的位置上吃掉了一半饭菜，她看到了朱莉，对大家说，朱莉病好了。有人问什么病。王慧把饭菜咽下，清亮嗓门，她有病！精神病！餐厅里一片喧哗和唏嘘，好像只有李晨光的声音挤在里面，别这样说人家，你们至于吗？

朱莉每天蜷缩着待在财务科的椅子上，有人进去，她会受惊，耳朵旁全是人的窃窃私语，那些声音神秘地穿透她的耳膜，她就会把自己继续缩紧。回到家里，她会变得异常轻松，会哼起小曲，努力把自己打开。有时，她独自在卧室里发呆，反复跟爸爸妈妈说起，我不想去上班,再也不想去。

夏季的一个傍晚,李虎约了朱莉去天晶大酒店,这是朱莉早早就想到的,所有事情的开始都会通向结局。尤其是自从和爸妈揭开伤疤,"理解"在人间崩塌,医院里闭塞、压抑,朱莉觉得再没什么算作恐惧的事情。那天傍晚,朱莉提前告诉冯俊和我,他们在酒店对面的大道边等待,可以时刻看到酒店全部打开的窗口。

房间里没有李虎,却只有孙小力,他给朱莉点了银城的招牌菜叫花鸡、五香驴肉,充满了兽性,外加一杯酸梅汁。两个人不说话,他们较量着彼此的耐力。李虎不会来,孙小力早就知道,但他装得栩栩如生,显现出焦虑感。孙小力开始变换着腿型,一会儿大劈叉,一会儿跷起二郎腿,抖个不停。朱莉一动不动地盯着红棕色的酸梅汁,盯着那些悬浮的果肉。

孙小力骂了一句,妈的,女人真是麻烦。他从兜里掏出一个破旧的手机,立在朱莉的玻璃杯前。你不问问为什么是我?朱莉说,这么快李虎开始隐去,真像一个大人物。

孙小力的脸面被轻视,立刻变得严肃,但无法遮住他膨胀的匪气,他点开一段视频。李强被关在一个铁笼子里,吊在一个废弃的游泳池上,水池干涸的痕印刻在方形四壁上,显然是新注进的水。他吃喝拉撒都在笼子里,能看到笼子里有粪便,像一只狗。是孙小力的声音,但镜头里始终只有李强一个人。孙小力喊,下,笼子里的李强从高空沉

■ 再见,朱莉

■ 324

入水里。孙小力喊,上,笼子从水里吊出来,李强被水呛得虚脱,肚子鼓胀,像一只落水狗。他们如此反复沉下、吊起,如此羞辱。能听到每一次下沉,李强高喊,我会自杀的,一定会自杀。

朱莉的胃里翻江倒海,心脏抽搐,血液全部冲向额头,她觉得自己的眼睛鼓出了眼眶。她站立起来,应该是向着孙小力伸出了拳头,却发现,孙小力高大的身体立得笔挺,瞬间就向地面冲下去,他摔碎了手机。看着朱莉满脸血红端坐在座位上没有动,他伸了一个大拇指,你这个女人比得上李强,我喜欢。然后,他缓慢地蹲下身子,很悠闲,认真细致地捡手机碎片,装进了一个塑料袋里。朱莉无意识地起身,她举起那杯酸梅汁,砸向孙小力低垂的脑袋。

朱莉很快从大厅里奔跑出来。冯俊和我没想到这么快。朱莉什么也没说,她脸色惨白,就像瞬间长了一层白茸毛,呼吸急促,在冬青的花坛里呕吐。那个巨大的铁笼,在朱莉的胸腔里反复下坠和上吊。朱莉一路上绷紧自己的神经,她还告诉冯俊和我,没什么事,我很安全。回到家里,回到自己卧室的床铺上,她才彻底袒露原形,力气全部用尽了,她觉得自己很轻飘,恐惧袭来,朱莉闷声痛哭,浑身战栗。

朱莉又一次请了病假。这一次,她请了三个月。爸爸这次没有留情,他一定要把自己的女儿送进精神病院治疗。朱莉用了大半个晚上写了一封公开信给县政府,她想把所有的事实写出来。她在自己的卧室里转了无数圈,到处都是李强在那个铁笼中的影子,到处都是李强。

朱莉最终只写了一个微不足道的理由,工资低,可她即将要结婚生子,请求调至其他单位,她把自己的名字署上。她在一天早晨送到县委大院的门卫室,期待着或许会有什么奇迹发生。随后,她找到一家小店,把自己的长头发剪短,很短,接近男人的板寸头型,每一根都向着外界竖立。后来,朱莉一直留着剪短的头发。

朱莉做了银城人第一件公开的大事。一天上午之后,朱莉成了银城的名人。县人大常委会上,朱莉的信被公开宣读,并且将要给予解决,南郊镇医院是第一个被宣读的单位名字。

朱莉正在家里读书,李虎第一个打来电话,电话拨通,两端都没有丝毫声音,空白一直持续,如同力与力的制衡,谁也不挂断电话,直到第二个电话打进来,焦急、频繁,撞击着沉默。朱莉挂断李虎的电话,接通郭院长的电话,郭院长只有一句话,他反复大吼,你毁了我。

三个月的病假,朱莉待在家里的时间居多,每天下午成为一种习惯,和爸妈坐在阳台上,朱莉开始朗读《老年报》。老年人的故事并不少,也很揪心,妈妈多次为故事里的主人公落泪。但,总是有温暖的几句话。一个下午,爸爸问起朱莉,他很久以前就想问,所有的事情为什么不早早告诉我们?朱莉说,其实,我早就知道自己没的选,我不想同流合污,我也不想因此失去我靠自己努力得来的工作。我有我自己最根本的坚持,爸爸,我必须承受命运让我承受的一切,这就是我的抵抗,每个人都如此。

■ 再见，朱莉

■ 326

　　于健一般半年回来一次，和冯俊、我、朱莉小聚了一次。他给每个人带了猫屎咖啡。于健直到现在都无法接受朱莉的短发，他跟我说过，不知道朱莉自己都经历了什么。他们去了上学时常去的一家老豆腐店，那是个百年老店，祖传豆腐脑在银城人的嘴里快成了神。店铺大出原来的三倍，上下两层，烧饼、油条、豆腐脑、茶叶蛋，还有他们最想念的干萝卜条，那是上学时每个学生都离不开的佐餐。

　　我们大清早就聚到一起，想共同度过一整天。于健几乎不敢直视朱莉，在银城，女孩子没有胆量把自己打扮成男人样，她们更以母性为美。冯俊说，朱莉有气质。我们早餐后去了银城兴建中的体育馆，白天，人影寂寥，我们感到很自在。

　　法桐树形成绿荫路，我们四个从路上走，并不急于去任何一个展馆。冯俊说，李强案件有了结果，藏獒被抓，他是主犯，他给李强放高利贷，还上了套儿，故意在还款日玩失踪，李强无法还款就会违约，必然要付给孙小力高额违约金。朱莉问，只有孙小力一个人？孙小力的小额投资公司，有一个暗股，但他咬定只有他自己。我说，他为什么又把李强的尸体捞上来？他就是要挑衅警察一把，看看是不是警察知难而退，挑衅每一个普通的银城人。冯俊继续说，那是他们每天活着的乐趣。冯俊显得很微弱，他转到四个人的边缘，靠着于健。于健感到很迷茫，李强是自杀吗？冯俊说，是，在孙小力的折磨后跳进金牛湖。我猛地跺了一下脚，这是我第一次吼叫，为什么不判他无期徒刑，把他永远关在监狱里？

他们在美丽的法桐树道上走了很长时间,这个体育馆很大,所有的新建筑都是为了匹配百强县的标准。朱莉越来越明白语言有时候很多余,她一路想着被关在铁笼中的李强,也许银城不会再有人知道这一幕的真相了。我们准备去图书馆看一看,拐上楼梯的时候,朱莉说,秦丽,你可能是我们四个人中最后一个还想站出来说句话的人。

现在,朱莉还是在那个小小的南郊镇医院工作,她没有被调至银城其他单位。李虎这次没有那么侥幸,在银城天网打黑行动中藏獒那群人又一次被抓,李虎被牵扯进去,掩藏多年的罪行自然都暴露出来。朱莉觉得那些事情都不像当时那么重要了,反倒李虎有点可悲。她主动调离了财务科,去管理南郊镇下辖村落的精神病人的病情回访工作。南郊镇有十几个村子,朱莉每天开着车穿行在其间。我们周末偶尔聚一次,她很开心,她说发现了医院里一处保留慈悲的地方,和不同的精神病患打交道。他们都很善良,他们同样是这个世界上很重要的人。每次去,他们都会把自己隐藏的小零食、断柄的勺子、一颗桃核雕刻的竹篮、一截从礼品盒上拆下来的黄色丝带送给陌生的朱莉。有的自闭症孩子还成为朱莉的朋友,他们甚至彼此通信。朱莉把那些小礼物带给我看过。每天工作,她把它们装在她的小Q车抽屉里。朱莉还为他们留长了头发,他们都喜欢长头发女孩儿。

■ 再见，朱莉

银城通过了百强县，除了 GDP 的苛刻，如同对硬汉的硬的要求，GDP 和环境保护也制衡在一起，还有一种不太重要但很提升一座城市品位的东西就是"三馆"：飞车般的体育馆、圆柱博物馆、方形图书馆，它们在那条被改头换面的老振兴街上，被坚实的水泥底座高高举起，好像整个城市都飞了起来。

银城的人大都傍晚拥去散步、跳舞、健身。有一天，我带着儿子去体育馆散步，他们逆行在体育场的环形跑道上，迎面奔腾而来一群健身走路的人。他们以每一圈儿跑道占据一个人的横向排列，队列中可以无限度增加，无论你迟到或者中场退掉，都会有刚刚到来的新人填上空缺。你根本不知道一圈儿的始末在哪里，他们也并不在意悄然发生的改变。浩浩荡荡的人群有碾过一切的气势。昏暗里，每个人的腰间都缠着一个荧光块儿，几乎同步地一闪一闪。

我最先想到了电影《阿甘正传》里环奔世界的阿甘。随后，我急切地想找到一个熟悉的面孔，并不知道自己出于什么目的，可能我有点恐惧。我看到了朱莉，迅速把脸转向跑道旁法桐树排列的一线丛林，我的眼角处还是有一个朱莉。朱莉在奔走的人群中努力挺直腰身，伸长脖子，看似竭力与人群趋同。